赴良宵

卷六 完

萌教教主 著

✦ 心思深沉霸道皇帝 × 自帶系統苦命妖妃 ✦

★
隨書附贈
《赴良宵》
珍藏明信片一張

山河遠闊，人世焰火，初春清晨，久別重逢。
世間青山灼灼，星光杳杳，只要她在，就是星辰大海，就是萬河匯海，他才真正擁有世界。
若她不在，他不過行屍走肉、不過春秋痴夢。

目錄

第331章　質問

此話一出，簡世子驚了驚，慌忙朝著穆秀秀指著的方向看了過去——於是竟真的看到了之前他苦尋的那位姑娘！

可這卻不是重點，重點是，她的身側，竟然……站著一個俊美男子，竟和皇上長得幾乎……一模一樣！

這下，簡世子是真的震驚了！

穆秀秀見簡世子嘴巴張成了雞蛋形狀，滿臉靈魂出竅的震撼色，她不由冷哼道：「你這般表情做什麼？怎麼，難道她身側的男子是什麼了不得的大身分嗎？難道還能比我父親的官職還高？」

穆秀秀一直被左相保護得很好，根本就沒有入宮見過皇帝，一是因為過去三年皇上根本就不允許文武百官帶著女眷入宮，二是左相也從未想過要將女兒過早地推到帝王面前，畢竟穆秀秀今年才剛及笄，皇上可不會對一個乳臭未乾的小丫頭感興趣！

可簡世子卻不同了，他曾跟著父親入宮參加宮宴時，見過皇上好幾次，皇上長得俊美無雙，普天之下也沒有幾個能比他還要好看的男子，因此簡世子可以說是印象非常深刻！

只是……只是此時此刻這個男子，雖說和皇上長得十分相像，可氣質似乎大有不同。

他忍不住有些懷疑——畢竟皇上雖說十分俊美，可渾身氣息確實充斥著冷漠和寒氣，可眼前這個男子，卻是這般笑意吟吟的，就連氣質也是春風和煦，十分柔軟，這點可是和帝王大相徑庭。

可他雖有些弄不清楚這男人的身分，可有一點卻是可以肯定，必然不能貿然得罪他們！

想及此，簡世子慌忙拉過穆秀秀的手，不想穆秀秀此時去找范靈枝的麻煩，可誰知簡世子才剛拉她一把，就被穆秀秀避了過去。

穆秀秀瞪著簡世子，杏眉冷豎，咬牙道：「簡錦之，你沒搞錯罷？之前她謊稱自己是大理寺少卿府的小小姐，我還真的信了，以至於後來在魏王殿下的宴會上，竟讓我丟了那麼大的顏面！直到如今那群嘴賤的貴女們還在背地裡嘲笑我呢！」

穆秀秀一邊說著，怒火蹭的就又上來了，她憤怒道：「我今日非是要讓她給我個說法，為何要謊報自己的身分，她定是故意想要讓我出糗！」

她一邊說，一邊抬腳就追了上去，嚇得簡世子一下子又攔住了她的腳步，格外凝重道：「秀秀，此事還是算了罷！她身邊的那男子……妳怕是招惹不起。」

可簡世子越是這樣說，穆秀秀就越是不服，她心底的怒火越燒越旺：「是嗎？那我還真是要看看，那男子是怎麼個惹不起的人物！」

話音未落，穆秀秀已迅速地朝著范靈枝和溫惜昭的方向追了上去。

這條路上人多，她知道簡世子會輕功，因此故意往人多的地方鑽，免得三兩下就被簡世子給抓回去了。

簡世子簡直快瘋了，自是當即也猛地朝著她的路徑追了上去，可人來人往，到底影響了他發揮，他竟是眼睜睜看著穆秀秀閃身到了范靈枝和溫惜昭的面前，攔住了他們的路！

這一刻，簡世子簡直想死！

穆秀秀笑咪咪地看著面前的二人，可這笑卻藏著刀，一看就是來勢洶洶。

范靈枝看著陡然跳出來的穆秀秀，忍不住挑眉。而身側的溫惜昭亦是忍不住皺起眉來，冷冷看著她。

穆秀秀看也不看溫惜昭，自顧對范靈枝冷厲道：「好一個聰明的丫頭！上次妳騙我說妳是大理寺少卿府的小小姐，害得我狙錯了人，被人白白嘲笑了！我今日非是要妳付出代價！」

范靈枝來了興致，忍不住笑道：「那不知這位小姐，是想要我付出怎樣的代價？」

溫惜昭可不想自己和范靈枝好不容易的休息時間被人打擾，正要拍手叫暗衛出來，直接把這個女人扔得越遠越好，可誰知就在此時，就見一個臉熟的少年也跟著閃身出來了，一下子就將穆秀秀拉到了身後去。

這少年十分抱歉地躬身道歉，姿態十分誠懇：「抱歉抱歉，叨擾二位了，秀秀只是一時激動，哈哈，她並不是有意的……」

范靈枝挑眉，喲，看來穆秀秀和簡世子之間關係匪淺嘛。

上次遇到了他們，今日又遇到了。

范靈枝輕笑：「無妨，秀秀小姐的性子……倒是很直率啊。」

這話說的，怎麼聽怎麼像是在嘲笑她！穆秀秀聽得簡直快要炸了！

她忍不住漲了紅臉，又要衝到范靈枝面前去，給她一頓教訓，可誰知她才剛說出「妳這個該死的……」，就被簡錦之一下子打斷了話茬：「秀秀，不得無禮！」

這語氣，竟是無比冷厲！

穆秀秀簡直被簡錦之氣得快哭了，他三番兩次維護這個丫頭，到底是什麼意思？難道她和他多年情義，還比不過和這死丫頭的寥寥幾眼嗎！

穆秀秀當場就炸了：「簡錦之！你是不是看上她了？竟為了她這般羞辱我？你和她不過才見了三四次面而已，難道就比我還要重要了？」

簡錦之簡直一個頭兩個大：「妳說什麼胡話！」

穆秀秀已經委屈得快哭了：「難道我說錯了？明明就是你自己這般反常，簡錦之！明明是她先騙我，你怎麼反而怪起我來了？彷彿是我無理取鬧似的！難道你都沒想過要替我爭口氣嗎？」

嬌俏的少女越說越傷心，說著說著，竟就抹著眼淚跑了。

見她跑遠了，簡錦之反而鬆了口氣，這才看向范靈枝和溫惜昭，笑道：「讓你們見笑了。」

范靈枝擺擺手，表示無所謂。

眼看她又要走，下次還不知道什麼時候才能再遇到她，若再不問清楚她的底細，過了這村可就沒有這店了！

想及此，簡錦之到底還是厚著臉皮，乾笑道：「只是不知姑娘到底叫什麼名字，妳上次騙我說妳是大理寺少卿府的小小姐，可人家王小姐今年可是才五歲。」

范靈枝也懶得再騙他，乾脆如實道：「我乃禮部侍郎府的小小姐，范枝枝。」

簡錦之總算鬆了口氣，連帶著眼中的笑意都亮了起來：「原來如此，我乃鎮北侯世子，簡錦之。」

說及此，他又看向范靈枝身側的男子，試探道：「不知這位是？」

第332章　郡主

簡錦之是真的嚇尿了，方才這男子笑咪咪的樣子，看上去尚且和皇上的氣質大相徑庭，可如今這男子冷著臉的樣子，那簡直就是聖上本人！

他慌忙對溫惜昭抱拳，躬身道：「在下只是想和范姑娘做個朋友，並沒有別的意思……」

溫惜昭陰森地笑著：「最好是這樣。」

話音未落，他已拉著范靈枝的手，徑直繞過簡錦之走遠了。

范靈枝笑咪咪地看著溫惜昭：「你這般大的反應做什麼？」

溫惜昭的臉色依舊冷，他嗤道：「是嗎，那妳告訴我，我應該怎麼反應？難道還該對著情敵笑臉相迎？」

范靈枝：「……」

講真的，她可不覺得簡錦之是喜歡自己，反而更像是另有目的。

不過她到也能感受到簡錦之並不壞，所以就算他似抱著目的，但她也願意將姓名透露給她。

溫惜昭見范靈枝這般雲淡風輕的樣子，心底更是悲戚不已。

如今范靈枝不過才十四歲，連及笄都不曾，而這樣貌美如花的小姑娘，當然會被同樣適婚的公子哥追求，畢竟枝枝這麼好看，只要男人不瞎，都會想要接近她。

前所未有的危機感襲上了他，以至於他和范靈枝二人在返回張府的路上，一個心中繼續想著鋪子，一個則在思考該如何宣誓主權，於是二人倒是一路無話地回了張府，然後方才作別。

春夏交替時節，天氣已經逐漸炎熱。王御醫為了等待帝王，便一直躲在小巷子裡，硬是晒了將近一個時辰的太陽，讓他的肌膚備受煎熬。

自然，他也是敢怒不敢言，特別是眼看皇上出宮時還是興高采烈的，可此時卻是臉色沉沉，渾身上下寫著「心情不妙」四個大字，他又怎麼敢觸聖上的逆鱗，那不是自己找死嗎？

於是王御醫果斷縮著腦袋，十分認命地跟在溫惜昭的屁股後頭，一言不發。

溫惜昭沉默往前走著，只是走著走著，他陡然就停下了腳步。

王御醫見狀，自是也連忙停下，一邊膽戰心驚地看著他。

溫惜昭看向他，瞇著眼睛：「你告訴朕，朕該如何才能徹底留住她？」

王御醫愣怔：「啊？聖上此話何意？難道您現在留不住她？」

溫惜昭：「她正值豆蔻，免不了會被各家少年盯上，可朕卻什麼都做不了，難道只能看著她被各家的公子哥包圍嗎？」

王御醫明白了，皇上這是產生了危機感。

他當即正色道：「那就儘早將您與娘娘的婚約定下來，皇上如此便可高枕無憂！」

溫惜昭冷哼：「你以為朕不想嗎？枝枝明確說了未及笄之前不想訂親，不想現在生活被叨擾，因此此路不通。」

王御醫捏著下巴的山羊鬍賠笑道：「皇上您換個思路想一想，您看看，您可先別透露自己的身分，只對外說是某家的公子，提前和范姑娘定了親，如此一來，別人只會知道說范姑娘已訂親了，自然就不會再來找她；而大家又不會知道范姑娘的未婚夫其實是皇上您，您看這不是一舉兩得？」

溫惜昭只是聽著，沉默不言。

這個想法他並不是沒有想過，只是他總覺得枝枝會不開心。她曾說過，想要一個無憂無慮的少女時光。

他若去張府提親，張厲必然會認出自己的身分，枝枝如今的母親，也會知道此事，屆時他們總免不了逼問她如何認識帝王的，七七八八的，只怕枝枝會厭煩。

溫惜昭心中思索該如何妥當處理這件事，一邊領著王御醫回了宮。

這幾日溫惜昭的政務甚是繁忙，因此連續幾日都不曾出宮看范靈枝，倒是在四五日後的傍晚，就聽宮人來報，說是常安郡主回來了。

溫溪月遠嫁給了項賞，講真的也是項賞那廝命好，竟能得到溫溪月的芳心，這麼幾年婚後生活下來，小倆口感情倒是不錯，可謂十分美滿。

唯一一點美中不足的，便是溫溪月在生育頭胎時，有些傷到了根基，身子一直有些羸弱，因此這次溪月回京，除了要給溫惜昭解決終身大事之外，還有便是要找王御醫給她養養身子。

妹妹回來了，溫惜昭十分開心，親自去了宣武門相迎。

溫溪月如今已是婦人姿態，長髮盤起，模樣越顯嬌豔。

她下了大馬車，一眼便望見哥哥站在車前，正笑意吟吟地看著自己。

溫溪月有些意外，不由多看了幾眼——畢竟自從范姐姐去了之後，他似乎再也沒有這般笑過。且脾氣也變得愈加急躁，一言不合便賞罰酷刑，讓她十分擔憂。

溫惜昭見她下了馬車，急忙迎了上去，然後兄妹二人一齊入了後宮。

溫溪月見他始終笑意盎然，到底忍不住道：「皇兄可有什麼喜事？在妹妹印象裡，你似是許久不曾這般笑過……」

她這般說著，陡然便生出了幾分感慨來，繼續道：「自從范姐姐走後，你便一直陰陰沉沉，整日只知埋頭勤政，轉眼都已三年了……」

溫溪月定定看著他：「皇兄，你該知道我的意思的，我這次來，也便是為了要為您的終身大事，好好打算一番。」

溫惜昭瞇眼淡笑：「朕有一事要告訴妳。」

溫溪月挑眉，示意他說。

溫惜昭：「朕已有了心上人。」

溫溪月徹底驚了，她看著他，嘴巴張成了雞蛋型。

直到許久，她才喜不自勝地驚喜道：「當真？這可真是太好了！皇兄你總算走出來了！你一定不知道這幾年來，我到底有多擔心你！」

溫溪月激動地說了一堆，就差沒對著天地跪下叩個響頭，表達完了自己的歡喜後，溫溪月這才道：「不知是哪家的姑娘，叫什麼名字？」

溫惜昭乾脆俐落：「范枝枝。」

可誰知，他這名字才剛說出口，溫溪月前一刻還在大笑的臉色，陡然就凝固了起來。

然後，她緩緩收了笑，眼中的驚喜也漸漸消失，只淡淡道：「是嗎？這名字倒是挺耳熟能詳的。」

第333章　辯駁

溫惜昭：「人更是耳熟能詳。」

聞言，溫溪月臉上的笑意更是冷凝，沉默得皺起了眉來。

——聽皇兄的意思，這女子不但名字叫范枝枝，只怕整個人也和當年的范姐姐長得極其相似，否則皇兄也不會這般淪陷進去！

倘若真的是個長相和范姐姐極度相似的女子，那麼就別怪她會胡思亂想，畢竟全天下都知道皇兄對范姐姐一往情深，那麼這個女子的出現，是不是太巧合了一點？

沒準就是某個用心不良的人，故意安排這樣一個女子出現在皇兄身邊，以此來達到不可告人的目的……

這一瞬間，溫溪月的腦海中閃過了無數想法，讓她心驚肉跳！

她面上不顯，小心翼翼地繼續問道：「那女子是哪家的千金？」

溫惜昭實話實說：「乃是戶部郎中張大人的小小姐，母親乃是張大人的長女，她母親與父親和離之後，便獨自帶著她回京，投奔外祖父。」

溫溪月恍然：「原來如此。那倒也是個可憐的女子。」

溫惜昭：「然後有朕寵著她，可憐也只是暫時的。」

溫溪月笑道：「聽皇兄的意思，這是很喜歡她呀。」

溫惜昭眼中流露出點點柔光，嘴中卻道：「尚可。」

兄妹二人又說了許多，只是在溫溪月問他是如何和范枝枝相識時，溫惜昭並不想讓溫溪月知曉范枝枝便是范靈枝，便將當初乃是由王御醫牽線相識，改口說道：「說來也巧，她去尋王御醫治病，朕才以此結識了她。」

溫溪月心中瀰漫過無數個心眼，可面上依舊笑著：「原來如此，看來還真是千里姻緣一線牽。」

溫惜昭：「妳就此在後宮住下，讓王御醫為妳好生調養身體。」

溫惜昭：「那選妃宴會一事，倒是不必再辦。朕如今已有枝枝，自然不會再納別的女子為妃。」

溫溪月的臉色徹底為裝不下去了，她猛地看著他，沉聲道：「皇兄難道又要專寵一個女子？」

溫溪月深呼吸，努力控制住自己的情緒：「皇兄，當年你專寵范姐姐，我支持你，便是因為范姐姐她值得！她為了大齊，為了你，不知付出多少！才換來你對她的一心一意和專寵！」

「可如今的這個范枝枝呢？她憑什麼？」溫溪月的聲音陡然淩厲起來，「皇兄，大齊的江山如今緊握你手，可如今後宮竟這般空蕩，別說子嗣，就連個宮妃都沒有！」

大抵是意識到了自己的失態，溫溪月又慌忙閉了閉眼，深呼吸調整狀態：「皇兄，范姐姐都走了三年了，妹妹只想您快些走出來，好好開枝散葉，您就當是為了整個大齊，為了江山社稷。」

溫惜昭卻始終面不改色，他嗤了聲，瞇眼道：「溪月，朕和枝枝自會努力為大齊開枝散葉，多生幾個孩子，絕不讓妳失望。」

溫溪月見皇兄一副面無表情的模樣，就知道自己剛才的一番話，他是一點都沒有聽進去。

她不由升起了深深的挫敗，只淡淡道：「皇兄，這宴會，我是一定要辦的。」

溫惜昭挑了挑眉，也淡笑著：「妳要辦就辦，可妳該知道，朕的決定，沒人能改。」

說完這句，溫惜昭已轉身離開了宮門。

就他這狗脾氣，她能不知道嗎？

溫溪月簡直快要被他氣死，咬牙吩咐道：「快去將王御醫給我請上來！」

立馬便有宮人應了是，退下去請王御醫去了。

王御醫姍姍來遲。

足足兩炷香後，才惶惶然到場。

而王御醫才剛踏入殿內，溫溪月的聲音已經劈頭蓋臉朝他劈了過去：「王御醫，我且問你，那范枝枝，到底是什麼來頭？」

王御醫真是一個頭兩個大——剛剛皇上才剛派人來吩咐他不要說漏嘴了，誰知道後腳他就被郡主提來問話，他真是承受了太多！

王御醫跪在地上，乾笑道：「啊這個這個，這個范小姐，她就是郎中府的小小姐啊……」

溫溪月瞇眼，語氣透著濃濃的懷疑：「是嗎？她長得是何等模樣？你且說一說。」

王御醫絞盡腦汁開始描述范枝枝的長相：「細眉杏目，櫻桃小嘴……」

溫溪月打斷他：「長得可有幾分像范姐姐？」

王御醫如實：「那倒是完全不像。」

畢竟范枝枝才十四歲，看上去就稚嫩，全然沒有當年范靈枝時期的嬌豔和風骨。

溫溪月的臉色這才好看了一些：「當真？」

王御醫：「郡主若是不信，自行去看看便是。」

溫溪月哼了一聲：「我自是要親自去看看她，我倒要看看，能將皇兄迷得這般入迷的，該是怎樣的女子！」

王御醫嚇得低垂著臉不說話。

就聽溫溪月又說：「皇兄對她正在興頭上，竟說出只打算專寵她一人這樣的話來。我到要和她好好說一說，還是不要痴心妄想帝王的愛比較好，王御醫，你說是不是？」

王御醫的臉色更詭異了，他低垂著腦袋，哆哆嗦嗦地應了聲「是」。

他內心其實相當煎熬，但他什麼都不能說。

一刻鐘後，王御醫已被溫溪月提出了深宮，又朝著張府而去。

王御醫已經麻木，畢竟這種事他常幹。

於是他十分駕輕就熟地敲響了張府的門，張府的門童打開門一看到他，也不用再等王御醫說話，徑直就道：「小的這就去稟告小小姐，王公子您稍等。」

這一套簡直行雲流水，直看得隱在一旁的溫溪月目光咻咻地射向了王御醫，直盯得王御醫如芒在背。

溫溪月的聲音幽幽傳來：「看來皇兄沒少私會這個范枝枝啊。」

王御醫抬頭望天，假裝沒聽見。

只是這一次門童去得甚久，都不曾返回。

就在王御醫忍不住探頭去看時，就聽裡頭傳來一陣腳步聲，緊接著不等王御醫回過神來，就有好幾個侍從捏著長棍衝了出來，對著王御醫就是一頓好打。

直打得王御醫整個人都滾在了地上縮成一團，整個人都麻了！

張厲這才幽幽走出府來，居高臨下看著被打的身影，厲聲道：「你這登徒子！竟敢借著看病的名義誆騙小小姐，簡直人面獸心、禽獸不如！」

張厲：「再敢出現在我張府門口，見你一次打你一次！滾！」

第334章　禮物

一邊說，一邊還惡狠狠地又讓侍從對他毒打一頓，這才覺得稍微解氣，揮手帶著眾人撤回了。

一直躲在角落不敢出聲的溫溪月這才敢從角落走出來，衝到王御醫身邊急道：「王御醫你沒事罷？你怎麼樣了？」

王御醫這才敢顫顫巍巍地抬起頭來，鼻子流下了兩行鼻血，結巴道：「肋骨、肋骨疼……」

溫溪月扶著王御醫回了皇宮，又叫了御醫來給他看傷。

同僚張御醫摸著下巴笑咪咪的：「王御醫的肋骨斷了兩根，左邊胳膊也脫臼了，不過不礙事，王御醫您給自己扎幾針就是了，這點小傷，對您來說還不是手到擒來。」

張御醫：「哎呀我怎麼給忘了，您的左手可是脫臼了，哎呀哈哈，真是太巧了。」

王御醫：「……」

張御醫給王御醫打上了石膏板子，又給他上了藥，這才心情很好地走了。

溫溪月看著王御醫：「他的心情很不錯。」

王御醫冷哼：「只要我沒被打死，他就永遠是太醫院第二！」

可見太醫院內也很內鬥。

如今王御醫受了傷，渾身骨頭都斷了三根，自然也就不能再幫溫惜昭見人。

又一日溫惜昭去找王御醫時，卻被太醫院告知王御醫請了病假。於是熱情的帝王便出了宮去，徑直去了王御醫的府上去找他。

溫惜昭出現在王御醫家後院的時候，王御醫正躺在搖椅上看戲曲。一整個的戲班子被他請到了家中，好茶喝著，水果吃著，真是愜意。

溫惜昭的臉陡然出現在王御醫面前，嚇得他差點被嘴巴裡的葡萄生生噎死。

溫惜昭上下打量他：「傷好些了？」

王御醫慌忙搖頭：「並沒有，特別重，站都站不起來啊皇上！」

溫惜昭：「無妨，朕早有準備。」

說話間，帝王拍了拍手，馬上就有幾個宮人抬著一頂擔架，出現在王御醫的面前。

溫惜昭：「上架。」

王御醫：「……」

王御醫哭了：「我這是公傷！」

溫惜昭：「加錢。」

一刻鐘後，富貴不能移的王御醫躺在擔架上，出現在了張府門口，並艱難地敲響了張府大門。

張府的門童相當震驚。

王御醫：「你們老爺可在？」

門童怔怔搖頭：「老爺、老爺上值去了……」

王御醫鬆了口氣：「那就好，我要見你家小姐一趟，煩請通報。」

門童一臉懵地轉身走遠了。

很快的，范靈枝終於出現在了門口。

只是就在她看到擔架上的王御醫那一刻，同樣瞳孔地震，一邊疑惑：「王御醫，你這是？」

王御醫哭著道：「娘娘竟不知嗎？」

范靈枝：「？」

王御醫抹著眼淚：「是您的外祖父將我打成這樣的啊！」

范靈枝沉默了。

怪不得這兩天張厲有事沒事就會來找她，明裡暗裡地暗示她，男人的話不能輕信。他甚至不惜用自己做範例，來證明自己說的話的可信度。

他的原話是這樣說的：「枝枝，妳年紀尚輕，妳不懂男人的心機能有多深！就比如外祖父我，當年娶妳外祖母時……」

范靈枝適時打斷他：「您說的是第一任還是第二任？」

張厲：「……第一任。」

張厲繼續：「當年我娶妳第一任外祖母時，就曾允諾要和她白頭偕老、相伴一生。可誰知後來，外祖父終究是辜負了她，讓她慘死收場，好不淒涼！」

張厲：「妳再想想，等到了十幾年前我娶妳第二任外祖母，也就是現在這個秦氏的時候，我不也說了要和她相伴一生嗎？妳看看，如今不還是走到了和離這一步？妳再看看妳母親，妳母親當年被妳父親騙走，如今不也這般淒淒慘慘？所以男人都是詭計多端，不可輕信啊！」

范靈枝當場就非常感慨：「好的外祖父，有關魏王殿下的婚事，枝枝絕不輕易答應！」

張厲抹了把臉：「魏王殿下是個好男人，外祖父指的是別人，比如說『姓王的』的之類的野狐禪。」

當時范靈枝壓根就聽不懂他再說什麼鬼玩意，直到剛剛她才終於恍然，敢情張厲說的「姓王的」的野狐禪，是指王御醫啊！

……

講真的，王御醫在她心裡就是個偉大光輝的白衣天使，她從來沒把他當男人看過……

范靈枝拍了拍王御醫的肩膀：「您受苦了！」

王御醫：「為聖上排憂解難，是下官的榮幸。」當然了，也是加的錢夠多。

這一刻，他身上的白大褂更鮮豔了。

說話間，溫惜昭又衝了出來將范靈枝拉到了一邊。

溫惜昭又對范靈枝打開了愛的抱抱，溫存之後，這才輕笑道：「我有個禮物要送給妳。」

范靈枝疑惑看著他。

溫惜昭：「明日未時三刻，妳靜等便是。」

范靈枝點頭應好。

想了想，溫惜昭又道：「總不能日日都讓王御醫當掩護，我這幾日替妳買了一處鋪子，連著一處三進三出的宅子，妳徑直派人過去修葺便是。等修葺好了，便搬過去住，朕也無需再擔心被張厲發現妳我的關係。」一邊說，一邊將鋪子地址告訴了她。

范靈枝聽得連連點頭，可想了想，還是有自己的驕傲：「買鋪子花了多少銀子？我有錢，我還給你。」

溫惜昭瞇了瞇眼：「三萬兩。」

范靈枝：「……等我賺了銀子就還你，最晚不超過三五年。」

溫惜昭嗤了聲，一把子將范靈枝摟在懷中，對著她的耳朵就咬了一口：「怎麼，連這等身外之物都要和為夫計較？范靈枝，妳是不是活得不耐煩了？」

只是老色批親著親著，忍不住就又有些呼吸急促、心跳加速、面紅耳赤、欲罷不能，他猛地放開了范靈枝，陰測測道：「妳如今的生辰是什麼時候？到底該死的多久才能及笄？」

范靈枝老實巴交：「我的生辰是除夕日。」

溫惜昭：「……」

一年的最後一天，該死的，那他豈不是還得再憋個一年半載?!

溫惜昭到底是頗為怨念地走了，王御醫的擔架被抬在他身邊，莫名透著喜感。

范靈枝忍不住笑出了聲。

第335章　歸來

當日下午，范靈枝就帶著張氏親自去了躺鋪子。

這鋪子位於古平街廿三號，這一帶雖然距離城隍廟不算太近，可也並不遠，最重要的是這條街靠近護城河，哪怕到了晚上也是人流興旺，畢竟護城河上有花船，放河燈之類的更是多見。

溫惜昭說這鋪子連著一處宅子，日後便是她和母親的新家，所以提前帶張氏瞧瞧，就當是提前認個路。

只是等走到這鋪子前時，母女二人還是震了震。

這鋪子竟是足足三個店面打通的大平層，且還有二樓雅間。裡頭的裝修亦是相當文雅，牆面上掛著古畫，拐角的架子上放著古董花瓶，這裝修簡直都能直接投入使用！

范靈枝又帶著張氏去了後院看了看。

穿過鋪子便是一個長長的院子，穿過第一道門，便直通到了宅子裡。

這宅子的裝修亦是精緻，且看上去就像是新裝的，並沒有人住過的痕跡。三進三出，占地極大，後花園內竟還種著一片海棠花，是范靈枝最喜歡的花種。

而後院的主院，名字竟是要華溪院，最重要的是裡頭的布局擺設，竟然和華溪宮的一模一樣。

甚至寢房內竟然真的有幾顆夜明珠，且床榻上的被褥竟然都是全新的，可見溫惜昭其實很久之前就已經命人在準備了……

范靈枝又帶著張氏到處看了看，直看得張氏目瞪狗呆，特別是她看到後院不但有夜明珠，竟然還有一口溫泉時，她是徹底嚇尿了，忍不住拉過范靈枝的手，小心翼翼道：「枝枝，這般豪華擺設的宅子，怕是不適合咱們，咱們還是另外再去看看小些的宅子，不用太大也無需如何精緻，為娘的只要有妳在身邊，什麼屋子都能住得！」

范靈枝略一思忖，輕笑道：「母親，這宅子我已經租下來了，房東乃是我的故人，對我極好，給我的價格也只是友情價，並不昂貴。」

范靈枝讓張氏安心在這裡住下來，見張氏的神情總算平復許多之後，這才鬆了口氣。

母女二人是打定主意要離開張府的，且還得離開得不動聲色。如今宅子有了，鋪子也有了，離開的打算便可提上日程。

母女二人返回張府後，沒一會張厲又來找范靈枝，估計是又要開始給她灌輸男人靠不住，讓她接受和魏王的婚事，范靈枝直接找了個藉口躲了過去，耳根這才清淨了些。

等到第二日未時三刻，范靈枝心中記掛著溫惜昭所說的禮物，眼看時辰一到便準時走到了府門口，看看到底是什麼禮物，要他這般神神祕祕。

可誰知，等她到了門口之後，竟就看到阿刀和芸竹小桂子，還有別的幾個奴才，正站在門口！

阿刀比之三年前，竟是俊美了許多！陰柔之相，氣質更是莫名帶感，特別像是小說裡描寫的病嬌男主，他這容貌簡直逆天了，就算說是貌比潘安也不為過！

當然了，比起溫惜昭那還是要差點。

眾人對著范靈枝大眼瞪小眼，一時之間，誰都沒有說話。

直到某一刻，范靈枝陡然「啊」的一聲尖叫，二話不說就衝了上去，一下子就摟住了阿刀的脖子，大哭大笑！

阿刀忍不住皺了皺眉，芸竹等人也皺了皺眉。

阿刀下意識掙脫她的懷抱，聲音竟是陰冷：「小姐自重！」

范靈枝這才想起來眼前的小可愛們還不知內情，也是，這般祕辛之事，知道的人自是越少越好。

范靈枝傻笑著讓鬆開了阿刀，笑嘻嘻道：「死鬼，我可想死你了！」

阿刀&芸竹&眾人：「……」

范靈枝讓眾人進來，到她的清風苑內住下。

只是阿刀似乎對范靈枝的敵意很重，不知是否是范靈枝的幻覺，她總覺得阿刀看著自己的眼神，隱約之間似是藏著……一絲狼性。

就像是草原上的餓狼，在對面獵物時卻極力將自己隱藏成人畜無害的模樣，殊不知牠早已在暗中籌謀如何才能一口咬斷獵物的脖頸。

范靈枝莫名就覺得脖子上涼颼颼的。

眼下，阿刀給范靈枝呈上了一杯茶盞，笑著說道：「小姐，您喝茶。」

范靈枝瞥了眼茶盞內飄零浮沉的茶葉，也笑道：「你沒給我下毒罷？」

阿刀怔了怔，隨即慌忙跪地：「奴才不敢！奴才怎麼會給小姐下毒？奴才只想好好侍奉小姐！」

范靈枝輕笑，她坐在椅子上，看著阿刀拔高了好大一截的身姿，忍不住感慨這廝真是越長越帥。

范靈枝淡淡道：「是嗎？那我問你，你這幾年都在做什麼？」

阿刀始終垂著腦袋，聲音淡薄：「奴才本是皇后娘娘的隨侍奴才，因此娘娘薨後，向皇上請旨，去皇后陵守陵。」

范靈枝輕笑：「如此，看來你對先皇后，用情甚深。」

阿刀眸光深深，垂眸不語。

范靈枝：「所以，如今聖上陡然要求你放棄守陵，還將你派來服侍我，你豈不是會恨我？」

阿刀卻突然笑了起來。

他雙眼彎彎，唇紅齒白，可一雙眼睛卻依舊黑漆漆的：「守陵日子太苦，奴才豈會恨小姐？奴才謝您都來不及，及時將奴才救出了苦海。」

范靈枝也笑道：「是嗎？對了，我有一事不解，想請教你。」

阿刀弓著身子：「小姐請說。」

范靈枝在他耳邊低聲道：「阿刀，不知當年你代替范靈枝去天和錢莊開戶時，可還記得那裡頭一共有多少總銀錢？」

阿刀臉色猛地變了，他雙眸陰鷙得盯緊范靈枝，聲音竟透著狠厲：「妳如何得知娘娘在天和錢莊存了銀子？」

范靈枝卻面不改色，淡定輕笑：「我啊，我什麼都知道。」

范靈枝身體斜倚，眸光微瞇，不知怎的，這女子這般神情作態，竟是和皇后娘娘一模一樣。

猛然間，阿刀又注意到了范靈枝的手指。

她的小拇指下意識蜷縮交疊在中指關節處，這是當年皇后娘娘的下意識習慣動作，甚至連她自己都未曾發覺。

第336章　放花燈

恍惚之間，阿刀心底猛地就瀰漫出了一個極其大膽的想法，大膽到讓他渾身都開始忍不住顫抖！

可他面上依舊努力保持平靜，只是垂下眼眸，深呼吸緩緩道：「回小姐的話，當年娘娘到底存了多少銀子，奴才也已記不清了，只記得數額巨大、外加良田宅鋪，可謂富賈。」

范靈枝輕笑：「是嗎，如今她已仙逝，那麼多的存款和銀子，豈不是可惜了？」

阿刀又不說話了，只垂著腦袋，恭恭敬敬站在范靈枝身邊，一副乖巧模樣。

范靈枝也不逗他了，收了笑，說道：「你好好跟著我，我自會讓你吃香喝辣，絕不會委屈了你。只要你衷心，我亦會真心待你。」

阿刀這才又點點頭，恭敬應著是。

范靈枝揮揮手，這才讓阿刀退下了。

阿刀退出范靈枝的寢房之後，臉上的笑意逐漸褪去。他面無表情地繼續朝側房走去，才走出幾步，就看到芸竹正滿臉忐忑地站在廊下，憂心忡忡看著他。

芸竹率先道：「新主子脾氣秉性如何？」

阿刀瞇了瞇眼，陰陰笑著：「我倒覺得，她很是眼熟。」

芸竹吃了一驚：「怎麼個眼熟法？」

阿刀卻只是冷笑一聲，並不接話——他心中有疑惑，甚至已經有了個荒誕無比的答案。只要稍加試探，自然就能試探出來，如今這個小丫頭，到底是不是當年的皇后娘娘！

倘若她是皇后娘娘，不認他，大抵是有苦衷。

倘若她不是皇后娘娘，那便該是個心機深沉的女子，這一舉一動竟和皇后娘娘如此相像，幾乎是一模一樣，若說沒有經過專門的訓練，他可不信有人會這般像一個人……

一瞬間內，阿刀閃過了無數的想法，可無論是哪種想法，他都已想好了，目前定不能打草驚蛇，先暗中試探了再說！

想及此，阿刀又對芸竹道：「別想太多有的沒的，聖上既讓妳我來伺候如今這位主子，那便盡心伺候便是。」

芸竹被阿刀前後兩幅面孔給弄得有些懵了，可還是點頭道：「是，芸竹記住了。」

阿刀這才回了自己的房間。

說起來這主子也是好玩，竟給阿刀和芸竹各自安排了單獨廂房，別的奴才們則還是住張府統一的下人耳房，可見拉攏他們兩個的心思很明顯。

阿刀收拾妥當細軟，便出了房間開始熟悉環境，只是在經過小廚房時，突然就聞到了一陣熟悉的辣滷香氣。

這是以前皇后娘娘經常在華溪宮小廚房內滷鴨貨的味道，這麼多年，這味道獨一無二，自從娘娘仙逝之後，他便再也沒有聞到這個味道。

以至於此時此刻，他竟猛地流出淚來，他一下子就衝進了小廚房，於是便見到小廚房內，一個臉上油膩膩的丫鬟正在不斷在灶臺前忙碌，時而下個肥腸，時而撈個鴨爪，動作異常熟練。

秀姿看到阿刀闖進來，也是一愣，隨即皺眉：「你是什麼人？」

阿刀面無表情：「新來的奴才。」

秀姿瞬間就想起了被趕走的秀蘭，忍不住讓她悲從中來，她垂下眼：「廚娘秀姿。」

阿刀將目光掃向滷鍋，秀姿連忙從中撈起一個鴨頭遞給阿刀，讓阿刀嘗嘗鮮。

阿刀嘗試著吃了一口——味道也和當年娘娘親手做的，一模一樣。

唯一不同的，便是眼前這一批更辣，味道也更鮮美。

秀姿絮絮叨叨：「小小姐讓我在小廚房內做滷味，直到辣味齋開業為止，就這麼一鍋滷汁，我和小小姐二人不知改良了多少次了，才終於調配出了這般味道。」

秀姿還在絮絮叨叨說著什麼，可阿刀已轉身衝出了小廚房。

來去一陣風，差點吹糊了秀姿的眼睛。

等到了傍晚，范靈枝帶著阿刀出了房門，一路朝著古平街而去。

古平街人來人往，十分熱鬧。大抵是因為阿刀回來了，范靈枝覺得渾身都特別輕鬆，就連街邊小攤都忍不住駐足，買了兩盞荷花狀的河燈，打算待會兒去護城河放燈。

范靈枝心情好極了，一雙眼睛笑咪咪的。她的眉眼這段時間又長開了些，隱隱已透出絕色嬌豔，宛若枝頭迎風待綻的海棠花。

范靈枝將花燈交給阿刀，又買了許多零嘴，這才和阿刀一起朝著新家而去。

二人入了商鋪，范靈枝仔仔細細和阿刀說著這鋪子打算如何修葺，比如一樓的櫃檯得做得又大又亮，畢竟是賣滷味，且還是速食食品，因此櫃檯得大，滷貨呈列，激發顧客購買欲。

除此之外大堂也得多放幾張桌子，供客人內用，二樓自是要開設雅間，達官貴冑應該也會想要試一試不一樣的口味。

范靈枝和阿刀絮絮叨叨說著，只是不知是否是范靈枝幻覺，她總覺得阿刀似乎並不是特別上心，有些心不在焉。

不過她倒也不急，阿刀大抵是還沒進入角色，再給他一些日子，他定會表現更好。

范靈枝又帶著他去了後頭相連的宅子，徑直將這宅子也一併交給他，讓他從明日起便直接過來監工，日後這宅子的管事全由他一首負責。

阿刀看著這主院上蒼勁有力地寫著「華溪院」三字，且就連這院子內的一切擺設，包括院子裡的那一棵海棠樹和秋千架，竟都和華溪宮的一模一樣，不免又讓他一時怔怔，彷彿陷入了回憶。

恍惚之間，他彷彿看到娘娘就懶懶地倚靠在秋千架上，一邊輕聲叫他的名字。

彷彿她並沒有離開，彷彿這三年的守陵，不過是他做的一場春秋大夢。

阿刀惶惶然，直到許久，方才終於回神。

他垂下眼眸，對著眼前的小小姐點頭應好，二人這才出了宅院，一路朝著護城河而去。

護城河邊，人更是不少。

范靈枝今夜興致高漲，帶著阿刀便朝著河邊擠去，還和身側一個大叔借了火，將自己買的兩盞荷花燈全都點燃。

然後這才蹲下身去，親自將兩盞荷花燈輕輕放到河面上，讓花燈順著水流逐漸飄遠。

第337章　救人

范靈枝目送著花燈遠走，一邊在心中許下願望，只是就在她和阿刀站起身來打算離開時，阿刀卻整個人猛地一晃，竟是整個人都摔落到了河裡去！

阿刀並不會鳧水，嚇得范靈枝花容失色，顫聲大喊：「有人落水了！誰可幫忙救人?!」

而說時遲那時快，突的就見角落裡有一道熟悉的身影躥了出來，一下子就跳入了河裡，救人去了！

范靈枝看得清清楚楚，是簡世子。

果然，緊接著就有一道嬌俏的女聲傳來：「簡錦之！你不要命了?!」

簡錦之倒也給力，很快的，竟就真的將阿刀從水裡拉出來了！

這河邊圍觀者眾多，眾人見兩個男子從水中冒了頭，紛紛出手相幫，將他們從水裡拉了出來。

只是等二人上岸後，便見阿刀竟臉色發青，陷入了昏迷，顯然是嗆水了！

范靈枝急得不行，這種時刻哪怕是耽誤一分鐘，也是人命關天的大事，更何況阿刀才剛回來，難道他就要去死了?!

范靈枝二話不說便跪在地上，一邊不斷猛壓阿刀的胸膛，希望他能將肺裡的嗆水排出來。

可阿刀卻連絲毫反應都無，甚至臉色越來越發青。

范靈枝是真的急了，她不斷喊著阿刀的名字，然後撅著嘴巴，竟是作勢要對阿刀進行人工呼吸，可身側的簡世子一瞧動靜不對，慌忙拉住她，急聲道：「妳這是要做什麼？」

范靈枝的表情有些凶狠：「別攔我！我自是要救人！」

簡世子被范靈枝的架勢嚇了一跳，畢竟這昏迷的男子怎麼看也不過是個下人，值得她這般一臉殺氣嗎？方才若不是他想要和范靈枝套近乎，討好她，他也才懶得救這種下人。

簡世子滿臉都是不敢置信：「妳別告訴我是要用妳的嘴巴對著他的嘴巴?!」

范靈枝簡直懶得和他再多說，緊接著又要去對著阿刀人工呼吸，可誰知竟又被簡世子直接整個拉住。

范靈枝是真的火大了，她凶狠地盯著簡世子，彷彿要吃人：「簡錦之，少多管閒事！」

簡世子急得不行，也有些生氣了，他壓低聲音疾聲道：「旁邊這麼多雙眼睛看著！妳當真打算光天化日下和下人做出這等事?!妳還要不要名節了?!」

簡世子也知道這下人似乎在范靈枝心裡分量很重，緊接著不等她再說話，他已一下子拉開了范靈枝的身體，轉而自己鼓著嘴，然後，神情像是視死如歸一般，對著阿刀的嘴巴，神情痛苦地緩緩地對上去，打算自己親自來。

可誰知就在此時，阿刀的嘴中猛地吐出了一大口的水來，緊接著便是痛苦地猛烈咳嗽聲，他終於睜開眼來，幽幽轉醒。

一眾圍觀的人見狀，紛紛譁然一片，有看好戲的，有失落沒看成兩個男人嘴對嘴的，還有的則已經開始閒言碎語，說是怎麼一個姑娘家，作風竟這般開放，動不動便要去親外男的……

一時之間，這河邊真是說什麼的都有。且這河邊人來人往如此密集，此事怕是很快就會傳遍大半個上京……

可范靈枝可管不得這麼多，她一見阿刀醒了，竟是又哭又笑，一邊連忙衝上前去攙扶著他，急切道：「可覺得哪裡不舒服？你且別急，我這就帶你去找王御醫，王御醫醫術高超，讓他給你針灸一番，你便會痊癒。」

阿刀聲音虛弱：「主子，不如讓花池姑娘給奴才看看，花池姑娘的藥方雖偏，卻極管用。」

范靈枝頭也不回朝前走去：「花池如今成了夫管嚴，溫子幀不讓他再碰苗疆的邪物，咱們還是去找王御醫……」

可這話還沒說完，范靈枝猛地就停下了腳步。

月色下，她緩緩側頭，看向身側的阿刀。

卻見阿刀已站定在她身側，對她笑得滿臉邪氣。可雙眸卻是通紅，飽含熱淚。

范靈枝沉默半晌，正待說話，可就聽身側簡世子的聲音又插了進來：「王御醫？哪個王御醫？……不會是太醫院的那個首席王御醫？」

簡世子的語氣帶上了強烈的自我懷疑和不敢置信：「說起來，王御醫真的是不好請。上次我爹的腰疼了好幾天，我可是足足出了千兩的診金，才換得王御醫來府上走一趟。」

簡世子的語氣帶著一絲肉痛：「問診之後又花了三千兩，才換了他一次施針之術，價格著實昂貴。」

簡世子：「不過效果倒是好得驚人，針灸之後，我爹果然沒再犯病過。」

說完這些，簡世子又看向范靈枝，語氣中帶著濃濃的勸說：「王御醫怕是不太好見，上京民間亦有名醫，范姑娘若是不棄，我可將城西的馬大夫介紹一二……」

可不等簡世子的話說完，范靈枝已打斷了他的話：「不必了，我自會另選大夫給他治病。不勞煩世子。」

簡世子還想再說什麼，可一旁圍觀了許久的穆秀秀已譏嘲道：「范姑娘都說不用了，怎麼，你還非要熱臉去貼冷屁股嗎？簡錦之，我認識你這麼多年，你什麼時候變成這樣了？」

簡錦之冷冷瞪了眼穆秀秀，穆秀秀這才臉色沉沉地不說話了，可一雙眼睛卻忍不住半瞇著，嘴角也翹了起來，不知在想些什麼。

范靈枝不想和簡錦之穆秀秀扯上太多關係，簡錦之頻繁對自己示好，她不信沒有目的。自然，她也不討厭簡錦之，與他做個點頭之交便足夠了，沒有必要深交。

想及此，范靈枝帶著阿刀徑直走了，簡錦之見狀想要追上，卻被穆秀秀給直接拉了下來。

穆秀秀攔在簡錦之面前，嘲笑道：「簡錦之，你竟然會喜歡上這麼一個出身卑微的女子？這門婚事，你娘會答應嗎？」

穆秀秀翹著下巴，眼中滿是鄙夷：「我早已查清了，這范枝枝的父親，不過是個金陵城的小小縣令，就這都還和范枝枝的母親和離了，她跟著她母親被趕出了范府，沒辦法，這才只有回來投奔外祖父。」

第338章　編排

簡世子的臉色發青：「妳在說什麼鬼話?!」

穆秀秀瞇起眼來：「怎麼，你急了?簡錦之，我從小和你一起長大，難道還會不了解你嗎？」

簡世子咬緊牙關：「再敢胡言亂語，我就去和妳爹說，說妳和我早已私定終身，我看妳還敢不敢隨便編排！」

穆秀秀氣得肺都快炸了：「你——」

簡世子一甩袖子，轉身就走。

穆秀秀簡直是被氣得不行了，她看著簡世子離去的背影，許久才冷笑一聲，自言自語：「你喜歡那范枝枝，我便偏不要她好過!你等著看就是！」

這一邊，兩個賭氣的男女各自朝著反方向離去。

而另一側，偏僻弄堂之內，阿刀已跪在范靈枝的腳下，垂著腦袋，又哭又笑：「奴才有罪，還請主子責罰！」

范靈枝居高臨下看著他，氣得不行：「好，好啊!幾年不見，你如今倒是能耐了，都學會對主子耍心眼了？」

阿刀雙眼落下喜悅的淚，嘴角更是抑制不住上揚：「奴才心中有困惑，只想快些確認心底想法，別的是真的顧不上了……」

說及此，阿刀雙眸明亮地看著她：「主子回來了，您便是要讓阿刀以死謝罪，阿刀亦心甘情願！」

范靈枝看著他，心底的一肚子怒氣，是真的發不出來了。

她苦笑道：「行了，日後不得再犯，若是再犯……」

阿刀：「若是再犯，奴才便以死明志！」

范靈枝哼了聲：「別動不動就死不死的，我還指望著靠你辦事呢。」

阿刀連連應好，一邊亮晶晶地看著她……如果說之前的阿刀像是蟄伏的餓狼，那現在的阿刀就像是被馴化的哈士奇。

范靈枝默默地帶著阿刀回家去，只是路上又吩咐：「日後這般死不死的，不要掛在嘴邊，晦氣。」

阿刀笑咪咪地應了是，一邊跟著她身側，二人漸行漸遠。

等到第二日，范靈枝正打算讓阿刀去打聽打聽外頭都在傳什麼風聲，畢竟昨夜在河邊動靜鬧得這般大，且還有穆秀秀在場，少不得要被穆秀秀編排自己如何不守女德。

可誰知阿刀卻回道：「回主子，奴才已擺平了。」

范靈枝怔了怔：「你如何擺平的？」

阿刀笑咪咪的：「奴才昨夜便讓奴才們去守著各大酒肆，但凡有想要妄議傳播主子的，皆責罰一頓。」

阿刀雖然笑著，可眼中卻閃過了一絲陰冷：「奴才順著那幾個渣滓查下去，便查到在背後花錢操控輿論的，乃是左相府之女穆秀秀，她出高價讓酒肆編排主子清白，其心可誅。」

范靈枝絲毫不意外，只淡淡道：「此事解決了就好。」

阿刀點點頭，也不再多說。

范靈枝又帶著阿刀出了門去，可誰知在經過一處酒樓時，突然就聽到裡頭的說書人竟然在編排穆秀秀，讓她忍不住駐足細聽。

只聽說書人十分激昂說著：「據傳左相府的千金穆小姐最是嬌蠻，但凡忤逆她的人，都會被她好一通報復，比如之前工部尚書的千金王小姐穿了和她相同款式的衣衫，第二日王小姐就莫名生了病……穆小姐竟還和一個外男不清不楚，不管去了哪裡，總是和那外男廝混在一處，真是寡廉鮮恥、厚顏無恥！」

范靈枝見鬼似的看向身後的阿刀：「就這般指名道姓地隨意編排，你就不怕左相報復？」

阿刀面不改色，躬身道：「主子，這是聖上的意思。」

范靈枝瞇著眼：「你在暗中聯繫溫惜昭？」

阿刀厚顏無恥：「奴才這叫場外求助。」

范靈枝：「……」

該死，她竟然無言以對！

據說這一整天，整個上京都在輪番吐槽穆秀秀的事蹟，小到吃飯會發出聲音，大到嫉妒心強、私會外男，總之一個少女的所有需要的品格，全都給她編排了個徹底。

自然，這些先生們所說的事蹟全都是八九不離十，最多有些文筆渲染，誇大了幾分而已，因此也不能算是誹謗。

而當事人穆秀秀早就快瘋了，在家裡大哭大鬧地讓父親趕緊將這些亂七八糟的人全都抓了下大獄去，可誰知左相卻滿臉發慌，竟是無計可施！

只因左相跑到京兆尹那報官，可誰知京兆尹竟說此事不歸他們管；

左相不信邪，又跑去兵部，兵部竟回覆左相，讓左相胸襟寬闊一些，不要動不動就和百姓計較，簡直有失左相身分；

左相差點發狂，又跑去大理寺，可門都沒進就被趕出來了，說是大理寺少卿早就放話，左相來一次就轟一次……

官居一品的左相大人，在整個上京繞了一圈，竟然連一戶願意出手相幫的大人都沒有。

此時此刻，沮喪無比的左相只有抱著自己的寶貝女兒穆秀秀埋頭痛哭，並讓女兒還是暫時躲在家裡，避避風頭再說。穆秀秀何時受過這樣的氣，當場就差點氣暈了，幸好家裡養著的大夫搶救及時，才沒讓她徹底暈過去。

自然，這些都是後話，暫略不表。

眼下，范靈枝帶著阿刀直奔鋪子，正式將鋪子和宅子的修葺工作交給他來做。

辦事還是阿刀放心，范靈枝和阿刀詳細描述了相關要求，這才歡歡喜喜地徹底撒手，將擔子交給阿刀來扛。

等鋪子和宅院裝修妥當，她就帶著母親搬過來住，徹底從張厲的眼皮子底下解放。

只是，在那之前，她還有一件很重要的事要做。

當日傍晚，范靈枝又去了張厲的書房，直到小半時辰後，才終於從書房內離開。

三日後，申時二刻，將進酒酒樓。

范靈枝獨自坐在包廂內飲酒，沒過稍許，包廂門便又開了，進來一道絳紫色華服的身影。

范靈枝坐在椅子上，身體不動分毫，臉上卻在輕笑：「祁言卿，我們又見面了。」

祁言卿緩緩坐在范靈枝的對面，他看著她，亦雙眸微微彎起：「枝枝，妳一向聰明，妳早就察覺了，是不是？」

范靈枝沉默不言。她只是端起茶杯，為自己輕倒了一杯酒，然後又站起身來，走到祁言卿身旁，亦給他倒了一杯。

第339章　赴約

范靈枝將茶盞端起，遞給他，一邊緩緩道：「祁言卿，這輩子，是我對不起你，若不是我招惹你，你又如何會走到如今這步。」

她眸光深深地看著他，眼中飽含的不知是怎樣悲切情緒。

祁言卿看著手中茶盞內的酒，圈圈漾開，漣漪不斷，他垂下眼眸，輕笑：「妳後悔了？可我卻從未後悔。」

他又抬眼看向她，眼眸中有深情，有不甘，亦有濃得化不開的霧氣，相互糅雜，讓范靈枝不敢細看。

他陡然捏住范靈枝的手腕，啞聲道：「范靈枝，我從未後悔妳招惹我，更從未忘記妳與我說過的每一句話經歷過的每一件事。」

范靈枝雙眸泛紅：「所以你打算用這種方式懲罰我，懲罰我當年的錯誤，讓我內疚一生，對不對？」

范靈枝啞聲：「我很抱歉，明明先對你動心，可終究是愛上了溫惜昭。祁言卿，若有來世，我定還你這份恩情。」

祁言卿冷眼質問：「我愛妳，絕不比他的少。我比他，到底差在何處？」

范靈枝輕嘆：「倘若愛情是理智的，還是愛情嗎？祁言卿，你這樣聰明，這樣優秀，你應該知道，愛就是激情盲目，亦從無因果對錯。」

范靈枝從他手中一點一點抽出自己的手，她一眼不眨地看著他：「放過我，也放過你自己。祁言卿，你該知道，和不愛的人相守，是多麼痛苦的一件事。」

范靈枝的聲音帶著決絕：「我不愛你，祁言卿。」

祁言卿眸色陡然猩紅，可嘴角卻是低低笑著：「是嗎？妳又如何肯定，他對妳的愛，便一定是純粹無雜質？」

說時遲那時快，祁言卿陡然對著范靈枝的口鼻揮了揮，瞬間，便有些微的粉末在空中瀰漫，透著一股淡淡的香氣，是范靈枝從未聞過的氣息。

幾乎是頃刻之間，范靈枝便失去了知覺，她渾身癱軟，身體緩緩倒下，被祁言卿適時接入懷裡。

祁言卿伸手輕柔撫過范靈枝額角的鬢髮，柔聲道：「枝枝，別怕。」

緊接著下一刻，祁言卿十分淡漠地叫來小二，讓小二帶著他們上了三樓的天字一號房。

房間內，祁言卿將范靈枝放上床榻，脫了她的衣衫，自己亦上了床，將她緊緊摟在懷中。

他看著范靈枝睡得無比恬靜的側臉，他忍不住輕笑起來，低聲道：「枝枝，妳只有在這個時候，才會完全屬於我。」

聲音呢喃，透著溫柔，他與她姿態緊密無間，就像是世間任何一對毫無保留的深情戀人。

房內視線昏暗，萬籟俱寂，靜得只剩下他們彼此的呼吸聲。

也不知過了多久，直到了某一刻，房門突得被人重重一腳踢開，隨後，有一道身影站在客房門口，殺氣四溢卻絲毫不動，直到許久許久，才終於緩緩走入房來。

是溫惜昭。

收到消息後，溫惜昭不知自己是怎樣趕到這裡，一路快馬加鞭，竟連百姓死活都險些顧不上。

這一路行來，他大腦一片空白，可直到方才，他看著這房間床榻上靜靜相擁的兩個人影，之前所有的想法，竟是頃刻間全都消失不見。

他突然就像是忘記了自己為何會出現在這裡，自己最愛的人，為何會出現會和別人相擁在床榻上，他之前還想著要如何報復他來著？

他竟是都忘了，全都記不太清。

他腳步踉蹌踏入房內，只覺得渾身不斷發冷，一陣一陣，寒冷得連他的思緒都快要消失。

他一步一步走到床邊，他看到祁言卿抱著昏迷的范靈枝，他看到祁言卿還對自己露出淡淡的笑意，一如平日的溫和做派，溫潤模樣。

然後，他還看到祁言卿從床上坐起身，他還看到范靈枝的身下，多了一抹猩紅。

差點刺傷了他的眼睛。

祁言卿站在他面前，目光直視著他，眸中是毫不掩飾的鋒利冷芒。

此時此刻，兩個人，無關君臣，無關身分，只是兩個男人，在對愛情做激烈的廝殺。

溫惜昭猛地出手重重打了他一拳，祁言卿不偏不倚不躲不避，硬是挨下一拳。

溫惜昭又拉住祁言卿的衣袖，他壓低聲音質問他，聲音無比沙啞：「祁言卿，你想死，朕就成全你！」

祁言卿嘴角流下了豔色的血，他看著他，眸光挑釁，可嘴角卻在倡狂笑著：「那就殺了我！你敢嗎？」

祁言卿：「別忘了，整個大齊的兵權，近乎過半皆在我手……」

可他話音未落，溫惜昭又重重打了他一拳，讓他嘴中瞬間流出更多血來。

溫惜昭對著祁言卿往死裡打，可祁言卿卻始終沒有還手，也不知過了多久，溫惜昭方才惶然收手。

他雙眸紅得可怕，聲音暗啞：「朕不殺你，並非因為你有兵權。」

溫惜昭一字一句：「多年結伴，兄弟手足，祁言卿，這麼多年，朕不欠你什麼。」

「明日天亮之前，自行請辭將軍一職，離開上京去魏都，你依舊當你的魏王。」

話音未落，溫惜昭已轉過身去：「退下。」

祁言卿緩緩從地上站起，他看著溫惜昭的背影，只緩聲道：「吾皇，萬歲。」

聲音蒼涼，久久不散。

一直等到第二日天亮，范靈枝方才緩緩睜開眼。

入目的是一個完全陌生的環境，莫名其妙的床榻，以及……范靈枝抬頭看了眼自己全裸的胳膊，大腦猛地一片空白，她慌張坐起身來，反覆撫過自己的身體，講真的，雖然她身上還穿著一條褻裙，可、可她身下卻有一抹異常刺眼的猩紅，甚至於——

她緩緩側頭，看向自己身側的男人。

她腦海中最後的記憶是祁言卿給自己下了迷藥，所以這男人——

這一刻，范靈枝只覺得自己的心臟似乎快要從胸腔內跳出來，她緩緩將目光掃向身側的男人，而就在此時……

突然身側男人伸出手來，猛地撈過了她，將她摟在懷裡。

范靈枝吶吶地看著陡然在自己眼前放大的溫惜昭的臉，整個人算是猛地鬆了口氣，她不由大口喘著粗氣：「還好還好，嚇死我了！」

溫惜昭瞇著眼睛笑得慵懶：「嚇什麼？」

第340章 流放

溫惜昭將她摟在懷裡，語氣柔柔：「妳怕什麼？」

范靈枝下意識道：「我自是擔心萬一不是你……」

後面的話戛然而止，她小心翼翼看著溫惜昭，眼眸中多了一絲探究。

范靈枝疑惑道：「說起來，你怎麼會在這裡？」

溫惜昭不斷親拍她的脊背，輕聲道：「我在這裡，自是為了來救妳。」

范靈枝卻一下子推開了溫惜昭，她怒道：「溫惜昭你還有沒有心?!」

她坐起身來，指著自己身下的那一抹殷紅，咬牙道：「我還沒及笄呢，你就對我做出這種事?!」

溫惜昭又一下子將范靈枝撲倒在床，他翻身將她壓在身下，眼中像是蒙了層薄霧，嘴邊卻輕聲道：「枝枝，抱歉，我等了太久，不想再等了。」

他的話一下子就撞到了范靈枝的胸腔底部。

是啊，他等了她三年，他確實……孤獨了太久。

溫惜昭又一下一下撫著范靈枝額頭的亂髮，又說道：「就這一次，情難自持。日後我定會好好呵護妳，及笄之前，絕不再碰妳，妳說好不好？」

這語氣透著哄意，彷彿在哄小朋友吃糖。

不知怎的，范靈枝覺得溫惜昭有些怪怪的，可又說不出哪裡怪，她只得怔怔點頭：「好。」

溫惜昭彎了彎眼睛，該是很高興地揉了揉她的腦袋。

范靈枝這才又想起了什麼，她又突然睜大眼，後知後覺道：「此時都快要辰時了，你今日的早朝不上了嗎？這——」

她一邊說，一邊又要慌忙起身，可卻又被溫惜昭重新拉回了床榻上。

他緊緊得抱著她，在她耳邊低聲道：「今日不上了，罷朝一日又何妨。」

范靈枝是真的越來越覺得溫惜昭有些反常，不由問道：「溫惜昭，你沒事罷？」

溫惜昭低笑：「我只是太開心，開心妳又回到我身邊。」

溫惜昭又說：「這三年如此漫長，每個夜晚都像是被停止了時間，點滴分秒，如此難捱。」

「妳不在的這三年，真是痛苦，比之戰場刀劍無眼、斷腿割肉，還要痛苦萬倍。」

溫惜昭低低說著：「還好，還好妳回來了，枝枝，妳一定不知道我有多開心。」

山河遠闊，人世焰火，初春清晨，久別重逢。

世間青山灼灼，星光杳杳，只要她在，就是星辰大海，就是萬河匯海，他才真正擁有世界。

若她不在，他不過行屍走肉、不過春秋痴夢。

溫惜昭緊緊地抱住她，聽著她沉穩的心跳，聽著她有力的脈搏，聽著她綿延的呼吸，感受她溫熱的皮膚，她是活生生的人，而不是冰冷陰寒的墓匾。

這就足夠了，一切都足夠了。

他又在范靈枝耳邊低聲道：「枝枝，這一生，誰都不能讓妳我分別。」

「誰都不能。」

溫惜昭摟著范靈枝溫存半晌，才終於捨得放開了她。

他又親自將范靈枝送回張府，想了想，他又道：「妳如今住在這般逼仄的房子，只怕治安也是不好，稍後我會派幾個暗衛過來保護妳，日後，再不會有人能傷害到妳一絲一毫。」

他柔聲哄著，又揉了揉范靈枝如今還帶著一絲嬰兒肥的臉頰，這才依依不捨地和她告別，回宮去了。

而她才剛剛踏入清風苑，張氏就迎了上來。

一個晚上沒見，張氏一雙眼睛竟是熬得血紅，下眼瞼上還掛著兩個大大的黑眼圈！

張氏一看到枝枝回來了真是慌得不行，一下子就迎了上去，急聲道：「妳去哪裡了，竟是一晚未歸，父親他急得都快吐血了，昨夜非是要去報官，讓京兆尹派人去找妳，若不是被我攔了，只怕此時已是鬧得沸沸揚揚的了！」

范靈枝打著哈哈：「我昨夜在鋪子忙得太晚，乾脆便在新宅子那邊睡了……」

范靈枝拉住張氏的手，委屈巴巴：「真是抱歉，讓母親擔心了。」

張氏真是被范靈枝氣死：「那妳至少也得派人回來說一聲，妳這般不聲不響地便在外過夜，是想嚇死誰？」

范靈枝示弱，不斷和張氏道歉，張氏的臉色這才好看了點，便拖著范靈枝回房進行危機教育去了。

張氏絮絮叨叨說著，范靈枝則不斷應是，表現得分外乖巧，張氏說了一大堆，直說得口乾舌燥，范靈枝親自給她倒了茶，這才讓張氏趕緊補覺去了。

而等到張厲下值回來後，他便直接趕到了清風苑。

才剛踏入院子內，劈頭蓋臉便神色凝重地問道：「枝枝可回來了？」

在得到下人們的肯定回答後，他的臉色這才好看了一點，大步朝著正廳而來。

范靈枝正坐在長榻上刺繡，見張厲進來了，叫了聲「外祖父」，便不再理他，繼續低頭刺繡。

張厲的臉色分外凝重：「枝枝，今日朝堂發生了件大事。」

范靈枝這才將目光掃向他：「何事？」

張厲道：「魏王他……被流放了。」

一時之間，范靈枝的手指瞬間就被繡花針扎破了血，有血珠爭先恐後地跑了出來。

她怔怔看著張厲：「當真？」

張厲點頭：「千真萬確。祁言卿盡數交出了兵符，如今魏王舉家上下都遠走魏郡，成了個空蕩爵位的異性王。」

范靈枝大腦一片空白，她只是傻傻地看著張厲，只覺得呼吸都有些沉重。

——溫惜昭一定是知道了，知道了祁言卿對自己還有舊念，所以他才用這種方式，讓祁言卿流放他鄉。

據說祁言卿是在今日太陽升起之前離開的，並不曾事先和誰說過，默默走了，一夜之間，連一點痕跡都沒有留下，彷彿祁言卿的戰神傳說，只是眾人的一場夢。

張厲感慨道：「幸得我的枝枝命好，當時竟然沒有答應魏王的婚事，否則只怕此時此刻，咱們張府就得跟著祁言卿一齊被流放了！哈哈！」

張厲說得眉飛色舞，聲音無比刺耳。

范靈枝突然就懶得和張厲偽裝下去，她陡然站起身來，冷冷道：「你給我出去。」

張厲愣了愣：「枝枝？」

范靈枝懶得再和張厲廢話，拍了拍手，很快就有幾個面生的奴才衝了上來，竟是絲毫不給他面子，直接架著他就往外扔了出去。

第341章　喬遷

張厲整個人懵了，等他回過神來，簡直氣得不行，當場就集結了張府常年養著的打手侍從，重新衝到了清風苑裡，想要給那群刁奴一點顏色瞧瞧。

可誰知這一次他帶著侍從還沒闖入清風苑，突然就有幾個身著黑衣的男子突然冒了出來，一下子就將張厲等人當場打得快要殘廢，打得讓張厲懷疑人生！

可憐張厲竟然被扭斷了手，他一介書生就這麼掛了彩，嚇得他差點神志不清，以為自己不是在張府，而是在什麼亂七八糟的被黑暗勢力籠罩的地方。

而張厲受傷之後，秦氏又適時跳了出來，對張厲十分諂媚地貼身照顧他。

果然是患難見真情，張厲看著秦氏忙前忙後給自己端茶遞水，心中免不了生出幾分感動，連帶著看秦氏這張老臉都覺得順眼了很多。

張厲掛了彩，就得請病假。

范靈枝這邊也覺得世界都清淨了，畢竟張厲這段時間天天來找她，反覆向她遊說洗腦讓她嫁給祁言卿，真是說得她頭都快炸了！

范靈枝感受到了沒有張厲的快樂，便愈加不想看到他，於是眼看過了十天半個月，張厲又開始往清風苑蹦躂，於是當日夜裡，范靈枝叫過了暗衛，讓暗衛當夜又將張厲打了一頓。

這一次張厲的左腳被打得脫臼了，於是又得在床上躺個十天半個月。

這一下，張厲才終於回過神來——如今的范枝枝已經不是從前的范枝枝，她如今身邊有一股黑暗勢力在保護她，這股勢力太過可怕，時不時的就會跳出來砍死他。

想明白這一點的張厲是徹底怕了清風苑，就躲在自己的房間裡養傷，打算養好傷了就偷偷出府去搬救兵，讓京兆尹直接上門抓人！

這一次張厲又躺了十天半個月，才終於好了一些。眼看著能下地了，他便開始找準時機想去京兆尹那走一趟。

可誰知他才剛哆哆嗦嗦地走出張府門口，范靈枝就又帶著那幾個黑衣人從天而降。

嚇得張厲臉色大變，一下子沒站穩，整個人就摔倒在了地上，給尚未好全的左腿雪上加霜！

范靈枝似笑非笑地居高臨下打量他，睇眼道：「外祖父，我和母親在你府上叨擾多日，如今我新買的宅子已修葺妥當，因此也不好再叨擾下去，你看明日我們就搬走，你看可好？」

張厲氣得差點心梗：「枝枝，妳這是要走？」

范靈枝輕笑：「是啊。」

張厲咬牙：「看來妳早就打算離開，妳眼裡還有我這個外祖父嗎?!如今妳臨時通知——」

可他的話音未落，身側的黑衣人立馬就閃現到了他身邊，幽幽道：「你就說答應不答應？」

一邊說，一邊舉起了手，眼中還瀰漫著嗜血的光芒。

嚇得張厲大叫：「答答答、答應！」

於是當日夜裡，范靈枝和張氏就歡歡喜喜地開始收拾行李，打算帶著大家一齊搬家到新家去。

張氏的臉色很是感慨，默默嘆了好幾聲，也是，畢竟張厲是她的親生父親，她捨不得，也是應該的。

可就算她再捨不得，也知道什麼是對什麼是錯。

張厲當年逼死了她的親生母親，為了升官發財另外娶了秦氏，如今眼看秦氏倒臺，他便又開始籌劃著和秦氏和離，這等見利忘義的小人之輩，著實不值得張氏留戀那點少得可憐的微薄父女情。

她的心情複雜極了，有時在感慨，為何這許多年的不幸怎麼就都發生在她身上。

她不由看向范靈枝，輕聲道：「枝枝，為娘的總是在想，倘若我當時沒有非要嫁給范平，那麼一切不知會不會有什麼不同。」

她有些怔怔地望著遠處：「也許我當年不嫁給他，我一直留在母親身邊，我就能保護住她，至少她不會因為我的遠嫁而生病，那麼就不會被父親和秦氏聯手逼死吧？」

范靈枝停下了手中的動作，看著她，靜靜聽著。

張氏的眼中有淚光閃爍：「可是枝枝，我若不嫁給妳父親，便不會有妳了，我如今整個生命中只剩下妳，妳就是母親的命啊……」

她的情緒有些崩潰，後面的話，是無論如何都說不下去了。

范靈枝走到張氏身邊，伸手輕輕抱住她。

她一邊撫著張氏的脊背，一邊哄道：「可是母親，世上沒有後悔藥，更不可能時間逆流。別再胡思亂想了，日後的日子，一定會和和美美、幸福美滿。」

真相總是透著殘酷的血腥。

真正的范枝枝，早就被當初那場毒給毒死了。

正因為真正的范枝枝死了，所以身體才被范靈枝給接了盤。

范靈枝心底瀰漫過一絲悲涼，一邊更緊地抱住張氏——無妨，她便是范枝枝，她會贍養母親，一生盡孝，絕不會讓她再受一絲傷害。

母女二人摟成一團相互安慰，手下的奴才則有條不紊整理著行李，等到第二日上午，二人在張府用了最後一頓晚膳，就正式離開張府，朝著范府而去。

新宅子那邊，阿刀早已準備好了一切，就連前頭相連的鋪子，修葺進度也是非常讓人滿意，基本已經完工，就差再布置些細節，便可正式開始投入使用。

范靈枝為了避免張氏始終沉浸在和父親的分別上，因此她特意叫過了張氏，將自己這段時間寫出的如何經營辣味齋，一條一條慢慢講給張氏聽，打算徹底讓張氏主管鋪子。

包括滷味的口味分類，五香鮮辣變態辣，以及如何行銷辣味齋，挑戰吃辣比賽等等噱頭，全都一股腦地說給張氏聽，再讓她好好消化消化。如此一來，張氏也就沒了別的心思傷春悲秋，全部心思全都放在了琢磨如何經營上。

恭賀范府喬遷之喜，范靈枝大擺宴席，請全府上下的奴僕吃了頓奢華大餐，犒勞他們，還給隔壁鄰居都送了份薄禮，當做見面禮，這便算是正式入住了。

前頭商鋪乃是在古平街，而後頭的宅子，則是直連的樂平街。

第342章　辣味齋

這一片所住的，雖不是官員，可卻是上京數一數二的豪奢大戶，北直隸排的上名號的富商，基本都住在這，也就是俗稱的「富人區」。

比如住在范府左邊的，就是蘇記繡莊的主宅；住在范府右邊的則是和記點心的東家；至於斜對面，說來也巧，正是天和錢莊老闆的主宅。

范府喬遷分別給蘇家、和家送了薄禮後，出於好奇，這兩家人不免派出了人前去打聽，新搬來的這戶人家到底是什麼來頭。

可誰知，兩戶人家派出去打聽的人很快就各自回去了，且身上都掛了彩，更離譜的是，他們竟連自己是怎麼受傷的都沒搞清楚，反正稀裡糊塗就被人用石頭打中了膝蓋，疼得讓他們差點昏厥。

兩家人一聽，紛紛冒出了冷汗，便知這新來的范府定是有高人在暗中護著，可見不是他們能招惹的，因此懶得再管范府的閒事，橫豎只要范府不招惹他們，他們自然和范府井水不犯河水。

又過三日，辣味齋開張了。

張氏聽從范靈枝的吩咐，特意花了大價錢請了一組班子來舞獅，只是兩隻獅子爭奪的不是繡球，而是一隻大大的辣椒，真是搞足了噱頭。

且新店開業前三個月，每逢八十八，一百八十八，二百八十八……以此類推，凡是這樣的客人皆能享受免單。

辣味齋還推出了爆辣滷味挑戰，只要規定時間內吃完了爆辣的滷味，就能獎勵十兩黃金。

於是一時之間，整個辣味齋擠滿了人，有搶名次的，有爭著參加爆辣滷味賽的，還有的則是單純想看看老闆娘的風姿，只因張老闆娘長相極美，風韻猶存，少婦姿態，比起滷味，絲毫不遜。

後廚的滷味出了一鍋又一鍋，差點沒把秀姿累半死，不過又說回來，秀姿就算再累也不敢撂挑子，她的真正主子魏王都已經遠走他鄉了，她如今也只有抱緊小小姐的粗大腿，努力工作拿分紅，否則只怕要淪落街頭去……

一時之間秀姿又悲從中來，乾脆化悲憤為動力，溜最肥的肥腸，滷最辣的鴨貨！

阿刀早就考慮到了秀姿一人必是忙不過來，所以招了好幾十個幫廚，秀姿為大主廚，別的便虛心跟著秀姿學手藝。

為了避免大家工作不上心，范靈枝特命阿刀吩咐下去，每人都能參與年底分紅——反正只要秀姿努力幹活，日子總不會過得太差。

如是經營了大半月下來，張氏逐漸上手，日日忙得腳不沾地，算是徹底將那些糟心事全都拋腦後去了。

而范靈枝則開開心心地當起了大家閨秀，只躲在後院內，日日賞賞花、刺刺繡，做做女工，順便再私會私會溫惜昭。

說起來，自從范靈枝入住了范府，溫惜昭便日日都翻牆進來看她。

有時候還賴著不走，非要和范靈枝睡在一起，臉皮賊厚。

而辣味齋開業的動靜鬧得極大，張厲也是收到了消息，前幾日就帶著一群侍從前來砸場子，可每次都還沒接近辣味齋，就被幾個從天而降的黑衣人拉到了巷子裡打一頓。

如此兩次下來，張厲總算消停了，再也不敢出現在辣味齋的周圍。

眼下范靈枝正在家中高高興興地刺繡，她看著繡撐上的兩隻可達鴨，覺得滿意極了，可她還沒來得及欣賞多久，突的就見芸竹一臉糾結地走了上來，猶豫道：「小小姐，門外……門外來了個貴客，想要見小姐您。」

范靈枝挑眉：「哪位貴客，直說就是。」

芸竹小心翼翼道：「回小小姐，乃是常安郡主。」

范靈枝挑眉，呵，好傢伙，還真是貴客！

她放下繡撐，瞇眼笑道：「既是郡主來了，還不快快有請？」

芸竹應了聲是，轉身退下了。

一炷香後，范靈枝和溫溪月已共同坐在了前廳裡。

溫溪月進門來的時候，看著范靈枝的目光並不能算友好。

她先是目光微涼地上下掃了范靈枝一圈，這才收回眼神，緩緩走到范靈枝面前，眸光深深地對她似笑非笑道：「范姑娘，我們終於見面了。」

「終於」這個詞，用得極妙。

范靈枝假裝聽不出她語氣中的不友好，兀自輕笑：「郡主來見民女，是民女的福氣。」

溫溪月低低笑著，一邊瞥著一旁的芸竹，一邊道：「妳倒是好手段，竟哄得讓我皇兄，將皇嫂的貼身奴才都給送到妳身邊了……妳是怎麼做到的？」

她笑咪咪地說著最冷漠的話。一雙眼睛幽深異常，深不見底。

溫溪月是真的長大了，再也不是當年那個紅著眼睛和自己說過去的小女孩了。

如今的她風韻獨特，渾身上下都泛著貴氣，成了一個成熟又誘人的女子。

范靈枝的語氣始終平和：「承蒙聖上錯愛，他這般待我，我定回以真心。」

溫溪月皺了皺眉，她沒料到這個女孩和她想像的竟完全不同。

她想像中的范枝枝，該是一個恃寵而驕、狗仗人勢的女子，必然和范姐姐長得應該有幾分相像的，否則又怎麼會把皇兄迷得這般暈頭轉向？

可誰知這少女非但長得和范姐姐完全不同，甚至看上去就帶著一股稚氣，臉蛋還透著一絲嬰兒肥……簡直根本就不像是皇兄會喜歡的類型……

最重要的是，她方才這般刺激她，她竟然脾氣溫和，柔聲以對，根本沒有生氣的跡象。

一時之間，溫溪月也是有些搞不懂了，到底是這少女太純真，還是說是她掩飾得太好、心機太深？

——說起來，這女子能被皇兄喜愛，她自是歡迎的。可錯就錯在，皇兄竟是打算專寵她一人，一副弱水三千只取她獨一瓢的樣子，這就讓她不太能忍！

溫溪月心底百轉千回，眸光亦是明明滅滅。

直到半晌，溫溪月才放軟了語氣，說道：「妳如今尚未及笄，那入宮一事，那便等妳及笄了再說。」

溫溪月：「皇兄這般喜歡妳，宮位定不會委屈了妳。」她又笑著說著，「到時候妳便和別的妃子一齊盡心侍奉皇上，努力為皇家開枝散葉。」

第343章　女性自信

范靈枝臉色絲毫不變，只點點頭，笑著回答：「是，謹遵郡主教導。」十分乖巧，毫無反骨，更沒有恃寵而驕。

溫溪月是徹底對眼前這個小姑娘改觀了。

可見想要專寵范枝枝，只是她皇兄自己的想法，范枝枝對此並不知情，甚至於她其實根本就沒想過要被專寵。

溫溪月的臉色這才好看了點，她柔聲道：「范小姐，日後妳定要和別的宮妃好好相處，姐妹情深，莫要行恃寵而驕的蠢事，便是最好的了。」

溫溪月見她年紀小，已經完全把她當成了供自己教導的妹妹，持續對她傳播經驗：「後宮生活多寂寥，也只有將宮中妃嬪都當做姐妹去相處，日子總能好過些。」

至少當年范姐姐就是這樣做的。

溫溪月總是夢到她，如今又想起她，她的心情便有些低落了下去。

她又和范靈枝說了一些深宮生活小技巧，這才又道：「對了，再過五日，我會在京郊的皇家園林設宴，屆時還請范小姐務必要來。」

郡主都親自發話了，范靈枝哪裡有拒絕的道理。

她點點頭，乖巧回覆：「民女一定到場。」
溫溪月這才心滿意足地走了。
一直等到溫溪月身影不見了，范靈枝這才嘆了口氣。
她又回到寢房開始刺繡，只是這一次是如何也集中不了注意力了。
她當然知道這一次她重新下來的目的是什麼——就是讓溫惜昭多生幾個孩子。
吼，說起來古代生孩子的條件是真的艱險，很有可能一屍兩命胎死腹中，所以理智告訴她，她必須得給溫惜昭多招幾個妃子，充盈他的後宮，越多的女子來替溫惜昭開枝散葉，就越好。
可是感情卻又告訴她，她怕是作不出這般大肚能容的事。
范靈枝幽幽嘆著氣，心裡矛盾極了。
當日夜裡，溫惜昭又翻牆來找她。
溫惜昭只覺得今日的范靈枝情緒極度失落，暗衛來報說今日溪月來找過她，於是便問：「溪月為難妳了？」
他一邊問，一邊將范靈枝摟在懷裡。
范靈枝倚靠著他的胸膛，惶惶然道：「自然不曾。」
范靈枝認真地看著他：「你是大齊聖上，為了江山社稷，也得多生幾個子嗣。你可曾想過，要多納幾個妃子？」
溫惜昭的臉色有些冷了下來：「納妃？朕為何要納妃，朕只有一個妻子。」

范靈枝道：「倘若我生孩子不小心死了呢？」
溫惜昭的臉色陡然就變了，他緊緊地將范靈枝摟著，聲音陰鷙：「那就不生孩子。」
范靈枝抽了抽嘴角，什麼鬼！
范靈枝正色道：「溫惜昭，我自有我的打算。你若尊重我，就該聽從我的安排。」
溫惜昭危險地瞇著眼睛：「妳倒是說說，妳有什麼安排？」
范靈枝突然又笑了：「時間到了，我自然會同你說。」
靜默半晌，范靈枝突然又道：「祁言卿，是你逼走他的？」
她佯裝問得隨意，可一雙耳朵卻是高高豎起。
溫惜昭的聲音淡淡傳來：「朕不曾為難他，是他心生退隱，所以才不告而別。」
她不信。
當天的事她記得清清楚楚，她就是被祁言卿迷暈的。
難道當真這般巧，她才剛被祁言卿迷暈，當天晚上祁言卿就心生了退隱之意，不告而別了？
溫惜昭不想讓她知道，那麼她再怎麼問，他也不會多說一句。
范靈枝輕聲道：「祁言卿乃是大齊肱骨之臣，失去他，是大齊的損失。」
溫惜昭卻靜靜看著他，無比肅色道：「我會將大齊治理得井井有條，枝枝信我。」
像是在發誓，又像是在對她保證。

他是帝王，他有他的治理之道。

只是她這輩子欠了祁言卿太多，是真的還不清了。但，此恩必還，她心中早已有了決定。

一時之間，二人誰都沒有說話，只是彼此依偎，靜靜聽著彼此的心跳聲。

這幾日晚上，溫惜昭不知怎麼回事，總是喜歡摟著她睡覺，將她摟得緊緊的，不願放開。自然，只是很單純地和衣而睡，並無逾矩之事。

等到第二日天亮，范靈枝睜開眼，溫惜昭又已早就離開，趕回宮上早朝去了。

前頭辣味齋的生意依舊火爆，且辣味齋的辣味挑戰賽竟然一傳十十傳百，不過短短半月，就在這個北直隸都傳了開來。

每天都有很多人絡繹不絕得來試吃變態辣，為了杜絕浪費，辣味齋又添加了新的說明，吃完了的可獎勵十兩黃金，可吃不完的便要交二錢銀子，可饒是如此，依舊阻擋不了食客的熱情，辣味齋靠著這個比賽，含淚賺了好幾百兩。

辣味齋已經走上了正軌，張氏在經營的過程中終於找回了自己的女性自信，整個人都變得爽朗了許多，一舉一動都透著格外的嬌媚，整個人簡直在閃閃發光。

都說優秀的女子最美，這話不管在哪個時代，都是同樣適用。

只是女子一變得出眾，就容易惹出麻煩。

比如這兩日張氏發現有好幾個公子哥總是日日來辣味齋報到，包了兩個包廂，可以從辣味齋早上剛開業，一直坐到鋪子關門打烊。

這也就算了，最過分的是這兩個公子哥竟然一前一後非得要黏著張氏，只要張氏一出來，就一左一右地圍繞著她，對她噓寒問暖，讓張氏好不困擾。

如此跟了兩天後，張氏真是怕了他們了，冷著臉質罵：「來辣味齋就多點些滷味，這般跟著我做什麼？」

這兩個公子一個姓張一個姓李，二人聞言，竟然開始內鬥！

張公子叫一盤滷味，李公子就跟一盤滷味再加兩碗熱乾麵；

張公子連忙又跟了三大盤溜肥腸，李公子見狀當即一擲千金將今日份辣味齋所有的滷味全都買下來了，出手闊綽，簡直就是富二代本富！

張公子這回要不起，他漲紅了臉開始對李公子進行人身攻擊：「你算是什麼東西，你可都結了兩次親了，家裡還有三個妾室五個孩子，你也不撒泡尿照照鏡子，看看自己配不配得上張姑娘?!」

第344章 挑釁

李公子陡然被張公子揭了老底，臉色變成了豬肝色，他咬牙道：「你又是什麼好東西?!雖然你不曾成婚，可你日日流連青樓煙花之地，到如今都沒一個像樣的女子敢嫁給你，哈哈，你比我還慘！」

李公子怒道：「你便後不洗手，你還不愛洗澡！」

張公子也憤怒了：「你媽寶，什麼都聽你娘的，你娘讓你往東你就不敢往西，你還讓青樓女子墮胎，你簡直不是男人！」

眼看旁邊圍觀的人越來越多，張氏真的氣死了，她怒吼一聲：「阿刀！」

阿刀早就看這兩個沙雕礙眼了，聞言，當即拍了拍手，於是很快就衝上來了幾個奴僕，一下子就將張公子和李公子就像提小雞兒似的提了起來，扔出了辣味齋。

沒個十年八年的武功，可做不到這樣的程度。

眾人心裡暗暗吃驚，紛紛明白了原來辣味齋內平平無奇的奴僕，其實暗地裡各個都是武林高手……一時間，眾人心裡都不敢再辣味齋鬧事，眾人嘻嘻哈哈散開了，權當方才什麼事都沒有發生。

而被扔出辣味齋的張李二人，相互朝著地方吐了口口水，便打算各自散去。

特別是張公子，他一想到方才當著這麼多人的面，被姓李的說自己是媽寶，就讓他恨不打一處來。

他這輩子最討厭別人喊他媽寶，可偏偏他竟然無法反駁，真是該死！

張公子渾身戾氣得往回走，只是才剛走了幾步，突然前頭閃出了一道嬌俏的身影。
眼前這個女子長相嬌豔，身著精緻刺繡的錦裙，攔住了他的去路，正笑咪咪地看著他。
張公子皺著眉頭看著她：「有事？」
穆秀秀輕笑：「是啊，有事尋你。」
張公子異常防備：「何事？」
穆秀秀一雙眼睛黑漆漆的：「你喜歡張海棠？」
張公子腦海裡閃現出那道嬌媚的身影，就像是成熟的蜜桃一般吸引人，他忍不住瞇了瞇眼：「那又如何，關妳什麼事？」
穆秀秀挑唇：「是不關我的事，可我這有個把柄，能助你得到她……」
她的聲音透著引誘：「怎麼樣，幹不幹？」
張公子忍不住眼前一亮，可很快的，他又忍不住狐疑：「妳讓我幹這事，是為了什麼？」
穆秀秀冷笑：「你想得到張海棠，我看不慣辣味齋，各取所需不好嗎？」
原來如此。
張公子心底的防備瞬間低了不少，他兩眼忍不住發光：「說來聽聽。」
穆秀秀轉身朝前走去，張公子急忙跟上。
范靈枝這幾日心情始終因為祁言卿的離開而悶悶不樂，整日躲在閨房大門不出二門不邁，不是看話本子就是專心刺繡，好好磨磨自己的心性。

眼下她又在看時下流行的話本子，可突然間，就見芸竹疾步走了上來，神色慌張道：「小姐，大事不好了，辣味齋……出了些事！」

范靈枝依舊懶洋洋的，頭也不抬：「出了何事？竟讓妳這般慌張？」

芸竹的聲音竟然都有些許的顫抖：「小小姐，前頭突然來了……一幫人，為首的男子自稱是、是……是您的父親！」

這一下，范靈枝是徹底驚了。

她一下子就從長榻上站起身來，眸光冷凝：「妳說什麼？」

芸竹一邊跟著范靈枝朝著房外走去，一邊將方才發生的事和范靈枝仔細說了一遍。

原來方才辣味齋內，張氏正在大堂招呼客人，可突然之間，就進來了好大一幫子人，穿著粗麻衣，看上去很是落魄。

而站在最中間的，則是一個稍顯狼狽的中年男子，約莫三十歲左右的年紀，長髮只用一根木簪束著，下巴上有點點鬍渣。

最重要的是，這中年男子才一見到張氏，竟是當即紅了眼眶，一下子就朝著張氏衝了上去，聲音夾著一絲激動：「海棠！我可算是找到妳了！」

而張氏一看到他，看著這進門的這一幫子人，竟是瞬間就臉色變得無比難看，身子更是微微恍惚，竟是連站都站不穩了！

阿刀在一旁將夫人的反應看得清清楚楚，可見夫人確確實實是認識眼前這些人的。

想了想，阿刀一下子走到張氏身邊，在她耳邊低聲道：「夫人，可需要奴才做些什麼？」

可張氏卻是一點反應都沒有，整個人如遭雷擊，可見她受到了極大的刺激。

那男子衝到了張氏身邊，又哭又笑：「海棠，妳這是怎麼了，我是妳夫君啊！」

此時此刻，周圍圍觀的人已經甚多，辣味齋每日的食客特別多，更何況此時還是午時，正是客流量最多的時候！

天子腳下，熱鬧非凡的鋪子內，陡然上演了這麼一齣戲碼，很難不引起轟動。

大概是這一聲「夫君」，總算讓張氏猛地清醒。

她當場就臉色發青，忍怒道：「范榮，如果沒記錯的話，我與你早就和離了，你如何能算是我夫君?!」

范榮卻絲毫不慌，甚至眼中還透著一絲竊喜：「海棠，妳怎麼忘了，妳我只是簽了和離書，卻並未在官府那遷戶籍，所以只要我想毀約，這和離書就不算數的。」

范榮不愧是讀書人，說起話來清清淡淡，可卻句句都能氣死人。

張氏是徹底慌了，她雖然曾經就已經見識過范榮的不要臉，可沒想到半年沒見，他竟然變得這樣卑鄙無恥！

身側眾人全都震驚了，原來辣味齋的老闆娘都已經和離了一輪了，還真是人不可貌相……

阿刀見張氏越來越慘白的臉色，就知道這件事怕是不太好了，當即開始疏散客人，表示今日辣味齋暫停營業，還請客人們各自離去，並免了眾位食客這一頓的飯錢。

見到圍觀的客人都要走了，突然就有個稍顯年輕的女子陡然跳了出來，翹著下巴嬌嬌說道：「幹嘛要急著趕大家伙兒走？讓大家伙兒也幫忙做個見證不好嗎？免得到時候姐姐翻臉不認帳啊！」

這女子懷中還抱著一個幼子，她一邊哄著孩子一邊用大家都能聽到的聲音說道：「老爺和姐姐可是十幾年的原配夫妻，當年姐姐可是鐵了心的非要嫁給老爺，甚至不惜和家中決裂呢……」

第345章　認親

這女子長相透著一股做作的嬌色，特別是一雙眼睛，透著極力想要隱藏的精明。

阿刀側身在身側一個奴才耳邊低聲吩咐，讓他去將主子叫來，然後這才陰陰笑著看著眼前的女子，聲音莫名透著一股子恐怖殺氣：「主子的事，也值得妳編排？妳是什麼東西，竟敢瞎嚼主子舌根，若是不想活了，我現在就成全妳。」

阿刀長相陰柔無比，一雙眼睛透著尖銳的陰詭，透著濃烈的戾氣，硬是嚇得薛蘭一跳。這人身上殺伐氣息太重，彷彿真的會拔出劍來將她一劍殺死。

她摟緊懷中的孩子，下意識後退一步。

阿刀眼中透著濃濃的嘲弄，然後不再理她，一邊招呼著各位食客，讓他們全都退下了。很快的，整個辣味齋終於落了個清淨。

阿刀緊接著又招呼著在場的奴才下人們全都退下，而才剛退到後院，就見迎面急急走來了范靈枝和芸竹。

阿刀正待吩咐，范靈枝已譏嘲道：「芸竹已將事情都與我說了。」

范靈枝讓芸竹留在院子裡，換作阿刀跟著她，這才帶著阿刀大步踏入了前頭辣味齋的大堂裡。

此時此刻，大堂內依舊站著許多人。

除了張氏，別的對范靈枝來說，全都是第一次見面的陌生面孔。

可她大概也能猜出個大概。

站在張氏旁邊的男子，勉強算是中年罷，三十歲左右的年紀，氣質透著落魄，可五官卻是長得頂好，一雙桃花眼微微上挑，莫名透著幾分風流，可見正是范枝枝的親爹范榮；

——也怪不得他竟會得到當年張海棠的喜歡，這范榮更年輕的時候，必然是個妥妥的帥哥。

而稍遠處那位長相姣好、懷中還抱著一個嬰兒的女子，想必就是范榮的小妾，又或者說是新婦；

站在那女子身後的，是一個年紀稍長、頭髮花白的老嫗，那必然是范榮的老娘，也就是范枝枝的奶奶；

站在老嫗身邊的，是一對中年夫婦和一個年輕的清俊少年，這少年看上去最多十六七歲，應該是范枝枝的堂哥表哥之類的？

大概也是大差不差，八九不離十罷。

而且也不知是否是范靈枝的幻覺，她總覺得這少年在看到自己時，眼中似是瀰漫出了一股激動來，讓范靈枝忍不住在他身上多停留了一眼。

她微微皺眉，看這架勢，看來這范家是拖家帶口得舉家全都入京投奔張海棠來了，還真是臉皮夠厚的。

范靈枝站定在張氏身邊，緩緩打量著眾人，許久，嘴角露出一個輕蔑笑意。

而她進來之後，眾人自然也全都將目光掃向了她。

只是看到范靈枝的瞬間，眾人眼中全都閃過了或驚訝、或震驚的目光，眸中全都透露著一抹不敢置信。

特別是薛蘭，她心底陡然就不舒服了——她根本就沒有料到，這個又瘦又小的范枝枝，非但沒有死，竟然還變得這般……閃耀奪目！

如今這范枝枝的皮膚變得吹彈可破，白皙似玉，特別是被身上這條輕盈蠶絲刺繡杏花裙襯托的，便更是氣質斐然，如玉生煙，和富貴人家的小姐別無二致！

薛蘭咬緊銀牙，心底的酸澀越來越漲——當時她給范枝枝下了毒，怎麼就沒能弄死這個小蹄子，反而還讓她變成了這般閃耀的樣子，真是失策……

她又忍不住低頭看著自己懷中的兒子，自己的兒子才七八個月大，卻只能穿粗糙的麻衣，甚至連滿月酒都沒銀子擺一擺……她真的好恨！

她垂下眼眸，一邊不斷哄著懷中幼子，掩蓋掉了自己滿眼睛的恨意。

范榮一下子就朝著范靈枝衝了上去，激動道：「枝枝，我是妳爹啊！妳如今竟出落得這般落落大方，真叫為父欣慰！」

范靈枝低低笑著：「父親，好久不見。」

范宗和秦氏也當即走了上來，范宗的眼中雖然夾著羨慕，可卻不能在這麼多人面前掃了自己這個當祖父的威嚴，便聽他冷冷道：「枝枝，半年之前妳娘親帶著妳不告而別，真是差點氣死我這個祖父，日後可不要再這般意氣用事了。」

祖母秦氏長著一張市儈的臉，一雙豆綠大小的眼睛不斷瞥向范靈枝，嘴邊的笑極其虛偽：「枝枝，如今妳日子這般好過，都成了大客棧的少東家了，咱們一家人可得相互幫助才行，妳可得好好幫扶妳弟弟啊。」

范靈枝嘴角的笑意更深了：「好啊祖母，我一定會好好幫弟弟的。」

張氏在一旁忍不住疾聲道：「枝枝，妳——」

那對中年夫妻一家子也湧了上來，宋三有些不好意思地對枝枝說道：「枝枝，姑父此番跟著岳父岳母一齊進京，乃是因為亭玉要參加科舉，這才跟著他們一齊上路……」

原來是姑父。

那站在姑父身邊的，那就是范榮的親妹妹了。

果然，就聽范雲說道：「枝枝，此番來當真叨擾了，姑姑也是為了亭玉這孩子，這孩子和妳一起長大，讀書也夠爭氣的，這次鄉試，可是考了整個姑蘇大郡的第三位呢！」

她說話間，語氣中是滿滿的自豪。

范雲這麼說著，清俊少年宋亭玉忍不住微微紅了臉頰。

范靈枝有些意外地又掃了他一眼——全省第三，確實厲害。

聽著這些親戚你一句我一嘴地說著，說什麼的都有，范靈枝便全都只是笑咪咪地應了下來，一副將所有要求都滿足的樣子。

張氏在一旁極力忍耐，臉色發黑，可見她正在努力積壓心底的怒火。

見范靈枝這樣好說話，范家人便開始逐漸大膽起來。

祖母秦氏笑得臉上的褶子都皺成了一團：「一家人就是得整整齊齊，才是幸事。」

祖母眼中的精明快要按壓不住：「總之，枝枝妳可千萬要好好善待弟弟，日後妳也能多個人幫襯，知道了嗎？」

范靈枝點點頭：「好啊。」

范榮也是高興極了，他當場就紅了眼眶，不斷點頭道：「那就好那就好，如此便是最好的了，枝枝，為父為妳和妳母親驕傲。」

第346章 主院

范靈枝懶得再聽這群人說太多，轉身就揮了揮手，阿刀瞬間就彎腰等著范靈枝吩咐。

范靈枝讓阿刀將眾位都帶到宅子裡，安頓在各個院子裡。

阿刀應了是，當場就帶著眾人朝著後院而去。

范家人哪裡見過這樣的仗勢，一看到曲徑通幽處，這辣味齋的後頭竟還連著這般奢華的大宅子，當場一個個全都嘴巴長得老大，彷彿從未見過好東西的土狗一般。

這些人一邊忍不住對著後院種著的奇花異草嘖嘖稱奇，一邊緊緊跟著阿刀走去，畢竟這宅子挺大的，竟然還有假山流水，他們還怕迷路呢！

而就在經過華溪院時，范榮一下子就被華溪院內的精緻豪奢給閃得走不動道了——這院子裡非但有一顆偌大的海棠樹，甚至還有一口冒著熱氣的溫泉！

眼看馬上就要入冬了，此時已是快到深秋，到了夜裡更是寒冷無比。

范家這一路行來，一道晚上就格外難捱，若不是有個貴人暗中給他們塞了點銀子，只怕他們真的扛不到來上京的時候……

因此此時一看到這口溫泉，范榮的眼睛一下子就直了，竟是抹著淚對自己的爹娘道：「爹、娘，咱們總算是苦盡甘來了！」

阿刀在一旁聽著，眼中閃過一絲厭惡。

果然，就聽范榮問道：「這院子是誰在住？」

范靈枝的聲音從身後不遠處輕飄飄傳來：「是我在住。」

范榮當場就皺了皺眉：「妳和妳母親，難道不住一起嗎？」

張氏站在范靈枝身邊，已經滿臉的生無可戀，她咬牙道：「女兒長大了，我為何要和女兒同住一屋？」

范榮當場就不樂意了，沉眉道：「這乃是主院，既是主院，怎能有主院給女兒住，長輩反而住在偏院的規矩？海棠，就算妳再寵枝枝，也不該如此溺愛罷？」

張氏心底的怒火簡直快要壓不住了，她作勢就要衝上去和范榮好好扯一扯，可誰知一旁的范靈枝竟一下子暗中拉住了她的手，一邊對著她緩緩搖了搖頭。

張氏這才深呼吸，一邊繼續努力控制自己的脾氣，她惡狠狠道：「我樂意，你管得著嗎？」

范榮正待教訓，可一旁的祖父和祖母已經冷下了臉，就聽祖母冷笑道：「張氏，當時榮兒為何要和妳和離，妳總該有個數罷？」

「便是因為妳太過寵愛枝枝，甚至是溺愛！所以榮兒為了給妳長點記性，所以才說要和妳和離，可妳呢，妳竟還是這般，竟是一點都沒有改變！」

說到最後，她的聲音已經十分難聽，絲毫不給她面子：「也幸好榮兒脾氣好，所以才願意不計前嫌繼續和妳好，可妳呢，妳怎麼就沒點長進？」

張氏一下子就扯開了范靈枝的手，衝到祖母面前冷厲道：「那就趕緊的，趕緊的和我去官府拆戶籍！這樣的不計前嫌，我可不稀罕！」

祖母當時就怒了，一下子就瞪向范榮：「榮兒！這就是你的好媳婦？」

范榮連忙來拉過張氏，在旁邊勸和：「海棠，還不快和母親道歉？」

張氏氣得渾身顫抖，還想再說，可范靈枝已輕笑著上前，柔聲道：「母親，既然父親這樣說，今晚妳便和我一起睡在主院罷。」

范靈枝的聲音輕飄飄的：「父親才剛回來，和母親尚未解決當初和離文書的事，我想父親就算再想念母親，也不會想今日就和母親睡同一個院子罷？」

一邊說，一邊看著范榮。

果然就見范榮的臉紅了紅，點頭道：「正是如此。」

只是離去前，范榮尚且還盯著那口溫泉池，眼中流露出點點羨豔。

等阿刀將三戶人家都安排到各個院子後，阿刀這才回來覆命。

范靈枝則正聽著張氏用各種不重複的髒話咒罵了那范府的人十八遍，罵累了就又喝了一大口茶再繼續罵，直罵到她徹底將心底的火氣全都發洩出來了為止！

將肚子裡積壓的火山全都噴發了出來，張氏這才感覺自己好多了，她又忿忿看向范靈枝，怒道：「枝枝，這十幾年來，為娘帶著妳，在范府吃了那麼多的苦，妳如今怎還對著他們笑臉相迎?!」

張氏戾氣深重：「為娘也是這半年來才越想越清醒，知道自己以前過的都是什麼狗屁日子！為娘現在再看到這一家子姓范的，都覺得想吐！」

張氏越想越覺得枝枝像是變了性子，想了想，她的臉色突然就不好了，連聲音都帶上了一層頹敗：「妳……妳是不是還念著妳的父親？」

范靈枝看著張氏一股腦罵人的樣子，到底是忍不住，噗嗤笑了出來。

她笑道：「母親，別說在臨州的那一場發燒，直接把我從前的記憶全都忘光了，就算我沒忘記，我也不會對一個將妻兒趕出家門的男人，再起一絲半點的親情父愛。」

張氏聽她這麼說，才終於臉色好了些，她又不解道：「那妳方才為何要這般忍耐？如他們這樣的，方才就該徑直將他們趕出去！」

張氏這半年跟著范靈枝，大概是被耳濡目染了，且這段時間和阿刀一起經營客棧，如今說話辦事的風格，風風火火了許多，再沒了之前的猶豫性子。

范靈枝非常滿意張氏的蛻變，她瞇著眼睛道：「急什麼，對付不同的人，就該用不同的法子。」

范靈枝似笑非笑：「我可沒耐心和他們說太多，更懶得和他們爭吵。還是將他們引進家來，查查底細再說。」

范靈枝的眸光有些冷色：「范府全家上下都穿得這般落魄，可見必然是出了事，特別是范榮，看他如今的樣子，可見那金陵縣令的官職，定是丟了。」

范靈枝：「咱們和范府再無瓜葛，范榮丟了官職，就上京來找咱們，甚至還直接到了辣味齋來，這背後若說沒人指使，我可不信。」

張氏怔住，她一心只顧著憤怒，壓根就沒想這麼多。

范靈枝緩緩道：「先穩住他們，明日我先派人去官府，將妳與范榮的戶籍解綁了再說，這才是頭等大事。」

第347章　往事

被范靈枝這麼一提，張氏才終於想起了這回事。

她猛地拍了拍大腿，咬牙切齒道：「我竟差點將這事給忘了！」

范靈枝微微冷凝：「這件事可不能忘，倘若這件事不曾解決，妳便要被范家扒著吸血，怕是會跟著咱們一輩子。」

張氏被范靈枝說得瑟瑟發抖，當下也不敢再想別的了，只一心想著如何趕緊將這件事辦妥了再說。

可她不由又悲切道：「此事只怕還是得麻煩我那父親來辦，可我若是去求他，豈不是給他了一個極好的把柄？若他用這個威脅我們，讓我們搬回張府去，可如何是好？」

范靈枝柔聲安慰：「此事不急。母親，我在京中還有別的朋友，他們能幫我處理此事。」

張氏的臉色這才好看了很多，她定定道：「此事那便只有麻煩妳的朋友去做。等事成後，為娘必會重禮相謝！」

范靈枝笑著應是。

等到了晚上，張氏和范靈枝同床而睡，可張氏翻來覆去，怎麼也睡不著，滿腦子掠過的都是自己以前在范家的回憶。

當時她身在其中，大抵是整個人都麻木了，竟然沒有覺得苦，可如今她在回想，只覺得那范府上下簡直處處都在吃女人。

范靈枝聽著張氏的動靜，她側身看著她，柔聲道：「娘，別再胡思亂想了，為了那群小人，卻害得自己休息不妥，不至於。」

張氏是徹底沒有睡意了，她乾脆半躺在床上，雙眸紅紅和范靈枝說起以前在范家的往事。

張氏說，她當時嫁給范榮，婚禮十分簡陋，不過是穿了身寒酸的紅喜服，在范府擺了兩桌喜酒，對著一對紅燭就拜了天地。

當時她總自我安慰是因為范榮才剛當上縣令，家中一窮二白所以才會如此，可她卻總是忽視了她婆婆腦袋上插著的金銀釵環。

范榮他媽秦氏非常難伺候，要求張氏每天晨昏定省，稍有不適便要張氏隨侍伺候，就連感冒風寒都要張氏熬夜陪著。

記得有一回冬日秦氏又得了風寒，大晚上的嚴寒天，秦氏非要她去燒熱水給她用，那一個晚上張氏足足燒了一晚上的水，又是給她擦身又是用沾了熱水的帕子覆在秦氏額頭上，可把她累夠嗆。

那幾日恰逢她來葵水，肚子疼得厲害，從那之後她的身子便有些不太好了，以至於她好不容易懷孕之後，奪走幾步便肚子發緊。

好不容易將范枝枝生下來了，可張氏的身體是徹底垮了。

且張氏生了個女兒，秦氏便特別看不過眼，罵張氏不爭氣，又罵范枝枝是個賠錢貨。

張氏是個堅強的母親，她自己被秦氏蹉跎不要緊，可秦氏卻總是辱罵甚至虐待范枝枝，總是趁著張氏不注意的時候捏她的小手，肉嘟嘟的胳膊都被她捏得通紅。

張氏忍無可忍，便和秦氏大吵了一架，可誰知范榮卻只是縮著腦袋，並不發聲。

事後張氏問范榮，妻子和女兒在他心中可有一絲分量？范榮那迂腐的秀才竟說：「我娘年紀大了，妳多讓著她便是了，免得流出什麼不好的閒言碎語，落個不孝的名聲，影響仕途。」

從那之後，張氏對范榮便日漸失望，日子三年五年八年地過去，張氏的脾氣徹底被生活磨平了稜角，任由秦氏蹉跎，唯獨在范枝枝這件事上，張氏總會竭盡所能保護好她，不讓她也被奶奶欺負。

再加上張氏多年不再有孕，膝下只有一個女兒，秦氏總是和范榮說著張海棠如何如何壞，范榮一開始還幫著張氏說兩句，可日子久了，對她也逐漸不耐煩起來，甚至於到了後來，在外頭養了個外室。

後來那外室薛蘭被張氏發現後，范榮還美名其日他只是想找個女子延續香火，對她並無感情。

可誰知張氏又一次去找薛蘭，薛蘭竟自己摔了一跤，恰好范榮就來了。

見到這一幕的范榮整個人當場就發了脾氣，指著張氏的鼻子罵她惡毒妒婦，竟這般欺負他的蘭娘。

畢竟他的貌美外室柔弱不能自理，不像張氏，護起范枝枝的護犢模樣簡直就跟母夜叉沒什麼差別。

從那之後，張氏徹底對范榮死了心。

而又過半月，范榮便將薛蘭抬進了范府，開始寵妾滅妻。

他和薛蘭花前月下，說著溫柔的情話，給她寫溫柔的詩，彷彿張氏才是那個礙眼的第三人。

而范榮和薛蘭成親後的第二個月，薛蘭便有了孕，可誰知懷孕不久，她就被范枝枝推下了石階，差點滑胎。

婆婆秦氏當場差點把范枝枝打死，張氏再也忍無可忍，她到底是和范榮提出了和離。

當日傍晚，天還未黑，張氏就帶著范枝枝，離開了范府。

只是她根本就沒料到，她才剛帶著范枝枝出了范府，誰知當日夜裡，枝枝就開始發燒，且這一燒就燒了一個多月，甚至於後來變得越來越嚴重……

張氏一邊細細說著這些往事，一邊緊緊捏著范靈枝的手。

范靈枝靜靜聽著，一邊觀察她的眼神——她的眼中沒有悲切，沒有眼淚，只有厭惡和憤怒。

范靈枝柔聲道：「母親，過去雖淒慘，可我卻要恭喜母親。」

張氏這才臉色輕鬆了些：「恭喜我什麼？恭喜我跳出火坑嗎？」

范靈枝點頭：「對，恭喜母親跳出火坑，恭喜母親斬斷了和父親的那場孽債。這些福氣，咱們還是讓給薛蘭去享受吧。」

張氏有些不信：「范榮這般深愛薛蘭，又豈會放任自己的母親去蹉跎她？怕是捨不得。」

范靈枝卻瞇起眼來：「不，范榮並不愛薛蘭，他只是享受那份禁忌真愛，帶給他的刺激和歡愉。可一旦這份刺激感消失了，他對薛蘭，遲早也會像對待母親一樣，將她慢慢拋棄。」

她太了解男人了。男人永遠需要追求新鮮和刺激感，這也是為什麼那麼多小三扶正之後，男人轉頭就去外頭找小四小五的原因。

轉正的小三，可給不了他想要的快樂。

第348章 刁奴

范靈枝看向張氏，眸光沉沉：「只是母親，妳說妳剛帶我離開，我當日夜裡就發起了燒，難道妳就不覺得，湊巧得有些詭異嗎？」

張氏臉色猛地變了：「枝枝，妳的意思是——」

范靈枝眸光更冷：「且母親身上也中了毒，王御醫給妳把脈，不是說妳也中了小還丹之毒嗎？約莫中了三四年了，算算日子，似乎剛好薛蘭出現在范榮身邊不久，母親剛好就染上了。」

被范靈枝這麼一說，張氏渾身都忍不住泛起了一身冷汗。

她怔怔看著范靈枝，腦海中迅速閃過了許多想法。她整個人驚疑不定，許久，她冷笑起來：「真不錯，既然如此，那便走著瞧罷！」

范靈枝道：「母親，我到有一計，可以試一試。」

她趴在張氏耳邊低低說著，直聽得張氏連連點頭。

等到第二日，范靈枝一大早就讓阿刀出了門，辣味齋依舊停了營業，因此張氏便空了下來，乾脆就陪著范靈枝在院子內刺繡。

阿刀很快就回來了，一邊對著范靈枝暗暗點了點頭。

范靈枝這才收回眼來，繼續和張氏研究到底是繡蝴蝶還是繡鴛鴦。

等到了傍晚全家人一齊到正廳用晚膳的時候，范家人又開始高談闊論，對著范靈枝的豪宅指手畫腳，一會說主院該給范榮住，一會又說范枝枝遲早是要嫁人的，住個偏院也便是了。

范家人說得慷慨激昂，唾沫橫飛，張氏氣得差點內出血，差點忍不住把桌子掀了，可范靈枝卻只顧氣定神閒地夾菜吃，連一絲表情變化都無。

眼看明日便是溫溪月舉辦宴會的日子，他們這個時候找上門來，可見這背後之人用心良苦，一定是花了極大心血，才能將時間安排得這般巧妙。

想及此，范靈枝不由無聲地勾唇笑了。

范家人將一桌子的飯菜全都吃了個乾淨，這才拍拍屁股走了。

只是走之前婆婆秦氏又看向張氏，說道：「海棠啊，我的老毛病又犯了，沒的需要妳幫我捏一捏，等會妳來我房裡，可別忘了。」

張氏差點笑出聲，正待說話，可就聽范靈枝輕飄飄道：「既是病了，那就找個大夫，母親不是大夫，可治不好妳。」

范靈枝嘴邊雖然淡淡笑著，可說話時的樣子卻透著不容置喙的威嚴之色，竟讓秦氏一時之間有些沒反應過來。

還是一旁的范宗先反應過來，當即沉了臉，擰眉道：「枝枝，妳這說的什麼話？」

范枝枝眸光涼涼地瞥向他：「怎麼，有意見嗎？」

范宗這老匹夫差點氣得不行，竟作勢想衝到范靈枝面前，可誰知他才剛往前走了一步，身側的阿刀已瞬間閃了出來，擋在了范枝枝的面前，滿臉陰鷙地看著他，嚇得范宗好大一跳。

他囁囁後退兩步，嘴中卻仍說著：「這不肖子孫，真是有辱門楣！」

阿刀眸光陰測測的：「你在說誰？」

范宗被阿刀身上的殺氣嚇得後退兩步，他結巴道：「你、你這刁奴——」

范靈枝坐在椅子上笑得從容：「祖父，我這奴才啊，除了我，可不認別的主子。」

燈光下，范靈枝笑著的樣子，莫名帶著驚悚。

范榮見狀不對勁，急忙拉著范宗走了，一邊對阿刀道：「你急什麼，父親不過是嘮叨了兩句罷了！」

范家一群人都覺得有些不對了，見狀，急忙都跟著范榮的身後，一起退了出去。

薛蘭亦是心頭有些恍惚，她忍不住側頭看向身後的范靈枝，卻發現范靈枝也在看她，一雙眼睛黑漆漆的，就像是枯井。

她心底猛地一跳，轉身就大步走出了客廳。

薛蘭住在了明心院，和范榮住在一個院子，這個院子距離主院並不算遠，且連著後花園，視野倒是不錯。

薛蘭才剛和范榮回了院內，薛蘭便摟著兒子靠在了范榮的懷裡，聲音嬌嬌軟軟：「夫君，你看看方才枝枝的態度，竟這般對待祖父祖母，像個什麼樣子？」

薛蘭幽幽嘆氣：「可見枝枝是真的被姐姐寵壞了，如今這性子，是越加無法無天了。」

薛蘭：「倘若再這般放任下去，不知哪家的郎君敢要她？」

這話簡直是說到了范榮的心坎裡，范榮當即也忍不住嘆了口氣：「可不是嗎，這枝枝的脾氣秉性是越來越差勁，偏偏她如今發了跡，身邊竟有高人護著，簡直邪門。」

薛蘭有些不悅：「難道便拿她沒辦法了？」

她眸光深深：「既是那刁奴護著她，那不如便想個辦法將這刁奴給辭退了，不就是了？」

范榮想了想，乾脆道：「罷了，咱們何苦非要去和她過不去？橫豎她如今已經十四，到了明年便要及笄，距離她出嫁也不遠了。」

范榮：「等她出嫁後，這范府便是咱們的了，妳暫且再忍忍的。」

薛蘭沉默了默，這才點點頭，不說話了。

可她心中卻是百轉千回，一時之間冒過了很多想法。

范榮抱過兒子，轉身回裡屋去了，薛蘭獨自在院內站了許久，方才也緩緩入了房去。

約莫一刻鐘時辰左右，突聽院子裡有動靜，很快便有丫鬟走入，和薛蘭道浴室的水已放好了，讓她移步沐浴。

薛蘭應了聲，跟著丫鬟走出了寢房，可誰知她才剛跟著這丫鬟朝著浴室方向走去，才走出沒幾步，暗夜裡突的便有人猛地伸手捂住了她的口鼻，將拖著她拖曳到了黑暗裡，一切發生在電光火石之間，甚至快得讓薛蘭來不及反應！

黑衣人掠著她走了許久，徑直將她拖到了後院的假山後頭。

而此時此刻，已有一道娴娴婷婷的身影正在那裡等著她。

是范靈枝。

月色下，范靈枝似笑非笑，眸光陰陰地看著她，顯出幾分恐怖。

薛蘭驚駭得後退一步，語氣顫抖：「枝枝，妳、妳想做什麼？」

范靈枝看著她，一步一步朝她走去，語氣透著陰森：「妳是不是忘了我們之間的事了？嗯？」

薛蘭渾身發麻，大腦一片空白：「你在說什麼，我、我聽不懂！」

第349章　解決戶籍

范靈枝輕笑：「是嗎，聽不懂嗎？當時妳那樣汙衊我，說我推妳下的石階……這些，妳都忘了？」

薛蘭的臉色嚇得通紅，許久才道：「枝枝，這些不過是誤會，只是誤會罷了，都已經過去了！」

范靈枝直走到她面前才停下，距離她極近，近到似是能聽到她身上的呼吸聲。

范靈枝在她耳邊低聲道：「除了這個，妳還做了什麼對不起我的？我給妳個機會，妳倒是一齊說出來。」

范靈枝：「否則，我的奴才，可不是吃素的。」

她的聲音透著陰陰的溫柔，卻讓薛蘭渾身發寒。

與此同時，身側阿刀如鬼魅一般飄來，手中還捏著一把森冷的匕首，鬼氣森森地看著她。

薛蘭腳下一軟，整個人情不自禁倒在了地上，她渾身冷汗連連，惶惶然道：「我，我只是……」

范靈枝慢悠悠地打斷她：「說之前可得想清楚，倘若不說實話，我這奴才，殺人可不眨眼。」

范靈枝瞇起眼：「當時我剛離開范家，就莫名發起了高燒，此事可與妳有關？」

說到最後，語氣十分陰森冷厲。

薛蘭渾身控制不住顫抖：「我、我沒有，我沒有下毒，我沒有——」

范靈枝不說話，阿刀捏著匕首衝到薛蘭面前，二話不說舉起匕首就要往她大腿上刺去，嚇得薛蘭一聲尖叫，渾身冷汗地衝到范靈枝腳邊，伸手拉住她的裙擺一邊顫聲道：「我說，我全都說！」

薛蘭緊緊捏著范靈枝的衣擺，卻依舊遏制不住的渾身顫抖：「是我，我給妳下了半蓮枝之毒，中毒者會、會一直高燒不退，甚至……」

范靈枝對著阿刀使了個眼色，阿刀捏著匕首緩慢後退，自己則蹲在薛蘭身前，伸手捏住她的下巴，瞇著眼睛看著她：「理由呢？」

薛蘭狼狽之極：「妳、妳曾無意中撞到我和、和張郎……我一時害怕妳說漏嘴，才會想要對妳……」

范靈枝明白了。

原來是因為范枝枝曾撞破薛蘭的私情，所以薛蘭才會又是陷害她推自己下臺階，又是對范枝枝下毒，就是為了徹底除掉她。

也是，范榮是個縣令，雖說縣令這官階在上京圈子看來，不過是個七品芝麻官，可在金陵城內，他就是天。

薛蘭傍上了范榮，自是要想盡一切辦法抓牢他，更何況是這不受寵的長女，她只需隨意編排個誣陷理由，就能將她輕鬆除了。

大抵是恐慌到了極致，薛蘭猛地又緊緊抓住范靈枝的衣擺，說道：「枝枝，妳爹爹於上月丟了官職，說他結黨營私、貪贓枉法，我、我也只是聽了個大概，好像是江浙巡撫陳大人，給妳爹爹免職。」

范靈枝瞇了瞇眼：「又是誰讓你們進京來的？」

「一開始妳爹被免了官職後，很是心灰意冷，可誰知就在免了官職不久，便收到了一封密信，也不知是誰寄出的，說是張海棠和范枝枝在京內混得風生水起，我們可去投奔。而等我們帶著一家子入京之後，便在上京門口遇到了一個老婦，那老婦將我們暫時安頓在了城南的一處小宅子內，供我們吃穿。那戶的主人一直不曾亮相，一直是那嬤嬤招待著我們。」

范靈枝眸中閃過冷光：「妳可還記得那戶宅子在何處？」

薛蘭卻搖搖頭：「來去皆是乘著馬車，不曾記路。可那宅子的後院有一株極粗的葡萄藤樹，連著一片海棠樹，因此印象深刻。」

范靈枝點點頭：「那嬤嬤可曾吩咐你們須完成什麼任務？」

薛蘭抿嘴，緩緩地點頭，一邊慢慢說道：「那嬤嬤說了，她家主子吩咐，讓我們找到張海棠後，便將張海棠乃是下堂妻的事，鬧得越大越好，最好讓滿上京的人都知道。」

范靈枝差點笑出聲。

這好像有點幼稚啊。

范靈枝憋著笑，淡淡道：「還有呢？」

薛蘭：「還有便是，讓我托住妳，別讓妳參加一個極其重要的宴會。據說那宴會，是皇親貴冑參辦的……」

范靈枝微微凝眉，腦中極快閃過了一絲線索。

她冷笑須臾，並沒有再做出傷害她的動作，而是緩緩起身，面色很快又恢復了平日冷漠。

范靈枝看著她，似笑非笑：「妳若想活下去，那便好好陪著范榮。」

薛蘭怔怔看著她，一時有些弄不清楚范靈枝這是什麼意思。

可范靈枝笑得愈加歡快：「記住，妳身為兒媳，可得好好伺候秦氏那個老東西，明白了嗎？」

「好好伺候」四個字，咬得極重。

這句話她倒是能明白。她連連點頭：「明白、明白了……」

范靈枝抬腳正打算走人，可卻又停下，笑咪咪問她：「所以妳那兒子，可是范榮的種啊？」

薛蘭嚇得臉色都變了：「自是老爺的種！」

范靈枝有些失望地「嘖」了聲，這才領著阿刀轉身走了。

等范靈枝和她身邊的活閻王徹底消失了，薛蘭這才整個人嚇得坐在地上大口喘氣。

她的背上早已被冷汗浸溼，雙腿更是抖得連一絲力氣都沒了。

可笑她之前竟然還想著對阿刀使些手段，可方才見他這樣的架勢，至少也該是個武林高手，這樣的人她哪裡惹得起？

夜風透著微涼，薛蘭一時從心底透出許多悲哀，嫁給范榮之後，壓根就沒過兩天好日子。

這縣令夫人也不過只是個空頭名號罷了，實則不過是那秦氏的粗使丫頭，任由她蹉跎。

如今更好了，縣令夫人的空頭名號也沒了，還要寄人籬下，看別人眼色過日子，就連一個奴才都能騎到自己頭上。

她又在原地靜坐了許久，一邊抹眼淚，直到小半時辰後緩緩起身，顫顫巍巍地回院子去了。

等到第二日，范靈枝還在用早膳呢，阿刀就來稟告，說是皇上那邊傳來了話，和離戶籍的事已經搞定了。

范靈枝點點頭，揮手讓阿刀退下。

既然戶籍搞定了，她自然就沒有必要再養著那群擺譜吃白飯的，等會兒便找個由頭將他們趕出去。明日便是郡主舉辦的宴會，趁著宴會開始前將他們趕走，免得有人趁機拿范家人來說事。

第350章　趕走范家人

想及此，她心情變好，就連早膳的肉粥都多吃了一碗。

等到了傍晚的時候，范家人又坐在了飯桌上，準備一齊用膳。

秦氏那對老不死的祖宗才剛入定在飯桌，便開始擺起了譜。

特別是秦氏，瞇著眼睛道：「枝枝，祖父祖母來這好兩天了，都不見妳來給我們請安，妳如今還真是被妳娘親寵得不像樣了。」

秦氏一邊說著，渾身透出上了年紀的老太婆獨有的傲慢：「自從妳母親帶著妳離開范府後，妳祖父可一直牽掛著妳，妳如今卻連請安都懶得，妳說妳像個什麼樣子？」

廚房又是給準備了滿滿一桌的飯菜，擺滿了偌大的大圓桌。

且後院的廚子全都是溫惜昭從御膳房調過來的，都是之前范靈枝愛吃料理的廚子，各個都有自己的拿手絕活。

因此這一桌子的飯菜，金玉滿堂，紅燒魚當，蘇造肘，晚香玉羹……每一道都是精緻好吃，色香味俱全，好吃得不像話。

秦氏一邊說著，一邊大口夾著肘子肉，吃得滿嘴流油，相當辣目。

饒是這滿桌子都是范靈枝喜歡吃的，可也沒了胃口。

她連筷子都不曾動彈，眼神也懶得再看秦氏一眼，只淡聲道：「看不下去了？」

秦氏哼道：「豈止是看不下去！我看啊，就該讓妳父親給妳找個規矩好的嬤嬤，好好教教妳！免得日後妳規矩太差，連嫁都嫁不出去。」

范靈枝輕嗤一聲，隨即面無表情地吩咐：「阿刀，等飯畢後，派人將范家人的包裹收拾收拾，讓他們儘快離了罷。」

一直站在范靈枝身後的阿刀：「是，主子。」

這話一出，范榮懵了：「枝枝，妳這是什麼意思？」

范靈枝瞇著眼睛掃向范榮：「既然祖母看不下去了，那就早些走就是了，橫豎我也不喜歡家裡人太多，擠得發慌。」

她眸光森森，透著寒氣，根本就不像是在說笑。

可見她是認真的。

范榮還想說些什麼，可秦氏和范宗這對老不死的已經猛地站起身來，指著范靈枝的鼻子破口大罵，什麼難聽的話都往外抖。

特別是秦氏，聲音格外尖利地咒罵道：「妳這不肖子孫！竟然敢趕我們走?!妳娘親和妳父親可沒和離，這宅子既然如今是妳們娘倆的，那自然就有我范家的份！」

這邊祖父祖母罵得凶殘，范榮則只是怔怔看著張海棠和范靈枝，像是突然失了聲；

而至於姑姑范雲這一家三口，和那薛蘭母子，則只是蜷縮著腦袋看著這一切，根本不敢插一句話；

范靈枝也懶得管范家人究竟怎麼個反應，甚至都懶得和秦氏再多說一句，依舊只是對身後的阿刀懶洋洋吩咐：「將他們趕走之後，別忘了再給他們看看官府給的和離分戶印章。」

阿刀依舊彎著眼睛，點頭：「是，主子。」

這話一出，范宗秦氏這對老夫妻還有什麼不明白的——這是他們的好孫女，利用權貴的力量，強行這婚給和離了！

秦氏氣得差點背過氣去，她伸出手指頭直直地指向范靈枝和這張海棠，喘著粗氣道：「妳、妳們——」

只是話才剛說了一半，這廝竟然白眼一翻給暈了過去。

嚇得范榮一下子就跳了起來，就衝到了秦氏身邊將她扶住，聲音無比淒厲：「母親，母親這是怎麼了?!」

范靈枝的聲音依舊毫無感情，彷彿只是冰冷的機器：「既然祖母暈了，阿刀，那就先把她弄醒，再把她趕走不遲。」

范榮氣得大聲呵斥：「范枝枝！妳這說的什麼話?!她可是妳祖母，妳竟這般鐵石心腸，如此對待一個年惑古稀的老人?!」

范靈枝這才笑了出來：「是啊，我就是這樣的人，怎麼，父親，難道你是第一天認識我？」

范靈枝瞇著眼睛看著他，嘴角是冰冷又輕挑的笑意：「說起來，這還是跟你學的。畢竟當時你把我和母親趕出范府的時候，我不也正發著高燒嗎？」

范榮被范靈枝的話堵得啞口無言，臉色發紅又發青。

直到許久，他才頹然低聲道：「枝枝，今日天色已晚，就算真的要趕我們走，是不是也至少等到明日……」

范靈枝歪著腦袋看著他：「當時你把我們趕出范府的時候，不也是天黑？」

范榮徹底破防，因為他知道，范靈枝是要來真的，她是真的打算把范家人全都趕走，而不是只是一時的氣話。

范榮猛地就將目光掃向了坐在范靈枝身邊的張海棠，聲音發慌卻強裝溫柔：「海棠，妳倒是說句話。咱們好歹十幾年的夫妻情分——」

可他的話還沒說完，就被張海棠一把打斷：「當初你把我和枝枝趕出范家的時候，怎麼沒想過我們之間還有十幾年的夫妻情分？」

范榮這下破大防了，連昏迷的秦氏都不顧了，一下子就把秦氏甩在了一邊，自己則衝到了張海棠身邊，一雙風采依舊的眼睛透出濃濃的哀求：「海棠，妳看看我，妳看看我——」

張海棠站起身來，嫌惡地看著他，她瞇著眼道：「我看你做什麼？看你如今多麼落魄，還是看你摟著別的妻妾，抱著別人生的孩子，專程噁心自己嗎？」

張海棠突然又笑了起來：「祝你們就這麼落落魄魄地幸福一輩子啊。」

范榮被張海棠眼底毫不掩飾的厭惡，徹底刺傷了。

這是當初那個滿心滿眼只有自己的女子嗎！

還是當初那個用盡一切辦法也要跟自己私奔的小姑娘嗎！

……

她如今怎麼變得這麼耀眼，彷彿快要把他的眼睛灼傷……

范榮還想再說什麼，可張海棠依舊極度不耐煩，沉聲道：「這頓飯你們吃完了嗎？若是吃完了，便快些滾。」

話說到了這份上，姑姑范雲一家，還有薛蘭，自是連忙手忙腳亂地扶著秦氏離開了客堂。

這是才剛走到外頭呢，昏迷的秦氏就醒來了，非常尖利地大喊大叫：「我不走！這裡是范府的家，我憑什麼要走……」

可後面的話范靈枝已經聽不到了，因為阿刀已經出手，讓人捂住了秦氏的嘴巴。

阿刀速度很快，半個時辰後便來報，說是將范家人全都趕出了府去，只是，「主子，那宋亭玉說，想私下與妳見一面。」

第351章　我還小

范靈枝略一沉思，吩咐他：「見面免了，你尋處宅子，將范雲一家三口好生安頓。」

阿刀點頭應是，這才退下了。

她這兩日雖不曾和宋亭玉有過接觸，可他們從未對自己和母親多說過一句刁難的話，每次遇到，總是滿臉內疚看著她，眼神做不得假。

所以她從未想過要為難姑姑一家，至少這三人不必跟著范家人，一起受她的刁難。

且宋亭玉讀書厲害，等今年年關的科舉之上，必然是要上榜的，日後少不了要入朝為官，給溫昭做事。

這樣的人，寒門貴子，難能可貴。

范靈枝收回想法，跟著母親一齊朝著後院走去。

可誰知她卻看到張海棠眼中閃過一些愁容。

范靈枝不由挑眉，戲謔道：「母親為何這般憂愁？」

張海棠嘴巴微動，可到底還是搖搖頭，嘆道：「罷了，沒什麼。」

母女二人走到後院，迎面有微涼的風襲來。此時已是初秋，等入了夜，迎面吹來的風都帶上了一絲涼意。

張海棠挽著范靈枝的胳膊，突然說道：「枝枝，女子一生就像這芍藥花，花期短而熱烈，一著不慎，就容易滿盤皆輸。」

她一邊說，一邊還幽幽嘆了口氣。

范靈枝簡直丈二和尚摸不著頭腦，她不由失聲笑道：「母親何出此感慨？」

張海棠依舊幽幽：「為娘只是提醒妳，日後妳選男人，可千萬別只看皮囊，妳看看，妳爹的前車之鑑，可就在妳眼前擺著呢。」

范靈枝瞇起眼：「那是自然。女兒定不會只看臉的。」

張海棠哼道：「光有點之乎者也的肚子墨水也不行，我可看不上那種白面書生，酒囊飯袋。」

張海棠的眼中陡然爆發出光來：「日後妳的夫婿，除了文韜，還需武略，出身也不能太差，最好是六七品的，否則必然會委屈了妳！」

范靈枝微微沉默，才道：「六七品？」

張海棠點頭：「五六品也行，可不能再高了。」

張海棠：「比五六品還高的夫家，妳便容易被婆家欺負，高門大戶的，怕是沒有什麼好日子過，所以最好是六品七品的，至少也能看在妳祖父的面子上，讓妳過上好日子，不敢太蹉跎妳。還有最重要的，便是不能遠嫁。妳母親我便是吃了遠嫁的虧，妳可不能走了為娘的老路……」

她絮絮叨叨說著，直聽得范靈枝低笑連連，無可奈何。

可卻又有股溫溫的暖流包圍著她。

這就是母愛的力量，是她許久許久，都不曾體會到過的溫柔。
張海棠不管說什麼，范靈枝都應著是，乖巧得簡直就像是張海棠最貼心的小棉襖。
等到了晚上，張海棠又有些擔憂，對范靈枝吩咐道：「明日便是那常安郡主舉辦的宴會，妳明日去參宴，可得萬事留個心眼，小心應對，那些貴女們一個個可都不是省油的燈，妳務必要一切小心，知道了嗎？」
張海棠又嘮叨了好幾句，這才離開了華溪院，回到了自己的院子休息去了。
畢竟范家人已經走了，她也可以不用再和女兒擠一個院子，女兒如今大了，她沒必要還時時刻刻黏在女兒身邊。
而等張海棠走後沒多久，阿刀就笑意吟吟地又出來了，說是已經將宋亭玉一家三口安排妥了，然後又說道：「爺派人傳來了話，說是今夜想過來。」
范靈枝揮揮手讓阿刀退下，自己則繼續刺繡，繡撐上的鴨子已經紋了大半隻，再過幾日就能完工。
這段時間她沉迷上了刺繡，這日日繡夜夜刺，竟然也讓她的繡技越來越好了。
又過小半個時辰，溫惜昭已經出現在了她的房內，穿著一身的黑色玄服，上面用金線繡著五爪金龍，低調奢華。
還不等范靈枝說話，溫惜昭已一下子摟著范靈枝，對著她的唇就重重印了下來。
唇齒交融間，他身上的龍涎香味道，將她盡數籠罩，直到許久，才終於捨得放開她。

溫惜昭低低哼笑了聲：「那些雜事都解決了？」

雜事，自然指的是范家人。

范靈枝點頭，皺眉道：「解決了，都送走了。只是不知是誰讓他們入京來的，這背後的人這般安排，還真是用心良苦。」

溫惜昭不以為意：「何必為了這種小事發愁。」

一邊說，一邊遞給范靈枝一塊閃著金光的小權杖：「這是御前侍衛的權杖，妳拿著，但凡要查些什麼，妳儘管使喚他們去做就是。」

范靈枝嘆氣：「我只想低調，可你卻非要對我如此，讓我想低調都低調不起來。」

她一邊說一邊火速將權杖收到了自己的懷裡，貼身放好。

溫惜昭微微挑眉，到底沒多說什麼，只是眼中夾著笑。

自從辣味齋開業，她每日都能聞到滷鴨脖的味道後，這一她最愛的零食終於被她打入了冷宮，再也沒有吃過一口。

反而是開始迷上了喝些果子酒，再配上點辣條就著吃。

眼下二人坐在院子裡賞著星星月亮，一邊喝著果酒，迎著夜晚的晚風，氣氛剛剛好。

果酒甘甜，一杯一杯入腹，後勁緩緩，讓人著迷。

溫惜昭溫溫柔柔看著她，看著眼前的小姑娘，看著她明亮的眼睛，透著狡黠和稚色，恍惚之間，眼前這張臉，和三年前范靈枝的那張美豔傾城的臉相互重疊，讓他快要分不清真實虛幻。

范靈枝的臉頰發著透香的紅，她對他笑得歡喜，鼓囊著嘴唇說道：「溫惜昭，等我報完了恩，你我回到仙界後，你可也得一定要像現在這樣對我好呀！」

溫惜昭聽不懂她在說什麼。

可最後一句他能明白。

他一下子拉過了范靈枝，將她打橫抱起，入了臥室。

他將她輕放上床，俯身而上，他的呼吸透著的濃烈喘息，在她耳邊沙啞道：「我永遠都會對妳好，對於這點，難道妳還有什麼疑惑嗎？嗯？」

范靈枝有些慌亂地想推開他：「溫惜昭，我還小，我還小呢——」

溫惜昭卻一下子捏住她的手掌心，聲音灼熱卻又隱含溫柔：「別怕，相信我，枝枝……」

第352章　出發宮宴

床上一片春色，直到許久都不曾停歇。

直到許久之後，溫惜昭摟著范靈枝躺在床上，彼此聽著對方心跳聲入睡。

范靈枝陷入沉睡前的最後想法是：該死！想不到姓溫的三年單身生活，花樣還挺多！

等第二日，范靈枝還在熟睡呢，就被芸竹給喊醒了。

今日是溫溪月舉辦宴會的日子，她總不能遲到。

她揉著惺忪的眼睛坐在床上，讓下人們好好給自己捏捏無比痠痛的胳膊，直到許久才終於好些了。

溫惜昭早已走了，趕著回去上早朝，范靈枝忿忿地想，這種事有第一次就會有第二次第三次，男人嘛，呵！

下次他若再來，她還是給他在地上鋪個地鋪，他愛睡不睡！

芸竹給范靈枝換上早就準備好的紫綃翠紋裙，給她綰了個墮馬髻，頭頂斜插著一支蘭花珠釵，蘭花的正中央鑲嵌著一顆幽紫色的寶石，點綴得恰到好處。

這半年以來，這具身體如今已逐漸張開了不少，臉上的嬰兒肥都退了許多，眉眼之中已透出了一絲女子的嬌媚，是和當年那禍國妖妃的范靈枝，截然不同的模樣。

如今的長相更嬌軟，當年的長相更張揚而富有攻擊性。

范靈枝自己私心來說，反而更喜歡現在的樣子，叫嬌軟溫香，反而會引起憐惜。不像當年的禍國妖妃，只會激發異性的狠狠占有。

范靈枝對著鏡子中的自己滿意地捏了捏臉蛋，這才起身和張海棠一齊用早膳去了。

等用過了早膳，阿刀早已在門口備好馬車，就等著范靈枝上車。

而說來也巧，就在張海棠親自送范靈枝到府門口時，她正苦口婆心對范靈枝交代著萬事小心，可話還沒說完，就突的聽到隔壁斜對面的宅子門口，也走出了一大片人。

對方的聲勢太過浩大，引得張海棠和范靈枝都下意識看了過去。

斜對面的這家宅子，正中的門匾上寫著「梁府」二字。

好巧不巧的，對面這走出來的這一群人，站在最中央的，赫然就是天和錢莊的當家，梁勉。

范靈枝不由微微挑眉，沒想到梁家的主宅竟然就在自家斜對面，還真是……有緣得緊。

梁勉則自顧著吩咐自家人，根本就沒有注意到街道對面的張海棠和范靈枝。

今日乃是常安郡主的宴會，梁勉家中亦有一個適齡的待嫁長女，因此今日有幸，也能一同前往參宴。

原本他們這種商賈之女，根本就不夠格參加這樣的宴會。可不知是為何，前幾日常安郡主竟然突然就鬆了口，親口指了整個北直隸內排名數一數二的商戶之女，也允參宴。

而天和錢莊梁府，便在這名單之列。

這幾日梁勉為了替長女準備今日的宴會，就連公務上的事都給推開了，專心在家中陪著女兒梁詩，順便給她惡補宮中的各種禮儀，甚至還專門請了個從宮裡出來的老嬤嬤，給梁詩做指導。

此時此刻，梁勉眼中十分肅色，可嘴角卻努力放輕鬆地笑著，說道：「女兒，今日宴會之重，妳該清楚，為了自己，為了梁家，妳可該好好把握，莫要叫爹爹失望。」

梁勉之妻高氏也在一旁幫腔說著安慰話，還有幾個兄弟，也輪番給她加油打氣，陣仗十分大，不亞於出征上戰場。

梁詩穿著最新款式的花鼓裙，長得秀氣端莊，亦是貴女做派，她對著眾人福了福身：「女兒定不會讓爹爹娘親失望。」

梁勉點點頭，親自扶了梁詩上了馬車，眼看著馬車漸行漸遠了，這才終於收回眼來。

而亦在此時，梁勉的目光才終於瞥到了對面的范府。

此時范靈枝也已經上了馬車，可他卻看到了坐在馬車前頭的那個少年。

這少年的長相實在出挑，陰陰柔柔，卻又透出一股莫名的狠厲，讓人不敢小瞧。

許是感受到了梁勉的目光，阿刀朝著梁勉看了過去，冷冷地掃了他們一眼。

梁勉還沒說話，反倒是站在梁勉背後的施予，不由「咦」了一聲。

梁勉連忙看向施予：「怎麼？」

施予微微蹙眉：「如果我沒看錯，那男子，應該就是當年幫范枝做事的刀公子。」

施予：「每月初一，他都會親自來天和錢莊，替范枝存銀錢。長相獨特，我絕不會認錯。」

梁勉徹底震了震，當即又掃向了對面的那套宅子。

卻見斜對門那宅子的正中，掛著的門匾上刻著的，赫然就是「范府」。

范府，范枝。

電光火石間，他心中閃過了無數想法。

梁勉揮了揮手，讓夫人帶著兒子們先回府，自己則和施予出府，一路朝著天和錢莊的總店走去。

梁勉瞇著眼道：「對面那宅子，我若是沒記錯的話，持有人好像是內閣大學士溫子幀的。」

梁勉：「都說溫子幀和他的夫人可是感情深厚，伉儷情深，怎麼如今溫子幀，可開始養外室了？」

一邊說，語氣中透出一股輕視來。

可想了想，梁勉又問施予：「那范枝這段時間可有繼續支取銀兩？」

施予回：「並不曾，只上次尋上門來，說是讓我調查一個商鋪的背景，便再不曾找上門來。」

施予將上次范靈枝要求調查的商鋪背景大致說給了梁勉聽，直聽得梁勉微微皺眉。

梁勉又忍不住看向對面的范府。

這一帶的宅子，市價至少要十萬兩白銀。

范枝枝一個女流，就算是攀上了溫子幀，溫子幀捨得連門匾都給換成「范府」？

梁勉越想越不對，他又看著范靈枝馬車離去的方向，隨即一拍手心：「她必是也去參加郡主的宮宴。」

梁勉突然就停下了腳步，看向施予：「準備馬車，讓夫人去溫府一趟。」

施予很快就明白了梁勉的意思，連忙點頭應是，轉身回府通知去了。

一刻鐘後，溫府。

梁勉夫人高氏已經坐在了溫府的大廳裡，招待她的正是溫子幀的夫人花池。

花池雖然三十有三，可保養得當，倒也年輕好看。

花池心中雖然對這種應酬交際極度不耐煩，可還是耐著性子道：「無事不登三寶殿，不知夫人為何而來？」

第353章　皇家園林

高氏笑道：「夫人說得是，民婦今日登門，確實唐突了。」

高氏：「今日上門乃是有一事好奇，所以才來叨擾夫人。」

花池心底腹誹，面上卻點頭：「夫人請說。」

高氏道：「今日民婦路過民婦斜對面的宅子，卻發現那宅子竟被冠了『范府』門楣。那宅子可是溫大人的產業，因此民婦特來問問，那宅子是溫大人何時賣的？」

高氏一邊說，一邊笑著：「實不相瞞，民婦亦想將祖宅給賣了，可那條街上的宅子可不好脫手，畢竟棟棟都是天價，因此這才特意上門請教……」

花池的臉色早在高氏說出第一句話之後，就瞬間變得難看之極！

這高氏她是認識的，正是那天和錢莊的大夫人。

她之所以認識這號人物，正是因為她家裡有套豪宅，就位於天和錢莊梁府的斜對面，乃是和他們不折不扣的鄰居。

那套豪宅可是她親自讓溫子幀買入的，屬於他們的婚後財產。

她可有這方面的意識了，主要是因為當年范靈枝，也就是皇后娘娘，曾經親自指導自己，和男人成親之後得多抓些婚後共同財產，否則的話若是一不小心感情破裂，女方就容易淨身出戶，屁都撈不著一個。

因此這幾年下來，花池總是會讓溫子幀多多的在各地買房產和良田，相當有防患意識。

今年以來她都忙著照顧孩子，她和溫子幀好不容易才去年有了孩子，從懷孕開始直到去年生產，再到如今專心帶孩子，她可是為了這個家庭一心一意付出啊！

可誰能想到！

誰能想到啊！誰能想到那溫子幀看上去細皮嫩肉之乎者也的，背地裡竟然不聲不響得就將一棟豪宅給賣了?!

花池的臉色已經難看得快要砍人，連牙齒都咬得咯吱響。

高氏有些好奇地揉揉耳朵：「夫人，妳可聽到了什麼奇怪的聲音？」

花池抹了把臉，皮笑肉不笑：「家裡鬧耗子，讓夫人見笑了。」

花池瞇起眼來：「那宅子的主人呢？妳可見過？」

高氏點頭：「見過兩次，乃是個水靈靈的小姑娘，長得格外嬌豔……額，夫人，耗子又來了？」

花池再次抹了把臉，努力控制住自己磨牙，冷笑道：「行，我知道了。那套宅子大抵是我夫君獨自賣的，待他下值了，我問問他再說。」

高氏應了是，又笑著說：「對了，說也巧了，今日不是郡主在皇家園林舉辦宴會嗎？」

「我看著那小姑娘也去參宴了，」高氏面露羨慕神情，「那等宴會不是只有顯赫的貴女才能參加嗎？

便是連我的詩兒，也是前幾日臨時受了郡主特許，才得以參宴。」

高氏感慨道：「可見那范府的千金，必是有大來歷的，可真是讓人羨慕。」

可高氏這話說完，花池就已經坐不住了。

前幾日溫子幀就跟她打過招呼，說是今天他要去參加溫溪月舉辦的宴會。

據說這宴會上只有年輕男女能參加，說是宴會，其實就是個相親宴，專門給京中的男男女女相互尋找意中人用的。

這還真是小刀拉屁股，讓她開了眼了。

花池越想越氣，簡直快要燃起來了，高氏見花池的臉色不對，達到目的後便慢悠悠地告辭離開了，只留下花池一個人怒火中燒。

敢情溫子幀這是打算直接先斬後奏，先是讓那嬌滴滴的外室徑直去參宴，然後自己假裝是在宴會上對她一見鍾情，再求皇上直接賜婚？

如此一來，見不得光的生米直接就能熬成光明正大的白米飯，就算她花池再有意見，難道還敢去和皇上爭對錯？

越想越覺得是這麼個理，花池當即就起身衝到了後院更衣去了，然後也命人備了馬車，直奔皇家園林。

皇家園林，位於京郊十幾里外，乃是這幾年由聖上溫惜昭新建的園林。

整個園林採用江南園林風格製成，原本乃是溫惜昭用來緬懷先后，獨自思念故人所用。據說先后最喜歡的就是江南園林，因此聖上才會修建這樣一個園林。

聖上還專門在園林最中央建了個先后的衣冠塚，又請了十餘個高僧日日誦經，為她祈福。

這園林內有許多大小院子，但全都種滿了海棠，便是因為先后生前最愛的，便是海棠。

聖上對先后的這般深情，任誰聽了都是感動滿滿。只是說也奇怪，就在月餘之前，皇上竟然親自下了旨，拆了先后的衣冠塚，連帶著那十幾個誦經的高僧，也一併遣散回青雲寺了。

而如今郡主又舉辦了這種實則是給皇上選妃的宴會，因此這段時間坊間說什麼的都有。有說聖上對先后的愛意，已經差不多消失了，還有的說聖上其實本來就沒有多愛先后，不過是做做樣子罷了……各種傳聞，應有盡有。

此時此刻皇家園林門口，停滿了許多馬車，正是各家貴女們的馬車。

今日的宴會有個規矩，便是只能讓貴子貴女們獨自前來，家中父母一律不可跟著來。

因此此時一眼望去，便見入目的全都是朝氣蓬勃的年輕人，有十幾歲意氣風發的少年，亦有風華正茂正當時的少女們。

男才女貌，貌比花嬌。

等范靈枝的馬車停在門口，芸竹攙著她下了馬車，才剛站定，便一眼看到了最前方有一堆的少女們相互簇擁著正中的一個少女，不知是說了什麼有趣話題，說到一半們女孩們皆發出了銀鈴笑聲，清脆又悅耳。

范靈枝甚至都不用多看，也知道那正中被簇擁著的少女，必是穆秀秀無疑。

京圈貴女們喜歡成群結隊，不管再過幾年都一樣。

范靈枝獨自朝著前頭皇家園林的大門而去，對著那群貴女擦肩而過。

可穆秀秀哪怕被人包圍在正中，可她還是一眼就看到了范靈枝。

可這一眼，就讓她怔了怔。

穆秀秀往前每次看到范靈枝，她總是穿著黑乎乎的衫裙，素面朝天，又或者只是畫了淡妝，這還是她第一次見到她這般正式打扮的樣子。

她穿著紫綃翠紋裙，梳著墮馬髻，畫著粉嫩的妝容，竟是十分奪目吸睛。

第354章　長樂殿

穆秀秀眸光深深看著她，許久不曾移開視線。

也正是因此，穆秀秀身邊的貴女們也跟著她朝著范靈枝看了過去。

范靈枝從未在上京貴女圈子內露過面，因此這些少女此時看到范靈枝，只覺得這女子驚豔好看，讓她們都忍不住眼前一亮。

只是穆秀秀此時盯著這少女的眼神算不得友善，因此一時之間，周邊的這些貴女們全都抿了口氣，一時不知道該作何反應。

范靈枝可懶得理會她們，依舊兀自朝著皇家園林大門走去，旁若無人。

倒是就在此時，就聽遠處有人叫了自己一聲。

「范姑娘——」

范靈枝腳步略停，抬頭朝著聲音傳來方向望去，便見來人正是穆秀秀的好夥伴，簡錦之世子。

簡錦之今日穿著青色繡竹錦衫，長髮高束，襯得眉眼生動俊俏，整個人都充斥著少年活力，在人群中頗為亮眼。

早就有許多貴女在一旁偷眼打量他，一邊羞紅了臉頰。

可惜簡錦之壓根就沒有多看她們一眼，只一心朝著范靈枝快步走來，臉上掛著大大的笑意。

直到走到了范靈枝身邊，簡錦之才鬆了口氣，笑道：「我就知道妳今日定會來。」
范靈枝淡淡的：「何以見得？」
簡錦之卻浮出一抹耐人尋味來：「我猜的。」
——上次那個和范枝枝站在一起的男子，如此酷似皇上，不，不如更大膽一點，他就是皇上?!
倘若當真如此，可見這個范枝枝早就已經和皇上搭上了，那麼今日這個宴會，她必然會被選中……
既是如此，他必然得和范枝枝維持好關係，多個朋友總比多個敵人好。只是可惜了，這樣好的棋子，倘若他能提前一步先將她收為己用，那麼眼下范枝枝就是在為他鎮北侯府做事了……
簡錦之心中湧起濃濃的可惜，面上則對范靈枝笑得多了幾分真誠和諂媚，說道：「枝枝可是第一次來皇家園林？園林甚大，今日宴會乃是設在長樂殿。」
簡錦之：「我曾有幸來過幾次，多少熟悉一些，我帶妳？」
他眼睛亮晶晶地看著范靈枝，不知怎的，他這副神情，莫名的就讓她想到了哈士奇。
范靈枝點頭：「行啊。」
簡錦之很高興，當即就和范靈枝並肩走入了園林大門，為她一路引路去了。
這一幕全都被身後的貴女團們看在了眼裡，特別是穆秀秀，當場就露出了輕蔑的笑意。
刑部尚書的女兒王荷心直口快，忍不住道：「秀秀，簡世子這是怎麼了？以前他明明只圍著妳轉的，今日怎麼……」

她的話還沒說完，就別身側的章小姐暗中拉了拉袖子，暗示她別再說了。

穆秀秀似笑非笑：「誰知道呢，也許那等下堂棄婦之女，有何處吸引了他罷。」

周圍眾人很快就抓住了重點，紛紛三言兩語道：「下堂棄婦之女？」

「她是什麼出身？為何會是下堂棄婦的女兒？」

「啊對了，倒是前幾日，我聽說京中確實有個下堂棄婦，據說是和離後帶著女兒回京投奔了戶部郎中張大人？」

「對對，我也聽說了。好像是才回了張府沒幾天，就又被張大人給趕出來了……趕出來後，還開了個商鋪子？好像是、是專門賣滷味的……」

「難道是大名鼎鼎的辣味齋?!」

「就是辣味齋！」

「啊！這……」

「這有什麼的？」又有個貴女擰著眉頭道，「這幾日辣味齋的事可是傳得沸沸揚揚的，說是她的父親找上門來了！可誰知道才待了兩天，竟然就被她給趕出門了！」

「——趕出門了？」這些貴女們的倒呼氣聲此起彼伏，就像是聽到了什麼荒謬大事一般。

「對！趕出門了！把她父親趕出門了！」說話的是和穆秀秀交好的譚蘭，她冷笑道，「便是因為他父親被革了職，范枝枝怕他父親連累到她，便也顧不上什麼父女情分了……」

「這世間竟會有這般不孝之女?!」

「可不是！還真是讓人聞所未聞……」

「天哪！這范枝枝到底是個怎樣的女子啊！怎會這般冷血行徑？」

一眾貴女們你一言我一語，語氣之中是隱藏不住的嫌棄厭惡。

王荷心直口快，當場就皺眉道：「郡主今日舉辦的宴會，不是說只有出身好的女子們才能參加的？這個范枝枝，一個被革職廢官的女兒，甚至父母都已和離了，就這樣的女子，也配來參宴的嗎？」

王荷越想越不舒服，語氣也尖銳起來：「定是手下人不曾好好調查，等會見到了郡主，我定要好好和郡主說說！」

京圈貴女向來排外嚴重，最怕的就是外來的人門楣不夠，拉低了她們的檔次。

比如說，她們都以自己能被選上來參加郡主的宴會而感到榮耀。

可誰知竟然出了范枝枝這樣一個奇葩，簡直就是拉低了這宴會的層次……

穆秀秀見好閨蜜譚蘭將火燒得差不多了，這才又不疾不徐地慢悠悠道：「那又如何？范枝枝長了張好臉蛋，光這一點，便贏了我們許多。」

穆秀秀輕飄飄地說著：「妳看那簡錦之，可是為了范枝枝忙前顧後，便是連從小跟他一起長大的我，都懶得再多看一眼了。」

一眾貴女各個臉色更古怪了，全都陷入了詭異的沉默。

確實，剛剛她們都看到了——那范枝枝，確實長得十分嬌豔好看，甚至能和京中第一美人穆秀秀相比較一二。

一時之間，在場的氣氛變得有些微妙，誰都沒有再說話。

穆秀秀嘴角挑起一抹微不可聞的笑意，也懶得再理這些女孩，兀自朝前去了。

等到半時辰後，穆秀秀等人都已齊聚在了長樂殿。

長樂殿乃是整個皇家園林最中心的大殿，殿宇雄偉氣派，前殿是偌大的廣場，而穿過長樂殿，便是直通後園林。

而長樂殿內的院子裡，種滿了海棠和芍藥牡丹，百花爭豔，空氣中都瀰漫著濃濃的花粉香氣。

此時此刻，眾位貴女和各家的公子哥都已齊聚在了此地，三三兩兩圍成一團，相互說著笑。

第355章　搭訕

可比花香更奪目的，乃是在場少女們身上的脂粉味道，透著芬芳和朝氣，各有風骨，讓人眼花繚亂。

此時長樂殿內，眾人都和各自玩得好的一起簇擁著打著趣，氣氛放鬆。

在場貴女之中，地位最高的除了穆秀秀，還有撫國大將軍之女凌巧貞。

撫國大將軍凌鶴亦是跟著魏王祁言卿出生入死多年，在一統天下之時頻頻立下戰功，雖說比之鎮北侯要稍遜一些，可如今祁言卿已被流放，皇上最近在朝堂上頻頻對凌鶴示好，似乎隱約要栽培凌鶴，成為下一個魏王。

因此一時之間，眾人對凌大將軍多有敬畏，不敢輕視。

只是凌鶴之女凌巧貞是個奇奇怪怪的女子，整日穿著一襲黑衣，板著臉，就連笑都不笑一下……好像每個人都欠了她很多錢。

就連今日來參加郡主的宴會，她竟然也是穿得黑乎乎的，還沒說，猛地一眼看去，在一片姹紫嫣紅裡，竟然顯出別樣的扎眼。

旁的貴女們有心想要巴結她，可一看她冷冷的臉色，也都各個打起了退堂鼓，不敢再上了。

范靈枝坐在樹蔭下的石凳上，說來也巧，凌巧貞剛好就站在了她的不遠處。這小姑娘獨自背靠著紅色原圓柱，形單影隻，相當出眾。

范靈枝卻覺得這女孩子真是有趣，這少女素面朝天，可依舊能看出容貌長相非常優越，哪怕她穿著黑乎乎的，也難掩絕色。

可她似乎並不想讓大家注意到她的容貌，所以她板著臉就算了，還非要皺著眉頭，再出眾的容貌，也被她破了好幾分。

許是感受到了范靈枝的視線，凌巧貞也朝她看了過來，淡漠地瞥了她一眼，便又移開了視線，獨自發呆。

范靈枝微挑眉，也隨即移開了視線。

坐在范靈枝身側的簡錦之則道：「范姑娘認識她？」

范靈枝搖頭：「不認識。」

簡錦之：「凌巧貞不太聰明，他爹總是罵她笨。」

范靈枝有些意外：「怎麼個笨法？」

簡錦之略一沉思，才組織著語氣說：「她總說自己不要當女孩子，她說她要努力實現自己的價值，比如考科舉，又或者上戰場之類的。」

簡錦之一邊說，一邊流露出一言難盡的表情：「後來說得多了，他爹就真的讓她讀書去了。」

范靈枝來了興致：「然後呢？」

簡錦之：「結果讀了半個月，她連三字經都背不出來，不然她爹幹嘛罵她笨？」

范靈枝：「……」

簡錦之：「後來她爹又送她去學兵法，結果學了半個月也沒搞清楚兵陣。」

簡錦之壓低聲音：「所以他爹還是送她來參加宴會了，就指望著給她找個夫君，把她嫁出去。」

范靈枝打趣道：「聽上去是個很有趣的女孩子呢。」

簡錦之卻努努嘴：「太笨了，我才不要。」

誰讓你要了？

男人還真是一如既往的普信。

范靈枝翻了個白眼，懶得再理簡錦之，側著腦袋繼續神遊太虛去了。

穆秀秀依舊被許多貴女簇擁著，只是一群人不知是在說著什麼，過一會兒就會爆發出一陣哄笑，眾人的眼神也很不友好，甚至還有人對著范靈枝指指點點的。

簡錦之皺了皺眉，有些不悅地冷冷瞪了眼穆秀秀，可穆秀秀也遠遠的眼神冰冷地朝著簡錦之瞪了回來，壓根沒在怕的。

整個長樂殿內皆是適婚男女，那些單身的公子哥們亦有許多注意到了范靈枝，偷偷地看著她，想要上前搭訕。

可這些公子們但凡朝著范靈枝走得近了點，就會被一旁的簡錦之死亡凝視。

簡錦之是鎮北侯之子，已經算是數一數二的高門出身。

由於當今聖上大一統沒幾年，而且至今還是個光棍，雖然曾經有個皇后，可也薨了三年了。所以皇上壓根就沒有什麼叔叔伯伯，表弟表妹之類的皇親國戚，只有一個親妹妹常安郡主也遠嫁魏郡了，否則也輪不到這幾個將相之子在這裡傲視群雄。

這幾個公子哥們一接收到簡錦之的憤怒眼神，一個個也就怵了，哪裡還敢上前搭訕。

倒是此時，又有幾個公子哥們三兩相簇著走入了長樂殿來。

被圍在正中間的正是右相康益之子康陵，是了，正是那個和左相一見面就要掐起來的右相。

康陵長得十分俊美，都說他貌比潘安，長著一雙桃花眼，卻又不是只知風花雪月的紈絝，反而才華絕佳，這次鄉試北直隸內都取得了極好的名次。

身側公子哥們都很是佩服他，眼下身側的李公子忍不住打趣道：「康兄，你不是說要忙著準備年底會試？怎麼也會來參加郡主的宴會？」

康陵笑得懶散：「來看看美人，也不失為一件雅興。」

身側眾人紛紛打趣，一邊笑得意味深長。

李公子又問：「你妹妹也來了？」

康陵面不改色：「大概是來了。」

李公子心底暗喜，可面上卻並無過多表情。

康陵堪堪踏入殿內，不過是隨意望了一眼，便一眼就看到了坐在海棠樹下的少女。

這少女雖長得嬌軟嫵媚，肌膚賽雪，可明明長相嬌色，一雙眼睛卻是冰冷疏離，莫名將眉眼添了幾分清冷。

康陵微怔，不知怎的，心底猛地便躥出了一股酥麻，讓他一時之間，竟看得有些呆了。與卿初相識，猶如故人歸。

身側的李公子見康陵有些不對勁，當即順著康陵的目光一路看了過去，便看到了坐在樹下的少女，和少女身側不遠處坐著的簡錦之。

李公子暗道不好，連忙道：「康兄，不如咱們去後院逛一逛……」

可李公子嘴裡的話還沒說完，康陵已經大步朝著范靈枝的方向走去。

康陵就這麼直直地站定在范靈枝面前，一雙桃花眼含笑看著她。

范靈枝看著眼前這位身著月白色錦衫的俊俏少年，忍不住微微挑眉。

康陵笑咪咪的：「不知姑娘叫什麼名字？是哪家的小姐？」

范靈枝微微頷首，正待說話，可身側的簡錦之已經跳了出來，咬牙低聲道：「康陵，你別想了！范姑娘可不會看上你！」

第356章　舊情

康陵這才看到簡錦之，他似笑非笑道：「簡世子也在，怎麼，你也是打算追求范姑娘？」

簡錦之的臉都漲紅了，他瞪著康陵，許久都說不出話來。

這邊的動靜引得在場的男女都朝著這邊看了過去，一時之間范靈枝又成了眾矢之的。

康陵卻依舊笑咪咪的，看著范靈枝：「不知范姑娘是誰家的千金，年芳幾何？」

范靈枝低低一笑，她斜倚著身體，慵懶說著：「我不是誰家的千金，我跟隨我母親自立女戶，乃是商戶之女。」

在場眾人一聽，紛紛皺了皺眉——所以之前傳言說這范枝枝是跟著母親被下堂了，如今開著一個什勞子辣味齋的傳聞，竟然是真的？

康陵依舊笑著，眼中卻毫無輕視：「巾幗不讓，自立女戶，甚好。」

康陵笑咪咪：「鄙人姓康名陵，乃是右相之子，姑娘若是不棄，不知可否同鄙人……」

一旁的簡錦之打斷了他：「當然棄，怎麼不棄?!簡直又晦氣又嫌棄，你趕緊走開，別來打擾范姑娘。」

康陵嘖了聲：「窈窕淑女，君子好逑。怎麼你能叨擾范姑娘，我就不能叨擾？」

康陵上下掃著他：「簡世子平日不是只圍著穆秀秀轉嗎？今日怎麼變了風格，是因為穆秀秀拒絕你了？」

簡錦之氣得不行：「康陵你這說的什麼屁話？本世子什麼時候只圍著穆秀秀轉了？」

康陵笑了聲：「這就急了？整個上京境內誰不知你整日跟著穆秀秀，你既中意穆秀秀，那就別再示好別人，免得讓人誤以為你風花雪月，不甚穩重。」

范靈枝饒有興致地聽著兩個二世祖掐架，覺得精彩極了，彷彿自己不是漩渦中心，而是來圍觀的吃瓜群眾。

簡錦之咬牙：「本世子的事你少管！」

——他怎麼可能看上范枝枝，他不要命了?!人范枝枝可是聖上的人，他眼下也不過是為了維護范枝枝，不讓她被什麼蜜蜂蝴蝶盯上罷了！

可惜康陵這種讀書讀傻了的蠢貨是不會了解他的良苦用心的。

想及此，簡世子冷笑一聲：「康公子，我言盡於此，你好自為之。」

康陵壓根沒在怕的，乾脆繞過了他，直接朝著范靈枝走近了兩步，繼續道：「皇家園林甚大，風景更美，不知范姑娘可願一齊看一看？」

范靈枝依舊懶懶散散的，她瞥了康陵一眼，心道如今上京的風氣，比之三年前還真是開放包容了不少，但凡是看對眼了，竟然就這麼大大方方地發出約會邀請，還真是有進步。

看來這三年來，溫惜昭將國家治理得很好呢，這是強國之下才會有的精神自信。

相反，越是落後、閉塞的國度，對男女之事上便越覺得隱晦羞恥，甚至還會捏造出無數打擊女子的政治手段，將女子視為洪荒猛獸，精神和身體雙重打壓，比如裹小腳之類的。

范靈枝心底欣慰的同時，非常溫和地拒絕了康陵的請求：「謝邀，不去。」

康陵被拒絕了也不惱，依舊笑咪咪的：「姑娘不去，那我便在這陪著姑娘賞花，橫豎這長樂殿的風景也不錯。」

話音未落，康陵已經坐在了范靈枝的身側。

於是一時之間，范靈枝的左側坐著簡錦之，右側坐著康陵……成了長樂殿內一道相當奪目的風景線。

成為夾心的范靈枝……

整個長樂殿內的人幾乎全都在暗暗看著她，一個個都咬緊了銀牙，好生嫉妒。

畢竟簡錦之和康陵，幾乎是在場眾人之中出身最高的兩位公子哥，可沒想到竟然都被那被下堂的商戶之女給吸引了，真是什麼鬼啊！

穆秀秀的臉色更是難看極了，在她身側的手帕交譚蘭的臉色也很不好看，當即暗中拉了拉穆秀秀的衣袖，對著穆秀秀遞了個眼色。

穆秀秀亦對她暗暗點了點頭。

譚蘭走了上去，走到范靈枝面前，先是瞥了范靈枝一眼，隨後對著簡錦之和康陵笑道：「康公子、簡世子，你們難道不知道嗎？」

簡世子：「？」

康陵：「？」

范靈枝也淡淡瞥她一眼。

譚蘭依舊笑著：「范姑娘已名花有主了，自然不會再答應別人的追求啊。」

范靈枝：「……」

簡錦之卻一愣，沒想到這個譚蘭竟然也知道？

簡錦之面色並沒有什麼改變，只是有些詭異地多看了她一眼。

康陵則很是失望，就連眼中的光彩都暗了一些：「當真？」他一邊說，一邊看向范靈枝。

范靈枝並沒有說話，也沒有反駁，只是保持平靜。畢竟她有權保持沉默。

譚蘭繼續笑道：「可不是嗎？范姑娘可是和她的表哥，從小青梅竹馬一起長大，范姑娘還曾給他送了許多親手繡的荷包和錦帕呢！」

這話一出，卻輪到范靈枝微怔了。

她微微皺眉，看向譚蘭，淡淡道：「那些荷包和錦帕，妳看到了？」

譚蘭彎著眼睛：「范姑娘這話說的，妳自己親自繡的帕子和荷包，也是妳自個兒親自送出去的，怎麼反倒來問我了？」

她說話時，眼中閃過一絲得意。

電光火石間，范靈枝就抓到了什麼。

她不由低笑一身，瞇著眼道：「聽妳這樣說，我還以為妳看到了呢。」

頓了頓，范靈枝又嘲弄著說：「不過話說回來，妳怎麼會知道此事？怎麼，難道妳調查我？」

譚蘭的臉色馬上就有些不好了，她收了笑，沉沉道：「范姑娘怎能這樣說話？昨日妳不是將妳祖父祖母父親還有表哥……那一大家子都趕出范府了嗎？動靜鬧得可大啦！」

譚蘭的聲音清亮，引得眾人都震驚地聽著她說話：「畢竟太過離經叛道，整個上京自然也就傳開啦。」

譚蘭：「我可是親耳聽到妳那表哥說的……說妳在金陵時，日日對他表白。」

圍觀眾人就這麼跟著吃了兩斤瓜。

譚蘭看著范靈枝略沉的眉眼，嘴角瀰漫過得意：「還是說如今范姑娘妳得勢了，便連和表哥的舊情也不顧了？」

眾人的關注力全都在譚蘭這邊，壓根就沒注意到長樂殿的不遠處，已經有一群人被簇擁著朝這邊走來。

第357章　宴會開始

這話一出，康陵也忍不住看向她，彷彿在等著她做解釋。

范靈枝無聲地喟嘆一聲，還真是不管什麼年代，為了權勢爭鬥，孩子們總會努力為了家族爭個頭破血流。

她看向譚蘭：「年少時的示好，也算數嗎？」

范靈枝輕笑一聲：「我喜歡誰，給他送些小禮物，有錯嗎？」

譚蘭沒想到范靈枝竟然這麼輕飄飄的回應，絲毫沒有自己料想中的心虛和慌張。

她咬著牙，強笑道：「范姑娘這話說的，妳覺得只是年少的示好，可妳的表哥可不這麼想呢。」

譚蘭：「我可親耳聽到他說，等他考中了科舉，就來向妳提親。」

范靈枝卻臉色都沒變化一分，十分平靜：「妳倒是了解我表哥，竟比我還要清楚他的想法。」

說及此，范靈枝瞇著眼睛：「難道妳暗戀我表哥？」

譚蘭的臉色猛地就躥紅了，她紅著臉煩惱怒道：「妳、妳亂說什麼——」

范靈枝低低笑了起來，毫不掩飾地嘲笑著譚蘭。

日光下，小姑娘彎著眼睛笑著的樣子，就像是迎風綻放的扶桑花，明媚耀眼。康陵看著她，也忍不住低笑起來，眼中夾雜著亮光。

而遠處那群人此時已逐漸走近。

溫惜昭一眼就看到了被兩個少年簇擁著的范靈枝，笑顏如花，眉目舒展。

而她身側的兩個少年，皆在注視著她，一眼不眨。

溫惜昭忍不住就皺了皺眉。

站在溫惜昭身側的正是常安郡主和溫子幀，還有一行御前侍衛。

溫溪月自然也看到這一幕了，她微微挑眉，有些玩味地看向溫惜昭，果然就看到自己這親哥臉色臭了很多，還真是……有趣。

等他們走得近了，整個長樂殿內的人方才猛地回神，一下子就全都朝著來人跪下，三呼萬歲。

前一刻還在閒談風月的公子貴女們此時全都跪在了地上，各自心中皆是戰戰兢兢，生怕自己何處失了禮儀。

范靈枝和簡錦之以及康陵亦跪在了地上，俯首垂眸。

只有一旁的譚蘭臉色不太好看，雙手緊緊捏著，心中很是忐忑，也不知皇上是什麼時候來的，可曾見到她方才質問范靈枝的畫面……

眾人跪地，各懷想法，一時之間整個長樂殿都變得安靜極了，落地聞針。

溫惜昭負手而立，直到半晌，才聽到他淡漠的聲音傳來：「起身。」

聲音透著威嚴和冷色，卻是十分好聽。

在場眾人這才起身了，然後自動分成兩列，讓聖上郡主一行從中間走過。

長樂殿殿內，溫惜昭坐在正中高座，溫溪月則站在他身邊，在場的擺設並不算威嚴。

畢竟今日的宴會主要是以社交為主，且在場的還都是年輕人，說起來在場年紀最大的竟然還是溫子幀……

所以溫惜昭也只是穿了一套絳紫色的刺繡錦魚交領，長髮以玉冠束起，眉眼涼涼，天家貴胄。在場貴女們紛紛偷眼打量他，全都在心底發出震驚色。

都說聖上模樣姣好，可到底是個怎樣的姣好法，她們卻是一點概念的都沒有。直到此時終於見到了，才明白什麼貌比潘安的康陵，比起聖上來，也終究只是個青澀的少年罷了，根本就不夠看的！

眾位貴女當即更是端起款兒來，一個個都擺足了姿態，努力展現著自己的儀態禮儀，生怕引得郡主和皇上厭棄。

溫惜昭坐在高座上，並無言語，身側的常安郡主溫溪月則已笑著說道：「大家今日乃是來賞花的，這皇家園林內的百花爭豔，四季不衰，美不勝收。大家放輕鬆些，莫要拘泥於禮數，盡情賞景。待會兒還可進行些小遊戲，感興趣的可儘管參加。」

溫溪月的語氣輕柔：「表現好的，本宮和聖上重重有賞。」

郡主的態度這般溫柔，眾人一聽，紛紛應好，熱情也高漲了起來。

交代完畢了，溫溪月便帶著在場的年輕們全都朝著長樂殿的後門而去。

穿過長樂殿，便是皇家園林的主場地，偌大的、看不到盡頭的勤政園。

勤政園內還有一條小別溪，這條溪水從後山流淌而下，直奔上京方向，最終交匯於上京外的護城河內。

上百種珍惜花卉栽種在勤政園內，還有無數樹植，以及隨處可見的海棠樹，沿著抄手迴廊一路往下，交織成一副極美畫卷。

小別溪前的寬闊廣場上，早就設好了各種小比賽的擂臺，琴棋書畫刺繡女工，猜詩迷、騎馬，射箭，等等，文武皆有。

溫溪月早已暗中打量了一圈在場的貴女，最為出眾的莫過於左相之女穆秀秀，右相之女康映月。而除了這兩個之外，內閣大學士譚老之女譚蘭，刑部侍郎之女王荷，也都尚可。

溫惜昭對這些鶯鶯燕燕壓根就不感興趣，他只是瞥了眼人群中安靜的范靈枝，便兀自走到射擊場射箭去了。只讓溫溪月一人應付她們。

聖上去了射擊場，大內侍衛和溫子幀自是緊跟著陪同，剩下的男兒們自然也全都跟著去了，圍觀溫惜昭的實力。

這些貴女們也按捺不住心中激蕩，紛紛朝著那邊看去。溫溪月見狀，就知她們哪裡還有心思聽自己說話，便也大手一揮，讓她們去圍觀天子之姿。

橫豎她這親哥哥散發的魅力越大，就越能吸引這些貴女們前仆後繼，這豈不是美事一樁？

於是一時間，溫惜昭所在的射擊場算是圍滿了人，他和大內的幾個侍衛們一齊射擊，各個都是百發百中，特別是溫惜昭，連射多發，發發必重靶心，簡直輕鬆得宛若呼吸般自然。

眾人不斷為新帝發出吶喊聲，溫子幀一介書生，此時跟在溫惜昭身邊享受著榮光，與有榮焉。

溫子幀有些飄飄然地對溫惜昭道：「這算什麼，想你文武雙全，武藝高超，百步穿楊也是信手拈來。」

溫子幀渾身的熱血都在沸騰：「皇上，來，給他們表演一個倒拔垂楊柳！」

溫惜昭這才手中弓箭，冷涼地瞥他一眼。

溫子幀差點嚇死。

他跟溫惜昭太熟了，熟到只需要一個眼神，就能看出溫惜昭的心情不太好。

第358章　比試

溫子幀乾咳一聲，賠笑：「下官只是開個玩笑，還請聖上恕罪。」

可又覺得有些不對勁，明明來的路上還笑咪咪的，這段時間難得見他總是露出笑顏，他還以為聖上這廝轉性了呢，可現在怎麼又擺出這麼副臭臉，誰惹他了？

溫惜昭卻懶得理他，繼續捏著弓箭一通亂射，彷彿在發洩什麼火氣。

這下不止溫子幀，就連陪同的大內侍衛們也都感受到了帝王的心情似乎有些微妙，一個個都提起了精神，不敢大意。

直到許久，溫惜昭才扔了弓箭，眸光深深地掃向一旁的圍觀人群。

目光掃來掃去，最終精準地停在了簡錦之和康陵的身上。

溫惜昭聲音不輕不重：「鎮北侯之子，可會武藝？」

被點名的簡錦之簡直頭皮發麻，大腦更是一片空白，他只下意識地走出了人群，朝著溫惜昭走去。

作勢要行禮時，倒是被溫惜昭動了動手指給攔下了。

溫惜昭眼神看都不看他，又問：「會武藝？」

明明今日日頭秋日風高，甚是涼爽，可此時簡錦之卻渾身大汗淋漓，吶吶道：「回稟聖上，稍、稍會。」

溫惜昭看了眼身側的阿七，侍衛阿七連忙遞給他一把弓箭。
簡錦之接過，亦拉出弓箭對準遠處靶心，醞釀許久，才終於射了出去。
亦是正中靶心。
溫惜昭瞥了一眼：「尚可。」
簡錦之差點整個人都虛脫，雙腿更是有些發軟，他猛地鬆了口氣，一邊謝過聖上。
可就在下一刻，就聽溫惜昭又說：「開始涉獵。」
簡錦之：「……？」
說及此，溫惜昭又指了指人群，淡漠發話：「想參加的，徑直上馬。」
溫惜昭的眸光有意無意地從范靈枝的臉上掃過，繼續：「獵中白狐者，有賞。」
人群中適時有道聲音響起：「敢問聖上，賞什麼？」
溫惜昭：「任一請求。」
此話一出，眾人瞬間活絡起來，一個個都卯足了勁地要參加，瞬間就將在場氣氛推上了最高潮。
很快的，便有許多侍衛牽了許多勁馬過來，在場男兒一聽，紛紛熱血沸騰，很快就有好些公子們上了馬，開始準備加入比試。
這勤政園連著偌大一座後山，山上各種山珍野獸，卻又不會有危險，是個最適合這群公子哥們玩狩獵的好地方。
康陵和簡錦之自然也參加了，各自挑了一匹俊俏的馬匹，翻身上馬。

簡錦之見康陵也參加了，不由嗤笑：「你一個書生，湊哪門子熱鬧？待會兒馬兒發了瘋不受控制，可別尿褲子。」

康陵騎在馬匹身上，脊背筆挺，自負一笑：「不勞世子掛心，世子不妨還是多想想怎麼才能獵到白狐。」

眾多馬兒一字排開，只聽大內侍衛一聲令下，剎那之間，所有馬匹就像是離弦的箭般飛了出去，一眾身影很快就消失不見。

貴女們依依不捨地目送著眾位少年們，直到完全看不到了才終於捨得收回眼來。

她們全都乖巧地圍著溫溪月坐著，簇擁著她，聽著她說過去的，有關溫惜昭的事。

溫溪月溫溫笑著，說道：「聖上文武雙全，亦最是重情，今日聖上會挑幾個溫良賢淑的女子，不日入宮。」

她說完這話後，在場的少女們全都臉色微微發紅，有些羞澀。

溫溪月依舊溫溫和和：「大家可要好好表現，能被聖上選中，自是無限榮光。」

眾位貴女們紛紛應是。

溫溪月和各位女孩子們繼續聊著天，從此時京中流行的髮髻妝容，再到時下最流行的話本、零嘴，各種各樣，全都是女孩子們喜歡的話題。

倒是說到零嘴這個話題時，有個胖乎乎的少女彎著眼睛說道：「京中最近有個叫辣味齋的，很是火爆呢！」

少女：「辣味齋的滷味，真的很香呀！」

這話一出，穆秀秀便忍不住彎了彎眼，瞧瞧，話題不就來了嗎？

穆秀秀適時輕笑著接話：「王姑娘喜歡吃辣味齋的滷味，難道不知辣味齋的小東家，范姑娘今日也在此嗎？」

前一刻還嘰嘰喳喳的一眾貴女們，此時陡然就全都閉了嘴，變得安靜極了。

穆秀秀這話說的，不就是為了提醒郡主，今日這宴會內，混進了身分低下的商戶之女嗎？

於是一時間，所有人都偷眼打量溫溪月，想看看她會是什麼反應。

可誰知溫溪月卻臉色未變，連一絲波瀾都無。

而范靈枝本人更是沉默得緊，一副置身事外、事不關己的樣子。

譚蘭微微皺眉，順勢就順著穆秀秀的話題說了下去。譚蘭佯裝好奇地無辜道：「范姑娘，妳和妳表哥不是感情甚深嗎？難道妳表哥今日也來參加宴會了？」

范靈枝瞥她一眼，嘴角忍不住浮出了好玩的笑來：「我表哥忙著準備年底的科舉，他自是不會來此參加。」

譚蘭恍然大悟，又笑道：「看來等妳表哥科舉結束，你們便要好事將近了？」

可這一下，不等范靈枝說話，溫溪月的臉色已是猛地變了。

溫溪月竟是眉眼沉沉，陡然厲聲：「誰給妳的規矩，如此隨意抹黑女子聲譽的？簡直放肆！」

譚蘭被突如其來的呵斥給徹底嚇傻了，她臉色慘白，下意識就猛地跪在了地上，吶吶地看著溫溪月：「臣女、臣女沒有……」

溫溪月卻已冷笑：「什麼表哥表妹，妳何來的證據如何抹黑范姑娘名譽？如妳這般亂嚼舌根之女，日後即是入了宮，也絕是穢亂後宮、攪亂後宮風氣之人！」

緊接著，不等譚蘭再說話，溫溪月已冷冷道：「來人吶，將譚姑娘請出去，日後也不必再參加任何宮宴了。」

很快便有兩個嬷嬷衝了上來，將譚蘭給直接拖了下去。

這一場變故簡直來的太快了，快得簡直讓人來不及反應，穆秀秀臉色發白，就連臉上的胭脂色，都掩蓋不住。

溫溪月眸光深深地看了她一眼，隨即別開眼去，臉色卻又恢復了方才的溫婉，彷彿剛才撂狠話的人，壓根就不是她。

只聽她輕飄飄道：「女子之間，當相互尊重。切勿為了一時之爭，犯下錯事，汙了人格，那可就太得不償失了。」

說及此，溫溪月又溫柔笑看向范靈枝，對她揮揮手：「范姑娘，來，坐本宮身邊來。」

第359章　比刺繡

被叫到名字的范靈枝這便站起身來朝溫溪月走去，坐在了她的身邊。

溫溪月最厭惡的就是有人拿女子名節說事，畢竟她年少時就遭過惡人猥褻，後來還是她親自開導她的。

溫溪月是個心善的姑娘，她也受范靈枝的影響很深，最討厭拿名節綁架女子那一套做派，所以眼下譚蘭當眾這樣編排范靈枝，用名節這套枷鎖強行綁架，簡直就是觸到了溫溪月的逆鱗。

范靈枝心中了如明鏡似的，面上依舊不顯，只是對溫溪月笑得溫溫軟軟，向她表達善意。

溫溪月卻只覺得這姑娘真是識大體，被人拿清白說事，竟也不惱，心中對她的好感不免又上升了些。之前她以為這范枝枝該是個嬌蠻小丫頭的刻板印象，算是消失了個大半。

溫溪月亦對她笑著，還伸手揉了揉她的長髮，說道：「枝枝，那等亂嚼舌根的女孩兒，妳無需放在心上。本宮知道妳是個識大體的好姑娘。」

范靈枝十分配合溫溪月，當即乖巧謝恩：「謝郡主殿下體恤。」

溫溪月又順勢誇她：「枝枝出身雖低，可卻蘭心蕙質，品性賢良，亦識大體，本宮甚是喜歡。」

說及此，溫溪月又看向眾人，似笑非笑道：「本宮最厭惡的，便是隨意散播謠言，中傷他人的女子，那等行徑，與潑婦無異。」

溫溪月：「為女子者，當恪己守禮、謹言慎行，不可濫言。」
眾人聞言，紛紛齊聲回答：「謹記郡主教誨。」
范靈枝則微微羞澀答謝，表示謝過郡主賞識。
可郡主將范靈枝捧得這樣高，一旁的眾位貴女們心底皆是猛地一沉。
郡主可不會無緣無故就將一個女子捧得這樣高，唯一的解釋便是……
一時之間，眾位女子心底都有了個荒誕卻又不得不接受的答案，以至於讓眾人都有些沒回過神來。
穆秀秀更是臉色發白，就連雙手都隱約有些顫抖。
——她根本就沒有料到，郡主第一個選中的竟然不是自己，而是范枝枝。
憑什麼？
甚至於她辛辛苦苦請了范家那群蠢貨來了上京，就是為了想要借著范枝枝的表哥，那個叫宋亭玉的窮酸少年，來大做文章，至少也該讓郡主知道，這范枝枝壓根就是個朝三暮四、水性楊花的放蕩女子。
可沒想到，譚蘭才剛起了個頭，就被溫溪月給徑直壓下去了……
穆秀秀簡直快要哭了，可電光火石間，她突然又想起了簡錦之給自己說的話。
之前穆秀秀和簡錦之曾在大街上，看到范靈枝和一個男子親密逛街，事後簡錦之就告訴她，說身側那男子，和聖上長得極像。
只是當時穆秀秀壓根就沒有放在心上。

其實當日她只覺得那男子十分俊俏，只是她注意力全都放在了范靈枝身上，壓根就沒有多看那個男子兩眼。直到今日她親自見到了聖上，只隱約覺得似乎確實和那個男子非常相似，可聖上之君威如此威嚴，高高在上，論起氣質，根本就是兩個人啊！

直到此時此刻，她突然就生出了強烈的不妙預感——郡主憑什麼如此偏袒范靈枝，難道真的是因為，聖上其實已經和范枝枝，提前相識了？

穆秀秀越想越震驚，連手心都滲出了冷汗來。

滿腹怒氣此時逐漸轉化成了恐慌，就連嘴邊早已準備好的編排范枝枝的話，也全都被她吞回了肚子裡，她需謹慎行進，不可莽撞，否則便是下一個譚蘭。

規訓完了，溫溪月又變得和藹可親起來，又說等皇上和諸位公子狩獵的時辰漫漫，便提議順便讓各位少女們比比刺繡，贏的人又獎勵。

聞言，各位少女自是應好，並紛紛摩拳擦掌，打算大展身手。

溫溪月叫宮人們拿來了繡撐，給各位想要參加的貴女們人手發一份。於是一時間，在場氣氛又逐漸放鬆下來，眾人都沉浸在了刺繡裡，順便和溫溪月說說笑笑，似乎方才當眾訓人的插曲，壓根就沒發生過。

可是說來也巧，就在眾人圍著溫溪月，埋頭刺繡的時候，遠處就又來了一位不速之客。

正是含怒而來的花池。

三十多歲的巫師花池，由於這幾年嫁給溫子幀後，小日子過得舒心又歡暢，除了當年被溫子幀上繳了所有蠱王，讓她短暫地和溫子幀鬧過彆扭外，其他時間幾乎可以說是蜜裡調油、不要太美滋滋。

所以哪怕算上陪著溫惜昭打仗的那兩年，范靈枝已經足足五年沒見到她，可由於她壓根就沒有什麼變化，唯一的變化便是容貌變得更美了些，以至於花池才剛朝著這邊怒氣衝衝而來，范靈枝還是一眼就認出了她。

范靈枝微微挑眉，有些意外。

畢竟今日的宴會，受邀的可都是適齡的小姑娘，她一個已婚已育的怕是不太合適啊！

溫溪月顯然也看到她了，亦是意外。而等花池走得近了，看到她臉上掩飾不住的怒氣時，溫溪月便皺了皺眉，可還是看在溫子幀的份上，溫聲道：「溫夫人，妳可是來尋溫大人的？」

溫溪月非常好心地提醒她：「溫大人陪著皇上進後山狩獵去了，怕是還要一會兒才回。」

她當然知道那該死的溫子幀在這裡！她剛才還跑了趟內閣，結果內閣的老不死說溫子幀陪皇上來皇家園林了，所以她才又跑到這來。

花池的眼底閃過冷芒，給溫溪月行禮之後，這才涼涼笑著道：「回郡主的話，我今日來此，除了是找子幀，還要找一個女子。」

溫溪月很是疑惑：「……什麼女子？」

花池幾乎是咬牙切齒：「一個狐媚子！」

在場眾人：「？？」

什麼鬼?!

一時之間，所有人的腦袋上都頂出了大大的問號。

溫溪月也覺得荒誕極了：「什麼狐媚子?溫夫人不妨說說清楚。」

這種家醜，如何能當著這麼多人的面說出來?!

花池雖然憤怒，可也不傻，她只是咬著牙道：「等子幀來了，待我對他問個清楚，再說也不遲！」

溫溪月都被她搞傻了，愣愣點頭。

就聽花池又掃了一圈在場的貴女們，聲音陰測測：「等我查清楚了，可要她吃不了兜著走。」

溫溪月：「……」

溫溪月內心：真晦氣！呸！

第360章 白狐

溫溪月好不容易回北直隸，一心操心著親哥的終身大事，誰知好不容易舉辦的宴會，就出現了這種沒有眼力見砸場子的，簡直不要太晦氣。

要不是這廝是溫子幀的夫人，她真想直接叫嬷嬷把她扔到小別溪裡沉水！

溫溪月已經快要那壓不住自己的怒氣，眉眼沉沉：「既然事情尚未查清，夫人何必如此憤怒，萬一嚇到了在場的小姐們，夫人怕是擔待不起。」

說到最後，語氣已是非常嚴厲。

花池卻十分自信：「誰要是被嚇到了，儘管站出來，我可以幫她叫魂。」

溫溪月和在場眾人：「……」

只有范靈枝差點笑出來，花池的性子還真是一如既往。

溫溪月氣得牙齒磨得震天響：「張嬷嬷，將溫夫人請下去，莫要妨礙小姐們刺繡。」

很快就有幾個膀大腰圓的嬷嬷衝了出來，一把子將花池給架遠了。

花池一邊被架走，聲音還遠遠傳來：「郡主，郡主？臣婦怎麼就妨礙刺繡了……」

溫溪月嫌棄不已，根本就懶得理她，這種南蠻之地來的女人，就是沒有教養。

這邊眾位貴女們刺繡刺得如火如荼，而另一側，後山。

各位少年郎們的眾多馬匹才剛進了後山，很快就被各自分散開了，各自尋了個方向，滿世界地尋找可狩獵的目標。

誰都想射到頭籌，既能讓自己在聖上面前露個臉，又能得到一個獎勵，簡直就是出頭的好時機。

因此少年們各個都鉚足了勁兒地狩獵，一個個飛奔著衝入了山中，生怕落後別人一籌。

溫惜昭入了深山後，亦是直奔深山，將眾人都遠遠甩在了後頭。只有溫子幀不一樣，他一個大齡書生，今日進山純屬是湊個熱鬧，選的馬是最小的一匹，也沒想著狩獵什麼白狐，只想著抓隻小野兔小山雞什麼的，好回去交差。

這邊溫子幀正在慢悠悠地摸魚的時候，溫惜昭早就已經衝到了山腰。

後山甚大，哪怕這麼多的少年一齊衝入，也是相互尋不到對方。

唯獨這簡錦之和康陵是例外。

康陵雖說也是個書生，可右相康益自己從小也是個書生，簡直吃盡了身體孱弱的苦頭。因此等康陵出生之後，康益便從小就給他找了個師父，教他習武健身，倒不是要他武功多麼高強，至少也得強身健體、練就一副好體魄。

因此康陵是有些底子在的，此時眼下騎馬狩獵，也是完全不輸。

只是眼下，康陵騎著馬兒往東，簡錦之就跟著往東；康陵騎著馬兒往西，簡錦之就狗皮膏藥般的跟到西。

眼看一個時辰過去，這兩人也只射到了幾隻山雞和松鼠，最多再加隻野羊，就沒別的了。

康陵看到什麼，簡錦之就跟著射，一隻山雞都能搶個半天，簡直不知所謂。

此處已是深山高林，四處幽靜，只剩下各種動物的低鳴聲相互交織。

康陵到底是忍無可忍，「吁」的一聲停下馬，冷冷看著身後緊追不捨的簡錦之，嗤笑道：「簡世子，你發什麼瘋？這般跟著我做什麼？」

簡錦之四處看了看，此處只有他們二人，再無別人。

他這才正色道：「你以為我樂意跟著你？」說及此，又冷哼一聲，「我跟著你，還不是為了提醒你？我勸你最好不要靠近范枝枝，否則，你怕是沒有什麼好下場。」

可誰知康陵卻是氣笑了，驕傲的少年被人羞辱了尊嚴，他睇著眼冷然道：「怎麼，你簡錦之可以靠近范枝枝，我就靠近不得？」

康陵：「論出身，我右相府，比你鎮北侯府，可差不到哪去。簡錦之，你竟敢這般傲慢！」

讀書人，總是講究風骨，講究尊嚴和自信，讀書行文，都為了爭個「傲」字。

簡錦之只覺得一個頭兩個大，心道康陵這廝簡直不知所謂，莫名其妙，他一片好心提醒他，他發哪門子的癲?!

簡錦之耐著性子：「我不是那個意思——」

可簡錦之的話還沒說完，康陵已經打斷了他的話：「多說無益，你我不如比一比，看誰率先獵得白狐。誰先獵得，誰便退出，不得再接近范枝枝！」

話音未落，康陵已是一夾馬肚，整個人宛若離弦的箭般飛了出去。快到讓簡錦之壓根就來不及反應。

直到康陵的身影都快看不到了，簡錦之低咒了聲「該死」，也連忙拉緊馬兒繩索追了出去。

二人一前一後飛馳在山野之間，說來也巧，等他們快要駛到山頂之時，竟真的被他們找到了一隻小白狐。

那白狐渾身雪白，在大樹枝椏中迅速靈活爬動，美麗又扎眼。

簡錦之和康陵慌忙停下馬匹，迅速從背後掏出箭羽，說時遲那時快，兩枚箭羽「唰唰」朝著那白狐飛射而去——

不過瞬間，那白狐便是一聲淒厲叫聲，從高空枝椏間掉落在了地上。

而白狐的左腿染了鮮血，一枚箭羽正釘入了牠的傷口處。

可見他們二人的箭，只一人射中。

康陵和簡錦之同時下了馬，朝著那白狐奔去。

他們的箭羽是大內侍衛統一發放的，都沒有標記，於是他們二人就開始爭吵起來。

康陵冷目：「這是我射出的箭！」

簡錦之也怒：「你說是你的就是你的？這明明就是我的！」

康陵：「簡錦之，你好不要臉！」

簡錦之哼聲：「到底誰不要臉?!」

就在他們兩人吵得火熱之時，突然之間，一道勁風閃過。

等他們回過神來，已有一道修長的身影站在了他們面前，正陰森地看著他們。

康陵和簡錦之怔了半晌，才慌忙作勢要下跪，可不等他們下跪的動作做出，溫惜昭已經神情陰森地說道：「以後離范枝枝遠點。」

康陵：「？」

簡錦之：「……！」

下一刻，溫惜昭已經一步一步逼近他們，眸光森冷地就像是要砍人：「以後看到范枝枝，記得繞路走。但凡讓朕看到你們靠近她十里遠，朕不保證手裡的箭會不會傷害到你們。」

他一邊說著，一邊從身後抽出一箭，朝著身後躺在地上的白狐，扔了出去。

白狐又是一聲淒厲的痛苦尖叫。

康陵和簡錦之相互抱團，瑟瑟發抖，低聲：「是、是是……」

第361章 繡品

溫惜昭如來時那般離開，悄無聲息。

康陵和簡錦之面面相覷，直到許久才回過神來。只是回過神來的二人非常默契地不再多說，各自默默地翻身上馬，踏上了下山的路。

一路上二人誰都沒有說話，非常沉默地一路下了後山，哪怕是遇到了別的公子，也依舊一言不發。大概是被嚇傻了。

此時距離狩獵會開始，已是將近兩個多時辰。有侍衛吹響了號角，表示狩獵已經結束。

頭頂的暖陽也逐漸朝西方移去，各位公子們也紛紛提著自己的戰利品下山，朝著勤政園湧去。

又過大概一炷香左右時辰，眾人已經齊聚在了起始線上，相互談論著各自的戰果。王公子拿出兩隻小白兔，張公子必然就舉起兩隻蘆花雞，你爭我搶，你來我往，就是不想讓自己落了下層。

意氣風發的少年，總是有自己的驕傲需要維護，這些年輕男子，才是一個國家的未來希望。

溫惜昭和溫子幀站在最前頭，看著眾人不甘示弱的場面，非常滿意。

只是這狩獵的白狐，到底是花落了帝王手裡。等溫惜昭拿出奄奄一息的白狐時，得到了眾人的喝彩聲，眾位少年發自內心地對帝王感到由衷尊敬，紛紛行禮高呼聖上萬歲，一度將現場氣氛推高。

等少年們的遊戲結束，接下去便是輪到了溫溪月的主場。

此時溫溪月身側的貴女們早已完成了刺繡，溫溪月笑著提議：「各府的小姐們都已刺繡好了，不如就讓聖上和各位公子們點評一二，擇個最好的？」

此話一出，在場的貴女們紛紛激動起來，一個個的小臉都瀰漫上了一層泛紅的嬌羞。

溫惜昭沒什麼反應，便是默認了，而一旁的少年們則很是興奮，畢竟都是荷爾蒙旺盛的男孩子，對這等事難免會有些激動。

嬤嬤們早已擺好了長桌，她們將貴女手中的繡帕依次擺好，將署名疊藏好，只露出繡畫。

繡品們依次排開，公子們則手中拿了一隻小木籤，只要將木籤放在自己最喜歡的繡畫前，就算是完成了投票。

各位少年們興致勃勃地一幅幅看過去，這繡畫有的是鴛鴦，有的是花鳥，還有的是梅蘭竹菊，應有盡有。

其中倒是有兩幅很是奪目。

其一乃是刺繡的一隻孔雀，孔雀開屏，繡工精湛，顏色搭配更是出眾，讓人一眼便被吸引；

其二則是繡的，則是……一隻胖乎乎的龍。畫風相當奇葩，畢竟所有人印象中的龍，都是高大威嚴、神聖無瀆的，可這副畫卻是一隻軟乎乎的胖龍，兩隻眼睛彎彎的，嘴巴大笑著，還露著舌頭。

最不能忍的是這麼可愛的龍，手裡竟然還一隻雞腿。

……

眾人看到這副刺繡的時候，全都怔了——天子為龍，天子威嚴。所以是誰這樣大的膽子，竟然敢這樣編排天子啊……

不要命了？

說真的這副刺繡，撇開別的不說，光看這畫，還真是怪好玩的，真的特別與眾不同。

可是現在不一樣，真命天子本人就在旁邊站著呢！

一時之間，眾位公子哥的表情都有些微妙，紛紛拿眼偷看聖上，想看看聖上是喜還是勃然大怒。

而在眾人躊躇之間，溫惜昭已停在了那副刺繡畫前，似笑非笑地停頓許久。

然後，目光又朝著人群中的范靈枝似有若無瞥了一眼，才道：「還可以。」

說話間，他已經直接將手中的木籤放在了這條胖龍的臉上。

眾人……

皇上都帶頭了，他們哪裡還敢質疑，於是一時之間，眾人也紛紛跟著溫惜昭對那隻胖龍進行吹捧起來。

「此龍畫風新穎，不錯！」

「真乃奇繡也！」

「繡工精湛、功底不凡，絕乃精品！」

「……」

一時之間，那條龍上的木籤數量越來越多，把龍的胖臉都給遮蓋了。

好不容易等投籤結束，嬤嬤清點，排第一的自是胖龍無疑，足足十六支木籤子，將排名第二的孔雀，足足多出了一大半……

嬤嬤將排前三的繡品依次交給溫溪月，溫溪月接過看了一眼，可在看到這胖龍時，臉色都變了變。

她有些失態，陡然道：「這龍，是誰的繡品？」

話音剛落，她身側的范枝枝便彎著眼睛開口認領了：「回殿下，是民女的。」

溫溪月猛地看向她，眼神有些難掩激動。

范枝枝的眼睛黑白分明，回望著溫溪月的眼神，帶著一絲微妙的溫柔。

電光火石間溫溪月腦海中像是閃過了什麼，可她卻還是將滿腦袋的巨大疑問強壓了下去，只強忍激動，雙眸微紅說道：「繡得很好，我很喜歡……」

可聲音，卻似帶上了一絲微顫。

范靈枝眉眼輕鬆，嘴角彎彎：「郡主喜歡的話，日後民女多繡些。」

溫溪月深深地看著她，點頭應了聲好。

至於排在第二名的穆秀秀，和第三名的梁詩，溫溪月連看都沒有多看一眼，就讓嬤嬤將繡品收起來了。

而溫溪月當即就讓嬤嬤將贏得比賽的獎勵拿了上來，正是一整套鑲著紅寶的頭面，裝在紅木盒子內，十分貴重。

范靈枝讓身側的芸竹將東西收了，這才對溫溪月謝了恩。

而溫溪月也盯著范靈枝身側的芸竹，臉上露出了若有所思的神情。

刺繡結束了，眼看日頭也已是夕陽。

溫溪月便招呼著眾人先回長樂殿開始晚宴。

眾人紛紛在早已布置妥當的長樂殿內依次按照品階坐下。

范靈枝乃是商戶女，是該要和梁詩等人坐在一起的。

她正在找自己的座位時，梁詩已來到了她的身側，端莊溫婉地看著她。

范靈枝亦回望著她，就聽梁詩輕笑一聲，說道：「范姑娘，妳當真厲害。」

范靈枝才懶得理會她這話是貶義還是褒義，只面不改色：「謝謝。」

梁詩繼續：「妳一介下堂之女，竟能走到這一步，的確出乎了我的意料。」

梁詩這個小姑娘是天和錢莊的大小姐，雖然家裡有錢，可在在場這些真千金眼裡，終究不過是個商戶女。因此今日她簡直是毫無存在感，被人輕視了一路。

第362章　晚宴

倘若沒有范靈枝，梁詩和別的三個商戶女，一齊被人無視也就算了，可偏偏出了個范靈枝做對比……

這范靈枝明明比她的出身還要低下，甚至於她還曾和什麼表哥不清不楚，連名節都沒弄明白，怎麼她就會被這麼多人矚目著，甚至還能被坐到郡主身邊？

梁詩此時看范靈枝的目光，已是越來越充滿敵意。

可范靈枝卻連看都不看她，彷彿她壓根就不配做對手。氣得梁詩差點把手捏斷。

既然范靈枝不理她，梁詩便自行走人了。

她走到暗處，對著自己的丫鬟貼身說了什麼，這才重新走入席間。

而很快的，約莫是過了一刻鐘左右，就有嬤嬤朝著溫溪月衝了上去，在她耳邊低言，說是被「請」在耳房的花池有些控制不住，開始大喊大叫了。

溫溪月是徹底麻了，她竟然把花池給忘了……

也是溫溪月連忙去將溫子幀叫到了一邊，和他低言，大意大概就是你媳婦兒被軟禁在耳房，你還是趕緊把那瘋婆娘給領走，別再這麼多人面前丟人現眼了。

溫子幀聞言，嚇得頭髮都差點豎起來，當下哪裡還敢再留下，連忙轉身匆匆走人，去領自個兒媳婦去了。

而等溫子幀還沒走到耳房，就聽到了花池的大喊大叫聲，不斷各種咒罵著溫子幀，罵他是個披著羊皮的狼，罵他一心二用兩面三刀，順便還問候了他的祖宗十八代。

嚇得溫子幀也不敢直接去和花池見面了，而是叫過了御前侍衛阿七，讓阿七直接對花池點個穴，把她先扛回家再說，免得花池發起瘋來，破壞了聖上和郡主的宴會。

這一邊溫子幀不聲不響地就把花池給扛回家了，而另一邊的宴會上，則一切繼續。

甚至於梁詩一直用一種高深莫測的眼神打量著范靈枝，差點讓范靈枝覺得這廝是不是有什麼陰謀在等著自己。

可直到宴會快要開始了，也沒見她憋出一個屁來，范靈枝只能把梁詩的這種反常行為，歸結為是梁詩這個女孩子，可能精神狀態有點不太穩定。

溫溪月拉著溫惜昭不知去說什麼悄悄話了，在場的貴女們則是相互竊竊私語著，禮儀一個比一個好，和早上剛來時的表現，簡直天差地別。

可見大家都是鉚足了勁兒的努力表現自己的修養，生怕在聖上和郡主面前跌了份。

唯一沒有變化的是，眾人依舊在無聲地排擠范靈枝。

只是上午時，是眾位貴女直接對范靈枝發動語言羞辱，而此時此刻，則是集體默契地架空她。

除了梁詩和她短暫地說了一句話後，便再也沒有人和她有過交談。

說也奇怪，在場的貴女們排擠她也就算了，在場的公子們竟然也都距離她遠遠的，特別是簡錦之和康陵，此時都不知道躲到哪去了，竟然再也看不到他們的身影。

范靈枝倒是樂在其中，沒有人叨擾她，不用做無效社交，簡直完美。

時間點滴過去，御廚們已經開始陸續上菜，菜肴的香味鋪天蓋地，放眼望去，烤鴨，麻辣雞，手撕兔……

口味竟然相當重。

更詭異的是，全是范靈枝愛吃的！

身側有貴女很是疑惑：「這些菜……似乎都挺辣的。」

貴女二：「啊，吃了之後，皮膚豈不是要冒痘？」

閨女三：「御膳房的宮宴，竟是這般風格啊，倒是叫人開了眼界。」

……

眾人對著這些重口味的菜系議論紛紛，而就在此時，溫溪月已經和溫惜昭從遠處返回了。

溫溪月的眉眼帶著深深的笑意，一邊招呼眾人入座。

只是范靈枝本是要坐在商戶女的位置，可就聽溫溪月聲音柔柔：「枝枝，來，坐本宮身邊來。」

沒辦法，范靈枝只有又頂著眾人的眼神注視，在溫溪月的身側位置入座。

於是溫惜昭坐在正中，溫溪月左側下，緊接著便是范靈枝的位置，眾人一抬頭就能看到她。簡直讓眾人心情複雜，十分嫉妒。

可更詭異的是，這吃飯的席中，溫溪月頻頻給范靈枝夾菜，她倒是不顯麻煩！

這一頓飯，可以說是吃得在場的貴女們全都沒了胃口。當然了，主要也是跟這些菜太辣了脫不了關係……

眾人面上不顯，可實則早已滿含怨氣，彷彿今日眾人都是來陪跑的，實則冠軍早已內定。

總歸是有貴女不服的，比如左相之女穆秀秀。

就在溫溪月又離開自己的桌子，側身為范靈枝撕了一隻大兔腿時，穆秀秀便十分羨慕地說道：「郡主對范姑娘，真是好呀。真叫臣女羨慕。」

溫溪月瞥她一眼，似笑非笑：「下次少繡那花裡胡哨的山雞，等妳提高了審美水準，本宮也能考慮考慮給妳夾菜。」

在場的貴女們全都忍不住噗嗤笑了，發出了嘲笑的聲音。

穆秀秀的臉色一陣紅一陣白，只覺得整個人都被嘲得燃燒起來了，氣得她差點把手裡的筷子捏碎！

眼看晚宴用得差不多了，接下來才是在場的重頭戲。

今日大家來參加宴會的各位官家小姐，都提前準備了擅長的藝技，就等著在今日表演給溫惜昭看呢。這也是溫溪月提前吩咐的，讓大家都準備自己擅長的表演，好在皇上面前刷刷存在感。

於是溫溪月一揮手，眾位貴女們便開始輪番表演才藝。

有的彈琴，有的跳舞，還有的演奏琵琶，琴棋書畫，一時之間聲色犬馬，彷彿大型選美現場。

可惜溫惜昭非常不給面子的打了個哈欠。

眾位辛勤表演的貴女們……

而輪到范靈枝表演時，范靈枝看溫惜昭興致缺缺的樣子，非常識相地表示自己吃太撐了，實在跳不動舞，若是皇上不嫌棄，不如就讓她吟詩一首助助興。

溫惜昭倒是總算來了點興致，准奏。

於是范靈枝深情吟誦一首《憫農》，鋤禾日當午，汗滴禾下土，誰知盤中餐，粒粒皆辛苦！道盡了農民百姓的心酸，一時之間，也讓在場鋪張浪費糧食的各位貴女們，覺得臉上火辣辣的。

畢竟她們身前桌子上的這一桌桌爆辣飯菜，可是幾乎沒怎麼動過筷子……

皇上深受感慨，當即下令在場眾人必須行動，否則不准離開。

各位貴女有六點要說……

第363章　全新系統

等在座各位勉強吃了桌上的大半食物，已經是各個都扶牆走的程度，一個個都呈現痛苦面貌。

等好不容易熬到了晚宴結束，溫溪月這才發表感言，表示感謝各位百忙之中前來參加她的宴會，她由衷感謝。同時還表示聖上會將他選中的入宮人選擇日公布，各位回家等消息就成。

說完之後，溫溪月這才揮揮手，於是宴會散場，各自回家。

只是和來時的興致勃勃不一樣的是，回去的時候大家的情緒明顯非常失落，一眾貴女們更是臉色各個詭異，連笑意都鮮少有。

只有范靈枝輕輕鬆鬆地捏著溫溪月給的寶石頭面，成了最大贏家。

等范靈枝回到范府，下車的時候正好就看到家住斜對面的梁詩也下車來了。

梁詩遠遠看著范靈枝，對著她微微頷首，隨即便面無表情地大步踏回了梁府。

范靈枝面無表情，也轉身回了范府。

張海棠早就在客廳內等著她，一看到她回來了，連忙迎了上去，興匆匆地問她戰況如何，可曾被人欺負，又或者何曾被人輕視之類的。

可在范靈枝拿出賞賜的頭面之後，張海棠瞬間就樂了，一下子就抱住了范靈枝狂親，一邊感慨自己的女兒果然是最優秀的之類的。

等和張海棠交流完了母女感情，范靈枝這才回了華溪院，卸了妝，再好好給自己做了個面膜，沐浴更衣。

按照今日溫溪月的反應，她大概也猜出了溫溪月必是認出了自己。畢竟她的畫風，溫溪月是認識的。

范靈枝坐在浴桶裡，伸手支著下巴想著事。

溫惜昭必然會在自己及笄之後，就召入宮當宮妃。可是她可是記得清清楚楚，墨染上仙說過，溫惜昭的結局該是三宮六院，子嗣眾多，幸福美滿，可若是溫惜昭又是只有自己一個女人，這子嗣眾多這一條，怕是不太能夠啊。

生孩子最多也就生個二胎，還能怎麼個多法？真當她可以像現代網文那樣一胎五六七八寶嗎？下崽的母豬都沒這麼會生。

她倒是願意讓溫惜昭多招幾個妃子，可溫惜昭肯不肯又是另外一回事了。

這事怎麼想都是傷感情，這段時間來她總是時不時的想起這個，還真是愁壞了她。

范靈枝閉上眼，坐在浴桶裡開始胡思亂想，最大的憂愁就是如何更好地給溫惜昭開枝散葉。

只是想著想著，她竟連自己何時睡著了都不知道。只覺得她的身體浮浮沉沉，最後，竟是停留在了一個一望無垠的白色空間裡。

浮雲溫白，整個世界只剩下她獨自一人。

她有些詫異地看著這方天地，又往前走了幾步，可也終究不過徒勞。

就在她凝眉之時，突然之間，有道聲音陡然響起，差點把范靈枝嚇死。

「宿主，又見面了。」

范靈枝：「?.?」

而就在此時此刻，就在范靈枝的正前方，就緩緩地，又浮現出了那熟悉的黑白水墨風系統介面。

只是一切參數都還在顯示載入中，她根本不確定眼前這個系統又升級成了什麼玩意兒?!

范靈枝警惕地後退一步：「當初的妖妃系統是我親手綁定的，甚至於因為一開始算錯了天尊的下凡時間，導致我提早投胎了三年！」

也正是因為她提前投胎了三年，也就提前三年及笄，以至於她剛滿十五歲，就被當時的昏君齊易給撿到後宮去了……

明明一開始的設定是等范靈枝剛滿十五歲的時候，溫惜昭剛好滅了昏君齊易的政權，在溫惜昭登帝后的第一次選秀上，范靈枝大展魅力，成功虜獲他的芳心。

那麼現在呢?!

范靈枝警惕地盯著眼前系統。

系統：「嘤，我也不想的，可是有人重新給我注入了一套數據，所以我就又復活啦。」

她的聲音竟然透著一絲嬌俏。

范靈枝：「誰?」

系統：「是個男的，長相尚可，充滿威嚴。」

范靈枝瞇眼：「天帝？」

系統：「不知道呀。」

范靈枝：「……」

算了，這系統不過是她隨意剪出來的紙人，不過是隨意給她渡口仙氣，再輸入一套數據，也就成了。

也就是說系統是沒什麼腦子的，只會最簡單的對話，所有一切都跟著體內的數據走。

范靈枝扼腕認命：「攤牌吧。」

剎那之間，眼前系統介面陡然散發出一陣柔和的亮光。

重啟。

更新系統中。

滴——滴滴——

緊接著，系統的正中央出現了幾個大字：聖母系統。

系統略顯冰涼的機械聲響起：「完成相關任務，便可讓妳得到相應的美貌加分值；反之，就會扣除相應點數的美貌，宿主會變得越來越醜。」

而系統介面的右上角，出現了一行新的進度條。而進度條的旁邊是幾個小字：美貌值。

范靈枝：「……」

絕了，真的絕了！

什麼鬼啊啊啊！

什麼叫聖母系統?!去你的聖母！她真的好討厭聖母！

范靈枝只覺得自己快要心梗，可就在此時，就聽系統又說：「宿主腹誹辱罵聖母，美貌值扣十分。」

范靈枝尖叫：「啊啊不要！」

可美貌值的進度條，瞬間就變成了 -10/50000 點。

范靈枝：「……」

她抹了把臉，咬牙：「好，真是好樣的！」

她惡狠狠地對著系統比了個中指，憤然：「若我完成美貌值之後呢？」

系統：「等收集成功了所有美貌值，宿主會得到一胎三寶母子平安獎勵，並附帶超值大禮包。」

范靈枝：「我去你……」

系統：「扣分警告！」

范靈枝硬生生改了口徑，咬牙切齒僵笑：「我努力做個好媽媽。」

系統：「宿主有這樣的覺悟，我很欣慰。」

范靈枝心裡有無數句髒話要說，可她還沒來得及說出口，突然之間整個人就往下掉了下去，跌落雲端，失重感滿滿。

陡然之間，范靈枝猛地睜開眼睛，發現自己依舊泡在浴桶內，身上的皮膚都泡皺了。

「小姐，小姐？」她的身邊，是芸竹在低聲呼喚她。

范靈枝陡然清醒，讓芸竹給自己擦身更衣，只是芸竹看著自己的目光，好像隱約有些疑惑。

也是，她現在突然變醜了一些，芸竹疑惑也是應該的。

第364章　美女的煩惱

等芸竹退下後，范靈枝坐在鏡子前看著如今的自己，差點沒哭出來。

不就是扣了十分嗎，這十分竟然都扣在了眼睛上。

她原本還算水靈的雙眼皮大眼睛，此時竟然變成了單眼皮小眼……

不得不說，眼睛是心靈的窗戶，這句話誠不欺我，這眼睛變小了，這臉看上去瞬間就變得怪怪的了，中庭的留白變多了，原本的一張小圓臉，視覺上就變長了不少。

……造孽啊！

范靈枝忍不住流下了悲愴的淚水。

說起來這具身體的美貌值，她確實一直不算滿意。畢竟之前范靈枝妖妃的美貌值，簡直就是天花板級的存在，可現在這具身體，頂多也不過是小家碧玉，就算她再努力，天花板也頂多是在三層樓，和范靈枝的三十層超高摩天大樓，簡直就不是一個檔次。

可她重新再來一次，也從未打算以色侍人。因此這小家碧玉的水準，也是足夠了。

可現在情況卻是不一樣了，她現在這為數不多的美貌值要是今天扣十分，明天再扣個二三十，不出一個星期，這三層樓的天花板就要變成負二層的車庫了……

就算溫惜昭再怎麼對自己情深如許，也……也架不住一張醜得慘絕人寰的臉吧……

范靈枝越想越悲催，她重重一嘆，罷了，她還是老老實實跟著系統走，完成任務後美貌值不斷疊加，讓她又變成一個以色侍人的紅顏禍水。

看來這就是她逃不走的宿命——做一個大美女！

當美女真是太煩惱了。

更何況是美女中的美女，那簡直就是煩惱中的煩惱。

范靈枝一邊幽怨於自己的紅顏禍水命，一邊心情失落地陷入了夢鄉，睡美容覺去了。

等到第二日，張海棠來和她一齊用早膳時，在看到范靈枝的臉蛋時，張海棠就愣了愣。

隨即，她就忍不住揉了揉眼睛。

張海棠很是懵逼：「枝枝，妳的眼睛，怎麼這般腫？難道是昨夜沒睡好嗎？」

范靈枝幽怨地看著她：「誰說不是呢……」

——是范靈枝沒有休息好嗎？

當然不是。

她昨天晚上睡得可好了，可這該死的魚泡眼單眼皮，哪怕睡得再好，第二天起床後，這眼睛看上去還是腫腫的，又小又腫，就像是一條縫，甚至容易讓人疑惑，這姑娘到底已經睜開眼睛了，還是沒睜開啊？

范靈枝今日早晨看了眼鏡子，就嚇得趕緊跳開了，嗚嗚，她要她的大眼睛啊啊！

范靈枝心情低落地和張海棠用了早膳，然後便沉默地回到了自己的院子裡。

此時此刻她坐在貴妃長榻上刺著繡，一邊看著眼前系統給出的第一個任務。

將趕出去的范家人重新接回，並和他們重修舊好。任務獎勵：0/100點美貌值。

今日早晨她才剛接到這個任務，范靈枝便第一時間派了阿刀出去，讓他將范家人接回來。

……

先別管這到底會有多憋屈，先保持住美貌再說。

約莫過了一個多時辰，阿刀終於去而復返，對著范靈枝作揖後，躬身道：「主子，奴才已將他們全都『請』回來了。」

范靈枝有些擔憂：「他們可是不樂意？」

阿刀笑道：「主子多慮了，就算他們不樂意，奴才也將他們綁回來了呀。」

范靈枝點點頭：「阿刀，還是你最懂我。」

范靈枝補充：「記住，手段要溫柔。」

阿刀連忙應是。

范靈枝這才放下繡撐，跟著阿刀一路去了前廳，順便一路聽聽阿刀怎麼說。

阿刀說，范家人之前被他趕了出去後，他們又沒有落腳的地方，只有巴著宋亭玉一家。

畢竟阿刀當時尊了范靈枝的囑咐，只給宋亭玉一家安排了落腳點，將他們安排在了城西的一處別院內。

這別院是范靈枝自己的產業，之前范靈枝那麼多的產業都是交給阿刀打理，因此隨意找個宅子安頓宋亭玉一家，也是簡簡單單。

只是等阿刀前腳走了，後腳范家人就巴了上去，眼巴巴地求著宋亭玉的母親，也就是范靈枝的姑姑范雲，求她收留。

說起來范雲是個明事理的，嫁的老公宋三也是個憨厚的老實人，否則也培養不出宋亭玉這種寒門貴子。

阿刀走的時候，就反覆和范雲強調，不准收留范家人，否則小姐會生氣。范雲也是一口應了的。可真的等范雲自己的父親母親和哥哥一家求上門來，她到底還是心軟了。

范雲嘆著氣，對范宗和秦氏反覆確認：「父親，母親，我收留你們可以，可你們卻是真的不能再為難枝枝和張海棠了。」

范宗和秦氏這對老不死的當然馬上點頭。

范雲又看向自己的哥哥范榮，還有他的新妻薛蘭，沉眉道：「哥哥亦需要保證。」

范榮連忙就對天發誓，一定再也不騷擾張氏母女，否則就讓他一直倒楣。

范雲得到了范家人極不可靠的保證後，也就放他們住進去了。

今日阿刀陡然又出現在那別莊的時候，可是嚇得范家人差點嚇尿，以為阿刀這是來突擊檢查，要他們命來了。

可誰知阿刀進了別院，卻是笑咪咪地表示小姐要把他們請回范府，還請他們無比賞臉。

當是時，范家人先是詭異沉默了一會，隨即竟是擺起了譜來。

老不死范宗當場表示請神容易送神難，如今范枝枝想再把他們請回去，他們還就偏偏不回去！

哼，一定是張氏母女被外界輿論罵慘了，所以才想到將他們請回去，好好修補關係。嘿，可惜晚咯！——想想也是，連父親和祖父祖母都不要了，這種人，一定會被外界大罵一頓才是啊！

范家人頓時變得得意洋洋起來。

只可惜他們的尾巴才剛翹起來，就見站在院子裡的這位脣紅齒白的男子，睇著眼睛輕輕揮了揮手。

於是須臾之間，就有一群黑衣暗衛陡然從天而降，瞬間就把范家人全都押了，一路綁回了范府……

范靈枝一邊聽著阿刀說話，眼下也已走到了前廳。

老遠就看到了被綁成粽子的范家人，在大廳內排成了一排。

第365章　新任務

范靈枝帶著阿刀走入了大廳。

而范靈枝才剛走進去，一整排的范家人便齊刷刷地抬頭看著她。

范靈枝捂著眼睛，聲音嬌柔：「你我都是姓范的，有句詩說得好，本是同根生、相煎何太急。從今日起，你們便在范府好好住下，知道了嗎？范榮，你先表個態。」

被綁成粽子的范榮，有些屈辱：「我是妳爹，妳怎能直呼我名諱？」

范靈枝當即幽幽地看向阿刀，嗚嗚道：「阿刀，你看，他凶我。」

阿刀立馬走上前，從懷中抽出一把短刀，架在了范榮的脖子上。

阿刀的聲音非常陰森：「您剛剛說什麼？」

范榮看向范宗和秦氏：「……既然枝枝一片苦心，那不如我們就在這住下，都是一家人，就不用分什麼彼此了。」

阿刀滿是殺氣的目光又掃向范宗和秦氏。

范宗和秦氏：「……行。」

范靈枝點點頭，又道：「那，我再問你們，我們從此就重修舊好了，你們可答應？」

秦氏這老婆娘咬牙切齒：「妳這個賤……」

阿刀立馬一個恐怖眼神給過去，一邊揚了揚手裡的刀。
秦氏到底是縮了縮脖子。
范靈枝又問了一遍：「你們可答應啊？」語氣之中，夾雜著濃濃的威脅。
范家人：「……答、答應。」
而就在他們回答後的一瞬間，系統介面的美貌值，就往前進了微微小的一小格，變成了90/50000。
系統：「宿主，妳這樣的手段，好像有什麼地方不對……」
范靈枝在心底和她愉快對話：「你管我？完成任務就好！」
系統默然。
范靈枝當場命人將范家人全都請下去，又給他們分配了一個遙遠的偏院，並命人好吃好喝地照顧著他們。
忙完這些，范靈枝這才高高興興地回院子裡去了。
而就在芸竹給她端上水果時，一看到范靈枝，就怔了怔。
之前的腫泡眼竟然消失了。
不但消失了，小姐的眉眼竟然還變得非常好看，雖然說不清楚是哪裡變好看，可就是莫名的覺得好看了些。
芸竹又蒙了，疑惑地看著范靈枝，許久沒有回神。
范靈枝露出了然的笑，招呼著芸竹過去一起吃水果。

接下去幾日，范靈枝都專心在家休養，做面膜做健身操之類的。

等到這日晚上的時候，范靈枝沐浴完畢，她坐在鏡子前，開開心心地對鏡擺弄著自己的美貌。

溫惜昭又踏著月色來了，只是他的臉色並不好，坐在范靈枝身邊，渾身冷氣嗖嗖。

范靈枝彎著眼睛看著他：「誰惹你生氣了？」

溫惜昭卻一把子把范靈枝摟在懷裡，危險地說道：「妳如今豆蔻年華，身邊倒是多了許多少年對妳趨之若鶩，不知范小姐可會心動啊？」

范靈枝挑眉：「所以那日宴會上，康陵和簡錦之涉獵回來後，一看到我就離我幾十丈遠，是因為你威脅他們了？」

溫惜昭：「怎麼，不可以嗎？」

范靈枝差點笑死：「自然可以，誰說不可以。」

溫惜昭幽幽的：「距離今年除夕，只剩下五個月。等妳的生辰日一過，朕就立馬找妳入宮，免得那些蜜蜂繞著妳飛。」

范靈枝點頭：「行啊。」

溫惜昭摟過她：「那白狐我已命人養在華溪宮的耳房，給妳做寵物用，妳可喜歡？」

范靈枝將腦袋靠在他懷裡，聲音輕輕：「喜歡，自然喜歡。」

溫惜昭這才臉色好些了，伸手揉了揉范靈枝的腦袋，又對著她的臉頰親了親。

只是親著親著，就又開始呼吸急促，然後拉著范靈枝往床上去。

又是一夜春宵。

等到第二日，范靈枝又癱在了床上，讓芸竹給自己捏酸痛的手臂。

下午時分，阿刀返回了，對范靈枝道：「回主子，指使范家人來辣味齋鬧事之人，已調查清楚了。」

范靈枝涼涼笑著：「說。」

阿刀：「和主子料想得不錯，正是穆秀秀犯的。穆家利用左相之便，向姑蘇知府下了通牒，隨意尋個由頭罷黜了老爺的官職。再暗中派人挑撥，透露夫人和主子您在上京的現狀，引誘他們上京。」

范靈枝哼了聲：「我還當那穆秀秀的目標，不過是為了讓京中人都知道我娘親乃是個下堂妻。」說及此，微頓：「直到宴會那日，我方才明白，原來這並不是最重要的，穆秀秀的真實目標，竟然是宋亭玉。」

利用她過去和宋亭玉的關係，大做文章，抹殺她的清白。

要不是恰好溫溪月最討厭有人拿清白這一套說事，只怕現在整個上京上下，她早已淪為笑柄。

范靈枝看向阿刀：「好，我知道了。既然如此，那就以彼之道，還之彼身……慢、慢著！」陡然間，范靈枝的語調竟然硬生生地打了個轉，來了個急剎車。

阿刀一臉茫然地看著她。

范靈枝突然變得咬牙切齒起來。

阿刀：「？？」

范靈枝惡狠狠地頂著自己面前的系統，看上新浮現出的任務，久久無言。

——和穆秀秀冰釋前嫌，義結金蘭，任務獎勵：0/300 點美貌值。

范靈枝猛地站起身來，雙手叉腰對著天氣破口大罵，嚇得阿刀怔怔看著她，不明白主子這是怎麼了。

阿刀：「主子，妳在罵誰？」

范靈枝這才停止了罵聲，她眯著眼睛面容發狠：「我罵地還罵天！」

系統：「……」

反正罵的不是系統，系統無權扣她美貌值！

直到她罵累了，范靈枝仰頭喝了一大杯茶，想了想，叫過阿刀，在他耳邊輕言兩句，這才讓阿刀退下了。

而另一邊，穆府。

自從穆秀秀從宴會回來後，她的心情就一直不好，在家裡鬧著大脾氣，但凡有人得罪了她，那可真是要吃不了兜著走。

就連穆秀秀的老爹，左相穆成華，看到穆秀秀都繞道走，不敢招惹。

穆秀秀的母親也知道女兒心情不好，因此這幾天總是變著花樣哄著她開心，最新款的頭面和首飾，都給她買了好幾付。

第366章　薑是老的辣

眼下穆秀秀的母親楚氏，又把她叫到了臥房裡，拉著她的手給她開導心結。

楚氏道：「秀秀，妳說妳犯得著為了一個商戶女，把自己搞得這般糟糕嗎？看看，連氣色都不太好看了。」

穆秀秀依舊忿忿，沉聲道：「娘親，正是因為那范枝枝不過是個商戶女，女兒才這般生氣！」

穆秀秀咬牙：「她到底憑什麼？就憑她的容貌嗎？難道女兒的容貌，竟然比不過她嗎？」

這幾天下來，穆秀秀說的最多的話，就是「我的容貌竟然比不過她？」這句話。

到底是年紀尚小，還太嫩。

楚氏意味深長道：「我的好女兒，光靠容貌，又有什麼用處？聖上到時候廣開後宮納妃，必然是要雨露均霑，為了制衡朝堂權勢，多招幾個重臣女兒，以相互制衡。」

「妳身為左相之女，妳該去比較的，是右相之女康映月，是大將軍之女凌巧貞，而不是什麼低賤的商戶之女，明白了嗎？」

楚氏苦口婆心：「妳如今拉下身段和她去比，這可是妳降低了自己的階層，卻提高了她的地位。」

楚氏：「妳若再繼續和她比下去，日後別人提起范枝枝，只會下意識覺得，這范家姑娘，『可是比左相之女還要厲害』，」微頓，「妳自己聽聽，是不是太掉價了？」

穆秀秀怔了怔，隨即臉色就不更太好了，她真是急得眼睛都紅了：「娘親，這下該如何是好？」

楚氏哼笑一聲：「那可就簡單了，只要妳別去理會她，遠離她，擺出一副看不上她的樣子，不就是了？如此一來，時間一久，民眾便會覺得那范枝枝再美貌又如何？還不是被左相之女，死死踩在身下？」

楚氏繼續安慰：「妳乃是左相之女，妳父親定會將妳塞到宮裡去，這點妳無需擔心。但是那范枝枝……」

楚氏的眼中閃過冷色：「能不能活到聖上選妃那一天，還是個問題。」

不愧是宅鬥老手楚氏，吃的鹽比穆秀秀吃過的飯還要多。

此話一出，當即便讓穆秀秀恍然大悟、醍醐灌頂。

從母親那離開的穆秀秀，總算心情好了很多，至少臉上也出現了笑容。

只是穆秀秀還沒高興多久，突然幾日之後，她竟然收到了一封陌生的請帖。

這請帖素色淡雅，還燙著金邊。

丫鬟將請帖遞給她的時候，也是一臉懵懂。

穆秀秀接過請帖，打開，只見裡頭竟是邀請穆秀秀前去參加一場賞秋宴。

可這不是重點，重點是這賞秋宴的舉辦人，赫然就是——范枝枝。

在看到落款人的時候，穆秀秀氣得差點沒把手裡的請帖給撕了，自然主要是她嘗試了兩下，卻發現壓根就撕不動，這殼子太硬了……

穆秀秀一下子就把這請帖扔到了地上，還踩了兩腳：「我才不要去什麼賞秋宴！真是晦氣！」
可這句話的話音還在左相府的上空迴盪著呢，當日晚上，左相就興致勃勃地來找穆秀秀了。
左相笑得非常大聲：「秀秀，聖上要舉辦賞秋宴，說是請帖已經送到妳手裡了，妳可曾收到啊？」
穆秀秀：「……？」
她怔怔地看著地上的請帖，上面還黏著兩個腳印。
左相也順著穆秀秀的目光看了過去，臉色當場就變了。堂堂左相大人一把子彎腰將請帖撿了起來，放在懷裡使勁拍著請帖上的腳印泥。
姿態不得不說，是相當卑微。
穆秀秀覺得非常不對勁：「父親，這賞秋宴怎麼變成皇上舉辦的了？這請帖上明明寫著——」
聞言，左相皺皺眉，打開請帖看了看，發現落款果然是范枝枝。
左相瞇著眼，許久，凝重地看向自己女兒：「那這賞秋宴，妳更要去了！」
穆秀秀哇哇哭：「我不想去啊，嗚嗚嗚！」
左相強硬：「不去也得去！」
左相：「順便去探一探，這聖上和這范枝枝，到底有什麼更深的關係。」
可穆秀秀卻突然沉默了。
直到許久，她才臉色詭異地看向自己父親，說道：「說起來，女兒和簡錦之，曾在大街上，撞見過范枝枝和……」

左相看向她。

穆秀秀將自己撞見范枝枝和一個酷似皇上的男子在一起逛街的往事，說給左相聽。

左相聽了，不由也極其困惑。

想了想，又問：「這次郡主的宴會上，皇上可曾對范枝枝特殊對待？」

穆秀秀緩緩搖頭：「並不曾。」

除了皇上剛好把選繡品的票投給了范枝枝的之外，別的時候，聖上甚至都沒有多看范枝枝一眼。

而且也不能怪皇上把票投給范枝枝，誰讓范枝枝嘩眾取寵，故意繡了一條又胖又醜的龍，真是怎麼看都難看得要死，無非就是繡風比較獨特罷了，也竟然這樣的投機，就被她輕鬆拿到了頭籌。

而穆秀秀第二名的孔雀，竟是根本就沒有引起什麼水花，簡直讓她氣死！

左相撚著自己的山羊鬍，瞇起眼：「據為父對聖上的了解，那男子，只怕並非是聖上。」

穆秀秀十分緊張：「那是不是代表，民間有一個和聖上長得極像的男子？這會不會對聖上造成危險？」

左相眼中閃過一抹凝重：「此事若是當真，為父怕是要立大功了！」

說及此，左相非常激動地看向自己的女兒：「不愧是為父的好女兒！」

左相又千叮嚀萬囑咐讓穆秀秀一定要去參加，這才大笑著走了。

穆秀秀看著這張請帖，眼底閃過深深的冷色。

三日後，范府別院。

這處別院內，如今只住著宋亭玉一家。

事實上，自從范家人全都被范枝枝趕出門後，穆秀秀的人就一直在監視著他們。

所以穆秀秀自然也清楚宋亭玉如今被范枝枝安排在了這處小別院。

說起來，穆秀秀是相信宋亭玉和范枝枝有私情的。否則為什麼范枝枝把范府其他人都趕走了，連親生父親都沒放過，可卻偏偏要安排宋亭玉一家三口，住在這個小別院裡？

這不是有私情，還能是什麼？

赴夜宵

第367章 請帖

當然了，穆秀秀之前在宴會上說的，說宋亭玉親口和她說了自己和范枝枝的往事，也是穆秀秀自己編排出來的。

她是派人去找過宋亭玉，可一聽到范枝枝這三個字，宋亭玉就顯得諱莫如深，硬是一個多餘的字都不肯說出口。

可見這個宋亭玉必然是對范枝枝有點心思，否則又怎會如此維護她？

初秋已開始泛涼，今日天空隱約下起了小雨。淅淅瀝瀝，將最後一絲夏日炎熱感也沖淡了。

眼下，穆秀秀的馬車停在了別院大門前，專心等待著。

丫鬟已經前去敲門，很快的，便有個小童開了門，防備地看著門口的丫鬟。

丫鬟稟明來意，表示自己要見少爺一面，小童雖防備，可還是去稟告去了。

約莫半柱香左右，宋亭玉走了出來。

宋亭玉身形筆直，穿著暗色的衣衫，長得倒是書卷氣極濃，白白淨淨，甚是好看。

眼看門前停著一輛馬車，宋亭玉腳步微頓，眼中閃過一抹凝色，這才繼續走到馬車邊。

穆秀秀拉開馬車車簾，輕笑著看著他：「宋公子，我們又見面了。」

宋亭玉面色淡淡：「有事？」

穆秀秀低笑：「可願移步去附近酒樓一談？」

宋亭玉面無表情：「有事直說就好，鄙人時間寶貴，何必另尋地點。」

穆秀秀點點頭：「也可以。」

說及此，目光又朝著一旁的丫鬟看了一眼。

丫鬟適時從懷中掏出一片請柬，遞給宋亭玉。

宋亭玉並不接，只是微微皺眉：「這是什麼？」

穆秀秀道：「再過五日，有一個上京內書生的書會。說起來，這書會乃是由北直隸本次鄉試的前三甲辦的，整個上京內稍有資歷家底的書生都會去。據說有內閣學士坐鎮，現場傳道受業解惑。」

穆秀秀：「自然了，沒有資歷家底的，是沒有資格參加這種談會的。」

她低笑起來：「我倒是想到了你，便順便給你要了一份，怎麼，難道你不領情嗎？」

宋亭玉看著這份請柬，臉色浮浮沉沉，雙眸深深，顯然正在猶豫。

他出身江南寒門，曾經唯一的倚靠勉強還能是舅舅范榮，可如今舅舅他都被罷黜了，成了平民，過得相當落魄。

所以他唯一的依靠也倒了。

如今到了上京，上京浮華，他更明白了自己的渺小。

沒有背景，沒有資源，什麼都沒有。只有一腔熱血，努力挑燈夜讀，便是為了在年底的會試，金榜題名。

倘若他真的能參加這樣的書會，對他來說，絕對只會是一件大好事。

穆秀秀一眼就看出了宋亭玉的猶豫。她又輕笑起來，聲音透著蠱惑：「宋亭玉，你以為我是在做好事？」

她「切」了一聲：「我只是覺得你很有潛力，我曾讀過你的文章，確實有實力。我也想你能在科舉之中一舉成名，等你日後入了翰林院從仕，我希望你能投靠我父親名下，為我父親效力。」

她聲音不重，可說出的話卻極有誘惑力。

宋亭玉眸光微閃，鬼使神差的，他到底是接下了請柬。

穆秀秀滿意離開。

等回了別院，宋亭玉望著這張請柬怔怔出神。

等到天氣稍晚，他母親來給他送來飯菜，便看出了宋亭玉的反常之處。

范雲有些疑惑：「玉兒，你在想什麼？」

宋亭玉回神，輕笑：「只是心底有些疑惑罷了。」

范雲見兒子瞥著那份請帖，還有什麼不清楚的，只道：「為娘的沒有讀多少書，可卻知道什麼人該接觸，什麼人不該接觸。」

宋亭玉頷首：「兒子知道了。」

范雲叮囑宋亭玉好好吃飯，便不叨擾，直接退下了。

等到深夜，宋亭玉到底不再糾結，而是將這請帖壓在了硯臺下。

這書會他必不能去。若是去了，便是相當於接了左相的橄欖枝，他尚未入仕，便稀裡糊塗站了隊，攪進了朝堂複雜派系，這對他來說，絕不是一件好事。

等到第二日的時候，宋亭玉出了門，極其罕見地直奔范府。

阿刀很快就來稟告，說是宋亭玉來了，說要見主子一面。

范靈枝依舊在刺繡，聞言，若有所思地想了想，讓阿刀將宋亭玉請進門來。

阿刀很快就帶著宋亭玉入了范靈枝的寢房。

這是宋亭玉第一次到她的閨房。房內布置豪華，內寢的牆壁上，竟然鑲著夜明珠。

不，簡直不該說是豪華，而是奢靡的程度。

角落方桌上徐徐燃燒著好聞的香，是宋亭玉從未聞過的香氣。

范靈枝正坐在正前方的貴妃長榻上，只隨意穿著一襲紫煙裙，長髮半束半散，卻已是美得讓人不敢看。

宋亭玉有些促狹，他臉色微微漲紅，垂下眼眸，不願多看。

范靈枝見他來了，倒是笑得爽朗：「表哥，你今日來，必是有事，對不對？」

她笑咪咪的樣子，似乎依舊是當年那個追著他屁股後頭給他塞繡帕荷包，嚷嚷著要嫁給他的少女。

宋亭玉有一時的恍惚，可很快就回過神來，點頭道：「確實有事，需與妳說一說。」

他不卑不亢，一邊對著阿刀遞出請帖。

阿刀將請帖交給范靈枝。

范靈枝接過，細細看了眼這請帖，臉色卻是越來越微妙，到了最後，她忍不住低笑出聲，彷彿看到了什麼好玩的東西。

宋亭玉有些不解，疑惑看著她。

范靈枝將請帖放下，問道：「這請帖，是誰交給你的？」

宋亭玉道：「左相之女，穆秀秀。」

范靈枝微微瞇眼：「我就知道是她。」

宋亭玉不解地看著她。

范靈枝哼了聲：「這可不是什麼書會，她不過是尋個由頭，將你騙過去罷了。」

范靈枝指著請帖上的地址：「四日後，城東文舒閣，這明明就是我舉辦賞秋宴的地方。」

宋亭玉徹底愣了，擰著眉頭看著她。

范靈枝進一步解釋：「我舉辦了個賞秋宴，特意邀請穆秀秀，穆秀秀倒是聰明，轉頭就隨便編了個由頭，想將你也騙來。」

范靈枝支著下巴，笑咪咪地看著宋亭玉：「大概，是想要將你我的往事，在宴會上再做一做文章罷。」

第368章　斯文人

宋亭玉的臉色瞬間就燒了起來，十分赧然尷尬地站在原地。

他眸光發沉，像是有些生氣：「那都是幼時的事了，穆秀秀憑什麼拿過往說事？」

可話說出口，突然又覺得不對，當即臉色凝重起來：「不對，此事她如何知曉？」

范靈枝一看宋亭玉的反應，就知道他壓根就沒有和穆秀秀通氣。

之前在皇家園林，穆秀秀還說那些自己和宋亭玉曖昧的過往，是宋亭玉親口說的。當時范靈枝就不相信，倘若宋亭玉真的是這種人，他大可以直接利用這件事來威脅范靈枝，直接和范靈枝做交易。

何必要拐彎抹角去和穆秀秀做交易？這不是繞了一圈遠路？

壓下想法，范靈枝道：「如果我沒猜錯的話，該是祖父祖母幹的。」

反正誰最見錢眼開，這件事就是誰幹的。

反正不是那對老不死的，那就是范榮，橫豎也就這幾個人選了。范靈枝倒也並不在意。

如今范家人全都被軟禁在她的後宅，好好當他們的米蟲就行了，以後也鬧不出什麼大的風浪。

宋亭玉卻眉眼沉沉，久久不言，必然是生氣了。

范靈枝柔聲道：「那都是以前年少時的事了，我自然不會因為外人的挑撥，就和你生了嫌隙。」

范靈枝依舊柔柔：「說起來，我和你從小青梅竹馬長大，過往我總是喜歡纏著你，倒也要謝謝你，不曾厭煩我。」

她眸光清清，語氣溫軟，讓宋亭玉心底微抽。

是啊，他和她青梅竹馬，一起長大，她十歲之後，總喜歡追著他屁股跑，說一些不知羞的傻話。

可他難道真的從未心動嗎？

他有些慌亂，不敢深思，面上努力掩飾太平：「都是自家人，何必言謝。」

范靈枝道：「你日後是要入朝從仕的，可萬萬不能這樣早，就提前捲入朝堂紛爭，更不能隨意站隊。」

她的聲音變得有些凝重：「聖上最厭惡的，便是官官相護，沆瀣一氣，此乃大忌。」

宋亭玉自是點頭應好。

只是宋亭玉正打算告辭走人，就聽范靈枝又道，「至於這請帖……」她臉上瀰漫出高深莫測的笑意來，「既然穆秀秀這般力邀你前往，你若不去，豈不是辜負了她的苦心？」

宋亭玉道：「好，那便不如將計就計。」

等宋亭玉走後，范靈枝到底是笑出了聲來。

一旁的阿刀見范靈枝開心，他自然也跟著開心，也笑咪咪的。

范靈枝看向阿刀：「那穆秀秀定是恨我恨慘了，沒辦法，誰讓我這般魅力四射，把她襯托得這般黯淡無光呢。」

阿刀連忙道：「主子是世間最耀眼的女子，誰不自量力靠近您，都會被秒成街邊的泥巴。」

范靈枝：「我們要做一個善良的人，阿刀，這次宴會上，我要和穆秀秀義結金蘭，冰釋前嫌，你覺得，用什麼辦法比較好？」

阿刀想了想：「不如讓奴才把她綁了，嚇她個幾天，屆時她必然也就能答應。」

范靈枝非常不贊同：「不要一天到晚打打殺殺，我們是斯文人，要做文明事。」

阿刀：「那奴才斯文一些，將她請到京郊農莊住幾天。」

他說是這樣說，可眼裡的冷色能凍死一頭牛。

范靈枝但笑不語，只是笑咪咪地讓阿刀退下了，阿刀非常懂事，跑去了廚房，幫秀姿幫忙辣味齋的活去了。

接下去這幾日，范靈枝只宅在家做點感興趣的事，活成了一個宅女。

倒是辣味齋的生意越來越好，且來光顧的除了平民百姓，就連達官貴人也日漸多了起來。

這日夜裡，張海棠很是困惑地來找范靈枝，說道：「枝枝，說也奇怪，這兩日不知怎的，上門來吃飯的客人，排場越來越大。」

昨日來了幾輛馬車，浩浩蕩蕩的，丫鬟奴僕一群，把二樓雅間占了個全。

今日更是誇張，方才傍晚的時候，竟然來了足足五輛馬車，硬是把整個辣味齋都給填滿了。那貴人是個夫人，穿得雍容華貴，旁邊圍著好幾個老嬤嬤和數不清的丫鬟。

那些嬤嬤才剛踏入辣味齋，就給了張海棠一疊銀票，說是要清場，張海棠得罪不起這種貴客，只有咬咬牙，把在場的食客都清了。

那貴婦包下了整個辣味齋，然後拿著菜單，將整份菜單都點了一遍。

等到那貴婦慢悠悠地將上菜品嘗了一番後，還擰著眉頭，傲慢無比地說道：「不過爾爾。」

張海棠面無表情地陪侍在側，壓根沒反應。

貴婦又看向張海棠，有些輕蔑說道：「這辣味齋享譽整個上京，可在本婦看來，不過是噱頭，上不得什麼檯面。」

張海棠不卑不亢，回答：「眾口難調，辣味齋無愧於心。」

貴婦冷哼一聲，這才慢悠悠地帶著眾人離開了。

張海棠對著離開的大部隊呸了聲，眼看辣味齋內也沒別的客人了，乾脆也就關門打烊了，自己則跑到女兒這才告狀吐槽。

范靈枝想了想：「今日這馬車，是什麼樣式的？」

張海棠回憶：「甚大，馬車四面裹著暗紅色絲綢，上頭繡著些梅花。」

范靈枝點頭：「好，我讓下人去留意留意，看看京中誰人是用的這等款式。」

張海棠自是又應好。

只是從范靈枝的院子離開之後，張海棠還是有些惴惴不安，總覺得那婦人沒安好心。

另一邊，范靈枝則讓阿刀去查此事，看看是誰家的夫人這麼清閒，竟然來辣味齋找茬。

等到第二日，范靈枝便穿戴整齊，又畫了個淡妝，便帶著阿刀出了門去，參加賞秋宴。

說起來這賞秋宴，她給穆秀秀遞了請帖後，自然知道穆秀秀必然不會來。

所以她讓溫惜昭也給穆秀秀，還有別的幾個貴女公子哥，用聖上的名義遞了請帖，這東道主讓溫惜昭來當。

穆秀秀不給自己面子，難道還會拒絕溫惜昭嗎？

她一心想要入宮給溫惜昭當妃子，只會恨不得和溫惜昭多多接觸，又怎麼會拒絕他？

范靈枝坐在馬車上，一邊想著，一邊忍不住露出了有趣的笑意來。

第369章　看笑話

約莫兩炷香時辰左右，馬車停在了文舒閣門口。

文舒閣乃是個藏書閣，只是除了藏書之外，還是個精緻的園林，有點類似於現代的公園。

當然了，主要還是這文舒閣對范靈枝而言，還挺特別。

當年可是范靈枝讓齊易建成的，齊易昏庸，整日迷戀美色，以至於最受寵的范靈枝就成了群臣攻擊的對象。

范靈枝為了敷衍那群大臣，就讓齊易造了這個藏書閣，意思是她已經勸齊易努力做個文化人，盡力了。

當然了，齊易斥鉅資建成了文舒閣後，也壓根就沒走到這裡看一眼，依舊日日耽於美色，酒池肉林，那麼多銀子砸了個寂寞，差點沒把那群大臣氣死。

范靈枝到的時候，人也已到了好些。

自從穆秀秀邀請了宋亭玉，范靈枝乾脆也順著她的意思，邀請了好幾個書生。

畢竟還有五個月就要開始會試，此時上京內前來趕考的讀書人已經越來越多，范靈枝讓阿刀挑了幾個京內有點背景的舉子，讓他們也來參加這賞秋宴，免得宋亭玉一個人尷尬。

讀書人和讀書人之間，總該是有共同語言的。

范靈枝徑直朝著文舒閣裡面而去，院子內假山流水，花卉精緻，男男女女已經聚集了好些。范靈枝一眼就看到了穆秀秀，只是她今日並沒有被人簇擁著，而是略顯尷尬地獨自站在一旁，臉色相當難看。

這次的宴會算是小聚會，范靈枝邀請的人不多。但是每一個邀請的千金，全都是和穆秀秀有過過節的，又或者是和穆秀秀關係並不算太好的。

穆秀秀雖然是左相之女，可她平日裡做事風格非常跋扈，大部分貴女敢怒不敢言，全都捧著她，可還是有那麼一小撮秉持著惹不起就躲的方式，遠遠避開她。

比如今日這些小姐們，便全都離穆秀秀遠遠的，不得罪她，但也絕對不會親近她。

范靈枝走到穆秀秀身邊，笑咪咪地看著她：「穆小姐，我們又見面了。」

穆秀秀滿臉防備地看著她，卻發現這范枝枝像是有什麼地方不一樣了。

明明什麼都沒變，可就是莫名地覺得好像變好看了一點點。

她對范靈枝的厭惡感忍不住就增加了點，面無表情道：「客氣了。」

范靈枝低笑：「穆小姐，妳願意賞臉來，真是讓我很開心。」

穆秀秀防備道：「妳開心什麼？今日宴會，難道不是聖上舉辦的嗎？就算我賞臉，也是看在聖上的份上！」

范靈枝笑咪咪地點頭：「穆小姐言之有理。」

別的小姐們對范靈枝倒是沒有那麼大的惡意，紛紛和范靈枝問好，一片和氣。只有穆秀秀一個人被冷落在一邊，讓她氣得臉色發青。

很快宋亭玉也到了，范靈枝非常熱情地迎了上去，絲毫沒有忌諱。

穆秀秀差到極點的心情，在看到宋亭玉之後，才終於好受了點。

又約莫一刻鐘左右，書生們陸陸續續來了好多，其中不乏和宋亭玉熟悉之人，紛紛和他打招呼。

宋亭玉很是意外地看了眼范靈枝，范靈枝對他報以一笑，宋亭玉忍不住心頭一熱，臉頰也有些發紅。

年輕的書生們滿腔抱負，心氣甚高，看著院子內的初秋景色，便開始吟詩作對、之乎者也，倒讓范靈枝也跟著沾點文氣。

這些人可都是大齊未來的希望，每一個都有可能成為溫惜昭的得力小幫手。

范靈枝饒有興致地聽著他們作詩，時不時地為他們鼓勵喝彩，身側的穆秀秀卻冷笑一聲，眼中滿是嫌棄。

穆秀秀不無諷刺道：「也就只有出身小門小戶之人，才會對這等迂腐酸詩感興趣。」

她的聲音不大，卻剛好能讓范靈枝聽到。

范靈枝低笑：「是啊，像穆小姐這等出身高貴的女子，必然對這些不會感興趣。」

穆秀秀微翹著下巴，滿眼睥睨：「那是自然。」

此時又有個王姓的書生對著一盆蘭花念了句詩：「蘭為王者香，芬馥清風裡。」

在場眾人紛紛喊好。

范靈枝也適時發出感慨：「這句詩作得好，將蘭的特徵形容得淋漓盡致。」

王書生有些讚許地看了范靈枝一眼：「姑娘慧眼。」

范靈枝笑著恭維，直誇得王書生飄飄然，連胸膛都挺了許多。

穆秀秀在一旁使勁翻白眼，渾身的不耐煩快要溢出天際。

王書生顯然也注意到了穆秀秀，當即就冷下了臉來，睇著眼道：「這位姑娘好像不太服氣啊。」

讀書人，大部分讀書人都骨頭特硬，心比天高。

每個讀書人都覺得自己作的詩是最厲害的，寫的文章也是最獨特的。

比如這個王書生，他雖然不是官二代，是北方某個放牧家族出來的，可所謂光腳的不怕穿鞋的，他最看不起的就是那些仗著家裡有幾分權勢，就作威作福的紈絝子弟。

於是王書生當場就對穆秀秀冷冷一笑：「自古以來，都說女子胸大無腦，頭髮長見識多，王某本不這麼覺得，可現在倒是有些明白了。」

穆秀秀當場就氣炸了，憤道：「放肆！你、你竟敢如此編排本小姐?!」

王書生昂首挺胸，沒在怕的：「有何不敢？」

身側圍觀的眾人紛紛好整以暇圍觀看熱鬧，等著看穆秀秀笑話。

在場的少女們不喜歡穆秀秀，自然不會幫她說話，在這些書生之中雖然有認識穆秀秀的，但畢竟是少數，大多數也都不認識她，只當她是哪家不懂事的官家千金。

穆秀秀一張小臉漲得通紅：「你可知道家父是誰？竟敢如此說我？我看你當真是活得不耐煩了！」

可這話一出，王書生當即更是一副豪情萬丈的做派：「王某何必管你家父是誰，普天之下莫非王土，王某只認聖上一人，苦讀聖賢書，亦是想要為聖上、為江山社稷貢獻一份力，哪怕妳的家父是權臣，又與王某何干？」

在場的書生們一聽，紛紛應好，對他佩服極了。

不愧是讀書人，氣節刷滿！

穆秀秀這種嬌養在深閨的小姐，哪裡說得過他們。

第370章　妖孽

整個院子都瀰漫著快樂的氣息。

雖然這份快樂是建立在穆秀秀的痛苦之上。

穆秀秀看著眾人的嘲笑，整個人的臉色都從紅變紫，又從紫變白，分外精彩。

她從小到大，何時受過這份氣？她實在是忍不了了，轉身就走，范靈枝連忙朝著她追了上去。

在轉角的抄手迴廊，范靈枝終於攔下了她，似笑非笑地說道：「穆小姐這就打算走了？怎麼，不打算見聖上了？」

穆秀秀咬牙：「聖上當真會來？可我怎麼覺得，聖上他根本就不會來了！」

范靈枝：「聖上當然會來，他不但會來，還會逗留很久呢。」

穆秀秀依舊防備地看著她。

范靈枝嬌笑起來，緩緩道：「妳若是現在就走，豈不是便宜了我？畢竟能和聖上獨處，可是千載難逢的好機會。」

穆秀秀防備道：「我就知道，妳野心勃勃，一心想要攀上聖上，好飛上枝頭變鳳凰！妳以為聖上當真能讓妳得逞嗎？」

范靈枝卻笑得更歡欣了：「為何不能讓我得逞？」

范靈枝走近穆秀秀一步，低聲道：「聖上啊……他不但會寵愛我，還會一心將我捧上高位，對我獨寵。」

她的聲音透著濃濃的蠱惑：「甚至於，弱水三千，只取我一瓢飲……嘻嘻。」

日光透過落蔭，零星灑在范靈枝的身上，襯得她香嬌玉嫩、美色無雙。她的眼眸漆黑幽深，宛若妖孽，讓穆秀秀心底猛地發慌。

她忍不住後退一步，努力維持鎮定：「我不信！難道妳會妖術，能操控聖上？」

范靈枝依舊笑著，只是這笑異常滲人。她又逼近一步，湊到穆秀秀耳畔道：「誰說不是呢？我啊，只要努力偽裝成是先后轉世，聖上自然就乖乖被我蠱惑了呀。」

她說話的語氣明明這樣嬌軟，可在穆秀秀聽來，簡直就是堪比妖邪轉世、穢亂後宮來了！

穆秀秀的臉色當場大變：「范枝枝！妳、妳竟如此禍膽包天——」

范靈枝：「富貴險中求，穆小姐要是有本事，也儘管這樣做就是了？」

她聳聳肩，沒在怕的：「皇上對先皇后用情至深，這點全天下都知道。只要我偽裝成是先后轉世，皇上一定會對我另眼相待，獨寵我一人。」

范靈枝：「你知道為什麼刺繡比試時，聖上會將票投給我嗎？」

她一邊說，一邊對穆秀秀眨了眨眼。

穆秀秀聲音發顫：「為、為何？」

「因為我刺繡的樣式，可是和先皇后一模一樣啊……」

穆秀秀徹底傻了，她傻傻地看著范靈枝，很久都沒有回神。

直到范靈枝在穆秀秀面前揮了揮手，才終於讓她勉強找回了三魂六魄。

無數想法不斷衝擊著穆秀秀的心智，饒是她此時慌得一批，可還是努力在心裡告誡自己，不要慌張，不要害怕，穩住！

穆秀秀反覆對自己做了心裡建設，努力讓自己看上去輕鬆一點，她佯裝不屑道：「妳以為妳說了我就會信？妳又是從哪裡學來的先皇后一切？就算妳要模仿先皇后，至少也得先熟悉她罷？」

范靈枝假裝聽不懂穆秀秀的激將法，面不改色道：「我在江南金陵長大，城西住著先皇后的親哥哥和親妹妹一家，妳不會不知道罷？我從小就和范家人一起玩，自然聽了很多先皇后的故事……」

後面的話，一切盡在不言中。

穆秀秀緊緊盯著她，又問：「那，妳又如何讓皇上相信妳的？」

范靈枝輕鬆道：「那就更簡單了，我只要說幾句以前先皇后常說的口頭禪，聖上自然就會覺得我特別親切呀。」

穆秀秀：「……」

穆秀秀被范靈枝的無恥氣壞了，她雙拳緊握氣得渾身顫抖：「妳、妳——世間怎會有妳這般無恥之人！」

「方式我已經告訴妳了，妳要是有膽子，妳也裝呀。就看誰的演技好，誰就能得到聖上的寵愛。」

穆秀秀：「……」

該死！她竟然心動了！

穆秀秀恨得不行：「妳跟我說這個做什麼？妳就不怕我去和聖上告密？」

「妳儘管去告密就是，皇上現在可是已經被我迷上了，看看皇上還會不會相信妳的鬼話？」

「……」

范靈枝繼續添火：「我可是只將妳一人視作我的競爭對手呢，妳要是現在就退出了，我豈不是打遍天下無敵手了？哎呀，看來我還真是高看了妳。」

范靈枝面帶遺憾：「算了，妳要走就走，妳走了，我剛好能和皇上進一步發展。」

說及此，范靈枝轉身就打算走人。可穆秀秀卻渾身爆發出了強烈的正義來，她看著范靈枝這道隱約透出嬌媚的身影，心底有一道正值而又響亮的聲音不斷在她心底吶喊：——戰勝妖女，拯救聖上！

她才是聖上的良人！若是放任這等心機女子留在聖上身邊，豈不是國之大禍?!

想及此，穆秀秀當即對著范靈枝迎頭追上，面色凝重，透著威脅：「我是絕不會讓妳得逞的！為了聖上，我定要撕了妳這虛偽的假像，讓眾人都看清妳的真面目！」

范靈枝並不理會她，只當她放了個屁，繼續朝著後院往回走。

范靈枝又和眾人打鬧成了一團。

穆秀秀只是遠遠看著，滿眼防備，再沒有多說一個字。

她現在覺得這些人都可憐極了，全都被范枝枝的外表所蠱惑，卻不知這范枝枝內裡其實是個大魔鬼！

看來聖上是早就被范枝枝給蠱惑了，怪不得她前腳收到了范靈枝的請帖，後腳父親就又送來了聖上的，就是因為范靈枝早就被聖上另眼相待了！

甚至更早一些，她和簡錦之在大街上遇到的那個和范枝枝在一起的那個酷似聖上的男子……不如大膽一點，那個男子就是聖上本人！

就是因為聖上是真的被范枝枝給騙了！

穆秀秀越想越心驚，只覺得肩膀上沉甸甸的——她必須承擔起拯救聖上、拯救天下蒼生的責任，絕不能讓她得逞啊！

第371章　質問

倒是就在她們返回後院不久，溫惜昭果然很快就到了。

幾個貴女一見到他，皆是滿臉羞澀惶恐，作勢要對他請安，可齊呼萬歲的聲音都還沒喊出來，就被溫惜昭打斷了：「無需多禮。」

那幾個書生是范靈枝後邀的，因此壓根就不知道眼前這個渾身貴氣的男子，就是聖上。

此時見這幾個女子一見到這男子就變了個樣子，不由紛紛疑惑地多看了溫惜昭兩眼，猜著這男子會是個什麼來歷。

范靈枝站在最前面，穆秀秀則站在范靈枝的身邊，齊刷刷地看著溫惜昭，只是心境完全不同。

溫惜昭今日又穿了一件黑色交領錦衫，衣擺上用金線刺繡著仙鶴祥雲，臉色不像是上次那般冷漠森森，反而眉眼含著一絲柔色，將渾身的肅殺之氣沖淡了很多。

最重要的，他此時的樣子，真的和那日宮外站在范靈枝身邊一齊逛街的男子，相當神似。

穆秀秀心驚無比，果然，真的是被她猜中了！

皇上果然先一步被范枝枝所蠱惑，真的把范枝枝當成了他死去的先皇后……

先皇后還在時，當時穆秀秀的父親還不是左相，而是在吏部做尚書，她父親經常提起先皇后，說的時候對先后可是滿臉崇拜！

她父親總說天底下最厲害、最傳奇、也最幸福的女子，就是先皇后！

先皇后可是皇上從前朝昏君齊易的手裡搶過來的，誰知道搶過來之後，竟然還能被他獨寵。

為了她，皇上不惜得罪全天下人，也要立她為后，甚至清空了整個後宮，只留她一人，聽聽，這是怎樣的魅力！竟能讓兩任君王，為她所傾倒啊……

她父親還說，讓穆秀秀多向先皇后學習，做一個聰明的女人，努力被皇上所喜歡，念得穆秀秀非常頭痛。

而眼下，穆秀秀腦子里正胡亂想著事，皇上已徑直走到了范靈枝身邊，與她並肩站著。

溫惜昭掃了眼在場眾人，說道：「只是私宴，眾人請便，無需多禮。」

說話間，溫惜昭帶著眾人去了文舒閣到處轉了圈，就算是賞了秋色。

而看到一個漂亮景色，那群書生們就會作幾句詩來助助興。

特別是等一直走到了院子最裡頭的大棚內時，裡頭竟還開著許多春日才有的探春花和君子蘭。

眾人紛紛嘖嘖稱奇，特別是書生們，圍繞著探春花大作文章，一時之間，整個大棚內都變成了詩的海洋。

穆秀秀對這些酸腐詩句壓根就不感興趣，只冷著臉看著他們發揮，差點沒睡過去。

范靈枝則一臉沉醉地聽著，一邊時不時地給個喝彩聲，當然了，很多書生做的詩句晦澀難懂，其實她壓根就不懂這都什麼意思，不過捧場準沒錯。

宋亭玉則一直站在角落，沉默不言。

范靈枝瞥了眼宋亭玉，說道：「表哥，為何不作詩？」

宋亭玉臉色微微漲紅：「我就不獻醜了。」

身側幾個書生立馬起哄：「宋兄可是姑蘇鄉試前三甲，文章犀利一流，怎會是獻醜？」

溫惜昭亦看向了宋亭玉，眸光微瞇。

穆秀秀抓著時機，適時道：「這位就是范小姐的表哥？果然長得一表人才呢。」

她似笑非笑：「怪不得范小姐會喜歡他呢。」

這次可沒有那討厭的郡主在這裡攪合，她剛好能直接說給聖上聽，讓聖上看清楚范枝枝的真面目！

果然，溫惜昭的臉色當場就變得有些微妙起來。

范靈枝有些驚駭地看著穆秀秀，弱聲道：「我幼時只覺得表哥什麼都懂，博學多才，自然和表哥親近些，至於什麼喜不喜歡的，不過是小孩胡鬧罷了，談不上的……」

果然心虛了！

穆秀秀抓緊時機，語氣已然咄咄逼人：「是嗎？妳若只是小孩胡鬧，又怎會給妳表哥繡著情詩的錦帕？」

范靈枝手足無措道：「我、我不過是年少不懂事，所以才會……」

穆秀秀譏嘲地笑了起來：「是嗎？十三四歲的年紀，都快及笄了，也能算不懂事嗎？」

范靈枝咬緊下唇，已是泫然欲泣。

宋亭玉有些緊張地朝前走了一步，可不等宋亭玉發話，溫惜昭已瞥了穆秀秀一眼，淡漠道：「過去的事，妳倒是比枝枝更清楚？」

聽聽，這都叫上枝枝了，多親暱。

可見皇上他被范枝枝蒙蔽得不輕！

穆秀秀對著溫惜昭作了一揖，卻更堅定了自己的想法：「雖然是往事，可卻至少能看出范枝枝和她的表哥之間，有千絲萬縷的關聯，還請聖上明察。」

溫惜昭皺著眉頭，有些不耐：「朕對過去的事沒興趣。」

穆秀秀不甘心：「皇上——」

皇上？

那些書生們全都面面相覷，愣了！這男子竟是皇上？那他們竟然都不曾向他行禮，真是大不敬！

於是一時間，整個大棚內，這些書生們一個個都對著皇上跪了下去，齊呼萬歲，讓溫惜昭覺得沒勁透了。

他面無表情地讓眾人起身，又看向穆秀秀，冷冷道：「妳是左相之女？」

穆秀秀有些緊張：「回聖上，正是。」

溫惜昭看著她的目光相當意味深長：「果然和左相一脈相承。」

穆秀秀變得嬌羞起來：「謝聖上讚賞。」

溫惜昭：「……」

溫惜昭大步朝前走去，眾人也急忙跟著走了上去。

眾人跟著溫惜昭倒了藏書閣內，溫惜昭從閣內挑選出了好幾本書，遞給那些書生，並道：「這藏書閣內藏書齊全，朕這幾日就下旨，開放此藏書閣。凡是京內舉子，皆可入此藏書閣借書，為年底會試大考助力。」

眾位書生一聽，當場感動得不行了，紛紛稱讚起聖上乃是個明君帝王，實乃社稷百姓之福。

而就在下了臺階時，范靈枝和穆秀秀前後腳走著，可就在突然之間，穆秀秀只覺得自己似是被人絆了一腳，整個人都摔了一跤。

她猛地抬頭看去，就看到范靈枝站在人群裡，得逞地輕笑著，臉上寫滿了幸災樂禍。

第372章　義結金蘭

穆秀秀結實地摔了一跤，引得貴女和書生們全都哄笑看著她。

可憐她從小美到大，到哪不是眾星捧月被人捧在手心的，何曾受過今日這般屈辱的事？

她一下子就破防了，狼狽地從地上起身，漲紅了臉直指著范靈枝控訴道：「范枝枝！妳為何要故意絆我?!」

此話一出，在場眾人紛紛看向了范靈枝，眼中滿是吃瓜的興奮感。

范靈枝也很委屈，當即紅了眼眶，顫聲道：「我、我沒有……我何時絆妳了？」

范靈枝委屈幼小又可憐，就連聲音都帶上了害怕：「妳是堂堂左相之女，我、我不過是一介商戶女，出身卑微，又怎敢對妳……」

在場眾人一見范靈枝這可憐的樣子，也覺得她說得非常有道理，當即連連勸道：「穆小姐，必是妳自己不小心，范小姐好端端的絆妳做什麼？」

「就是，范小姐特別心善，不是那樣的人。」

「我和范小姐走得近，沒見到范小姐絆人呢。」

「……」

眾人你一言我一語地幫范靈枝說著話，而范靈枝則用帕子捂著臉，免得被人看到自己忍不住笑的嘴角。

穆秀秀簡直快要發瘋了，要不是聖上在這裡，她真恨不得去撕了范靈枝那張虛偽做作的臉！

她氣得臉色都發綠了，忍不住看向溫惜昭，語氣嬌嬌地想向皇上求助：「皇上，您也不信我？」

溫惜昭：「？」

溫惜昭面無表情：「穆小姐下次還是仔細腳下。」

穆秀秀哇的一聲就哭了：「皇上，明明就是范枝枝的錯，為什麼您不責怪范枝枝，反而怪我不小心？」

范靈枝當場就慌了，連忙從人堆裡衝了出來，走到穆秀秀面前，慌張又無措道：「穆小姐別哭，都、都是我不好，我向您道歉……」

太可憐了。

溫惜昭皺眉：「枝枝，妳沒錯，道歉做什麼？」

范靈枝怯怯地看著他：「聖上，穆小姐覺得是我絆了她，才讓她摔倒的。如果我道歉，能讓穆小姐好受點的話，我、我願意道歉。」

范靈枝繼續：「沒關係的，我怎麼樣都行，只要穆小姐開心就好了。」

范靈枝又看向穆秀秀，有些害怕道：「穆小姐，我向妳道歉了，妳能接受嗎？」

她一邊說一邊眼神怯懦無辜，彷彿穆秀秀就是個母夜叉。

周圍眾人紛紛道：「穆秀秀，妳能不能別胡鬧？」

「穆小姐就是覺得范小姐好欺負罷了！」

「誰說不是呢。畢竟穆小姐刁蠻，可是整個上京都出了名的……」

穆秀秀：「……」

她真是徹底麻了，她恨恨地看著范靈枝：「妳這個工於心計的——」

溫惜昭卻已冷聲打斷了穆秀秀：「真是胡鬧。既然左相不教妳，那就讓朕好好教妳。從今日起妳就待在家裡抄一百遍《女戒》，好好改改妳這刁蠻的性子。」

溫惜昭：「免得日後嫁不出去，丟了妳爹的臉。」

穆秀秀當場就流下了悲傷的眼淚：「皇上！臣女何錯之有，您竟要如此懲罰臣女？」

溫惜昭看都懶得看她：「既然還不知錯，那就抄一千遍，抄完妳總能知道錯在哪。」

穆秀秀當場哭得更凶了，話都快要說不清楚：「皇上！你、你欺負人！」

她哭得這般傷心，真是讓范靈枝都看不下去了，范靈枝連忙也在一旁幫她說話，嚶嚶道：「聖上，穆小姐也只是一時糊塗罷了，其實和穆小姐情同姐妹，她肯定不是故意要陷害我的……」

在場眾人都用一種懷疑的眼神看著她們——這還叫情同姐妹，有這種背後插刀的姐妹嗎？

溫惜昭的語氣這才軟了下來，對范靈枝柔柔道：「妳就是太善良。」

穆秀秀：殺了我，就現在！

范靈枝又用期待的眼神看著穆秀秀：「倘若穆小姐不棄，我願和穆小姐義結金蘭，做真正的姐妹。」

溫惜昭微微皺眉，可到底沒出聲制止。

穆秀秀卻被憤怒沖昏了頭腦，大聲反駁：「我才不要！我才不要！妳這個——」

范靈枝受傷地看著她，大概是太傷心了，一時竟忘了反應，彷彿是受到了劇烈的傷害。

溫惜昭的眼神瞬間又如刀似的朝著穆秀秀劈了下來，聲音寒冷地有些可怕：「穆秀秀，活得不耐煩了？」

穆秀秀：「……」

一旁眾人見帝王陡然發怒，全都嚇尿了，紛紛勸說穆秀秀答應，別再做無畏的掙扎。

穆秀秀看著溫惜昭殺氣騰騰的氣場，只覺得大齊要完、天下要完。

皇上竟被妖孽迷亂至此，黑白不分、認人不清！

而她是唯一一個知道真相的人，是全天下最後的一抹曙光！

倘若自己現在就被皇上殺了，這真相，豈不是永遠都長埋於地下？

拯救蒼生的民族重擔油然而生，看來這金蘭，是結定了！她須得吃得苦中苦、方為人上人！

於是一刻鐘後，穆秀秀終究是閉著眼睛，臉色扭曲地和范靈枝拜了把子，還向見證人溫惜昭各自敬了三杯酒。

范靈枝又期待地看著她：「穆小姐，我們就此冰釋前嫌，可好？」

穆秀秀的腦袋像是有千斤重，她緩慢而僵硬地點了點頭，就像是上了慢動作特效。

范靈枝笑得歡喜極了：「論起來，妳已及笄，我還要好幾個月才滿十五，所以我得叫妳一聲『穆姐姐』。」

穆秀秀再次發僵點頭。

范靈枝甜甜道：「穆姐姐～」

穆秀秀差點一口血噴出來。

溫惜昭倒是心底發軟，吩咐道：「既是做姐姐的，日後妳得多讓讓妹妹，多幫扶照顧她，可記住了？」

穆秀秀指甲掐在了手掌裡：「……記住了。」

與此同時，系統面板上，三百點美貌值已到帳。

當日宴會散場時，有和煦夕陽灑在范靈枝身上，也說不清是哪裡好，可范靈枝就是輕而易舉吸引了所有人的目光。

宋亭玉遠遠看著她，臉上瀰漫出一層可疑的淡紅色。

溫惜昭瞥了眼宋亭玉，嘴角挑起了一抹譏嘲。

看來這位表哥，對枝枝也有特別的想法。

第373章　出事

范靈枝回到范府後，高興地在床上打了個滾。

又想起穆秀秀今日那憋屈的眼神，她忍不住又笑出聲來，把腦袋蒙在輩子裡悶悶地笑。

到底是小丫頭，心裡的想法，范靈枝簡直一眼就能把她看穿。

等到阿刀慌張進來的時候，就看到范靈枝正心情大好地躺在床上，還一邊嘻嘻笑著。

阿刀三兩下衝到床邊，范靈枝聽到動靜，總算從被子裡抬起頭來，疑惑地看著他：「阿刀，何事這般慌亂？」

阿刀臉色沉沉急聲道：「主子，大事不好，辣味齋內方才來了好多的官差，他們二話不說就把夫人給抓了，奴才問那領頭的到底犯了何事，可對方卻不肯說！奴才已派了小九一路跟了上去，若是奴才沒猜錯的話，應是京兆尹的人。」

還沒等阿刀把話說完，范靈枝已經一下子猛地從床上起身，她臉色沉沉帶著阿刀就走出了寢房，一邊走一邊道：「哼，果然，想也知道，必是昨日那貴婦故意挑釁滋事。」

阿刀緊隨其後：「主子，可要派人通知皇上？」

范靈枝面無表情：「這等小事，何必麻煩他。」

范靈枝當即帶著阿刀朝著京兆尹一路而去，馬車在官道上趕得飛快，引得官道上的路人破口大罵。

一直等到了京兆尹府後，范靈枝帶著阿刀正要往裡闖，可就被門口的侍衛毫不客氣地攔了下來。

這侍衛冷冷地看著范靈枝：「來者何人？」

范靈枝瞥他一眼，淡漠道：「京兆尹方才派人到辣味齋，無緣無故綁了我母親。我自要來看看，到底我母親犯了什麼罪名。」

侍衛一聽，更輕蔑起來：「原來是辣味齋的少東家，此案可是涉及到了大貴人，等著吃好果子吧！」

他嘴上雖這樣說，可到底是放了范靈枝進去。

范靈枝才懶得管這侍衛說了什麼，她當即帶著阿刀大步闖了進去，直奔京兆尹衙。

衙門大堂內，就見京兆尹已經坐在了正中位置，而張海棠正下跪在地，獨自一人，身形微微瑟縮著，顯然已經害怕到了極點。

張海棠還在不斷說著話：「不可能啊……一定是搞錯了，我們、我們辣味齋的食物明明就很乾淨……怎麼會……」

京兆尹張大人只是冷漠又睥睨地看著臺下跪著的小小商婦，將官僚的傲慢做派展現得淋漓盡致。

張大人露出一絲輕蔑的笑來，似乎多說，彷彿壓根就沒有聽到張海棠的辯訴。

范靈枝腳步放慢，看著這一幕，眼中的凝色快要衝破天際。

而就在此時，張大人看到一個嬌豔少女陡然出現在了門口，不由眼前一亮。

張大人瞇了瞇眼，說道：「來者何人？」

張海棠這才轉身，一看到范靈枝竟然來了，當即又驚又怕，連連壓低聲音道：「枝枝，妳且回去，娘親獨自處理便好，妳回去等著消息，乖……」

可范靈枝看都不看她，依舊大步踏入了大堂，站定在了張海棠的身邊。

范靈枝筆直而立，也不下跪，雙眼直直地看著張大人，瞇眼道：「大人，不知我娘親犯了什麼錯，京兆尹要派人抓捕？」

張大人冷笑一聲，說道：「妳一個小小的商戶之女，竟也敢對本官如此無禮?!妳若還不下跪，休怪本官官刑伺候！」

范靈枝低低笑了起來，只是這笑聽上去相當陰詭。

明明是媚色軟濃的漂亮小姑娘，可一雙眼睛卻是寒氣滿滿，莫名顯得有些滲人。

范靈枝從懷中掏出一個小小的物件，遞給了身側的阿刀，淡淡道：「阿刀，把這權杖交給張大人看看。」

阿刀應了聲是，走上前去，將權杖遞給了高臺上的張大人。

說起來這商女長得好看，身側的這奴才竟然也長得好看極了，唇紅齒白的，只是氣質很是陰鬱，一雙眼睛盯著張大人時，就像是毒蛇一般。

張大人有些古怪地瞥了阿刀一眼，心中有些發怵，乾脆佯裝沉聲道：「什麼權杖？」

阿刀低低笑著：「大人看一眼，不就知道了？」

他的聲音就和他的人一樣陰沉。

張大人面無表情地接過權杖，不過是隨意瞥了一眼，可誰知他瞬間睜大了雙眼，有些不敢置信地睜大眼來。

——這權杖鍍著一層金色，正面雕刻著一隻麒麟，而反面則是雕刻著幾個蒼勁有力的大字：如聖親臨。

而「如聖親臨」這幾個字的旁邊，還刻著幾個小字：御前侍衛，莫敢不從。

意思是見到這牌子就跟見到了皇上本人一樣，御前侍衛必須聽從對方指揮。

張大人額頭冒出了冷汗來，當即猛地看向范靈枝：「這牌子，妳從何處得來？」

范靈枝卻不說話，而是看了阿刀一眼。

阿刀倒是靈光，壓根就不用范靈枝吩咐，就已低笑著說：「大人，這牌子從何處來，難道還需要向你報備？」

阿刀從張大人手裡將權杖搶了過來，聲音陰測測的：「大人還是趕緊將前因後果，仔仔細細說給我家小姐聽，倘若說不出個所以然來，那也就休怪奴才不客氣了……」

張大人有些發慌，他慌忙站起身來，走下高臺，朝著范靈枝走去，臉上已經帶上了一抹討好的笑：「范姑娘，此事怕是有什麼誤會。」

范靈枝不理他，而是彎身去將自己母親扶起。張海棠的手冰涼一片，和范靈枝的手緊緊交握，手指微顫，顯然收到了極大的驚嚇。

范靈枝連忙更緊地反握住張海棠的手，將自己的熱氣傳遞給她，同時用眼神示意她不要慌張，然後這才看向張大人，面色沉沉：「你儘管說來聽聽。」

張大人連連道：「這、這也不能怪我……主要是那左相夫人，她今日派了貼身嬤嬤來了一趟，真是來報案的，說是自從她昨日吃了辣味齋的滷味後，便犯了胃病，吐了好多次，十分嚴重，看了好幾個大夫都不見好。」

張大人：「左相夫人自己說，必是辣味齋的食物不乾淨，才導致她中了毒，因此……」

第374章　去左相府

後面的話，張大人不說，范靈枝也自己看到是怎麼個發展了。

張大人慨慨然，嘴角的笑意更深了：「此事必是有什麼誤會在裡面，哈哈，誤會，都是誤會……」

張海棠則臉色複雜地看著這個張大人——就在剛剛，這個大人還滿臉凶神惡煞地表示，說是有貴人吃了辣味齋的食物中了毒，要張海棠用命來賠。

可沒想到這才一刻鐘的功夫，這張大人就滿臉堆笑一臉討好，還說一切都是誤會。

而這一切，就因為枝枝手裡有一塊很厲害的權杖？

這就是如今堂堂大齊、堂堂天子腳下的好官嗎？他配嗎！

張海棠簡直氣憤極了，巨大的羞辱感就像海水般朝她襲來，她當即厲聲道：「好啊，既然那左相夫人說是吃了辣味齋的食物才生病的，那就將她請來，我倒要當面對質個清楚！」

張大人嘖了聲，有些責備地看著張海棠，說道：「那可是左相夫人啊！咱們雖然占理，可也得得理饒人不是？否則若是得罪了左相府，日後就算你們有這權杖在手，怕也是日子不太好過……」

張大人的話還沒落下，就聽范靈枝已冷冷地低笑一聲，瞇著眼道：「是啊，那可是左相夫人，怎麼能把她請來呢？」

張大人連連點頭：「孺子可教！」

范靈枝：「應該我們直接上門才對。」

張大人：「……」

范靈枝對著阿刀使了個眼色，阿刀瞬間就閃身到了張大人身邊，直接架著張大人，就朝著門外走去。

嚇得張大人臉色大變：「范姑娘，范姑娘……有話好說，有話好說啊！」

張大人：「這左相府怕是去不得！」

可范靈枝壓根就懶得理他，又逼著張大人又帶了幾個京兆尹的衙役，這就直接浩浩蕩蕩地出發了。

不過范靈枝倒也不是直接就朝著左相府去，而是又對著阿刀耳邊吩咐了一句，於是這才慢慢地朝著皇宮方向走著。

京兆尹意識到了方向有些不對，這似乎不是通往左相府的，張大人小心翼翼試探她：「范姑娘這是打算去哪？」

范靈枝對他甜甜一笑：「自然是去皇宮啊，告御狀。」

張大人：「……」

張大人快哭了：「姑奶奶，今日是本官錯了，有什麼事咱們就不能私下解決嗎？」

范靈枝卻又不理他了，一行人站在距離皇宮不遠的地方停下了腳步，停駐在原地。

約莫過了一刻鐘左右，張大人遠遠的就看到有兩道身影正朝著他們走來。

一直等走得近些，他才看清，正是去而復返的阿刀，只是他身邊還多了個一個年輕男子。

張大人認識他，正是大名鼎鼎的太醫院第一把手王御醫。

當然了，和他的醫術比起來，他的診金也是出了名的貴。可見自己身邊這個小姑娘，非但有權，還有錢！張大人心中後悔得要死，怎麼就隨便答應了左相府的請求，這下好了，碰到硬釘子了！

王御醫一看到范靈枝，非常開心，笑咪咪的：「娘……范姑娘，又見面了。」

范靈枝帶著眾人這才浩浩蕩蕩朝著左相府而去了，並在去的路上，將大概的過程說了一通，說給王御醫聽。

末了，范靈枝道：「還請王御醫辛苦走一趟，去給左相夫人診治一番，看看她到底是中毒，還是另有原因。」

王御醫非常助人為樂：「樂意至極。」

左相府距離皇宮非常近，畢竟是一品大臣。因此說話間，眾人已經浩浩蕩蕩地來到了門前。此時已快要晚上，左相府也是燈火通明，格外熱鬧。

張大人已經渾身瑟瑟發抖，范靈枝倒是沒在怕的，率著眾人走上門前，二話不說就敲響了左相府的門。

門童很快就開了門，一看到門口這麼多人，甚至還有官差，當場就怔了。

官差上門，不可拒之門外。於是只有先把大家都請進門再說。

左相府極大，眾人被門童請到了前院，躬身稟告：「大人正和夫人一起看戲，眾位請稍等，容奴才通報。」

等門童退下後，范靈枝意味深長地看著張大人：「中了毒還有心思看戲啊。」

張大人仰頭看天。

而門童闖到後院通報的時候，楚氏正陪著下值回來的左相穆成華一起看戲。

戲臺子上的戲子們在前端咿咿呀呀，楚氏和穆成華則坐在正中間的位置上，親手給穆成華餵葡萄吃。

這對夫妻雖然已經是老夫老妻，婚姻十餘載，可因為楚氏馭夫有術，所以感情依舊濃烈，非常恩愛。

楚氏一邊給左相餵葡萄吃，一邊說道：「今日秀秀不是去參加皇上和那范枝枝的賞秋會了嗎？可不知怎的，自從她回來後，便悶頭在房間裡哭，竟是連我都不見呢。」

楚氏有些擔憂地說著，一邊凝眉嘆氣。

穆成華拍了拍楚氏的手：「秀秀從小到大都不曾吃過苦頭，上京內的貴女們全都看在為夫是左相的面子上，巴結討好著她。」

穆成華：「如今總算讓她遇到了個硬骨頭，倒也能讓她成熟一些。」

說到這個，楚氏的臉色就變得得意起來，她睇眼道：「夫君放心，那硬骨頭，在上京內也蹦躂不了幾天了……」

穆成華正要問她這是什麼意思，可在此時，突的就有門童跑了上來，躬身稟告，說是前頭來了好多人，還有官府的人。

穆成華和楚氏一聽，臉色當場就不太好了。

特別是楚氏，猛地就站起身來，冷聲道：「到底出了什麼事？」

門童嚇得半死，支支吾吾，哪裡說得清楚。氣得楚氏直接大步就朝著前廳走去。

穆成華臉色發僵，越想越不對勁，當即也跟著上去，看看情況。

於是不過半柱香的時間，左相夫婦已經來到了前院。

等一看到前院竟然站著這麼多人時，楚氏更是氣得差點背過氣去，當場就發了怒，厲聲道：「你們是什麼東西，竟敢來我左相府挑釁滋事？」

聲音洪亮，響徹整個前院。

第375章　逼問

眾人放眼望去，就看到楚氏穿著淡紫色的雲錦羅裙，臉色沉沉、中氣十足地站在前方。

而在她身邊緊跟著走上來的中年男子，眉眼嚴謹威嚴，正是穆成華。

夫妻二人皆是雙眸發冷，可見正在怒火之中。

范靈枝瞇了瞇眼，又瞥向身側的張大人，冷笑道：「我看這左相夫人這般中氣十足，還真不像是帶病之身。」

張大人哪裡還有空管得上身側范靈枝的陰陽怪氣，硬著頭皮走上前一步，躬身對穆成華微顫結巴道：「回穆大人，回夫人，今日、今日怕是一場誤會……」

穆成華眸光一閃：「張大人？」

穆成華的語氣透出狐疑：「張大人這麼晚了，還來我左相府做什麼？」

張大人的脊背躬得更彎了兩分：「回大人的話，主、主要是為了，為了夫人的身體而來。」

張大人不但姿態做小伏低，就連說話也是顫巍巍的：「夫人說她因吃了辣味齋滷味的緣故，腹痛難忍，嘔吐數次，因此下官才這才……」

辣味齋？腹痛嘔吐？

穆成華猛地掃向人群裡，一眼就看到了一個長相嬌豔的少女，正攙扶著一個稍顯成熟的少婦。

而就在穆成華看向她的時候，這少女竟絲毫不怯，反而迎著他的目光，似笑非笑，眸光深深。

一看，就是個不好惹的。

這必然是就是把秀秀氣得不輕的范枝枝。

只是沒想到，這范枝枝小小年紀，竟然這般城府！

穆成華在官場浸淫多年，什麼事沒見過。一下子就猜出了前因後果。

必是自己夫人謊稱吃了辣味齋的滷味，鬧了腹痛，所以讓京兆尹借著這個由頭去辣味齋找茬，只是卻不知道是哪裡出了問題，卻反被要求來左相府，看看夫人到底病了沒有。

穆成華電光火石間就反應過來，他冷笑一聲，一雙眼睛十分陰冷看著張大人：「我夫人找了名醫，這病倒是好了個大概。」

張大人連忙應是：「好，好，那就好……」

張大人：「既然如此，那就不叨擾大人和夫人了，這必是誤會，哈哈，誤會。」

可不等張大人的話音落下，范靈枝已不疾不徐從人群中走了出來，站在了張大人的身邊。

范靈枝身子站得筆直，負手而立，嫋嫋婷婷輕笑道：「左相大人，敢問一句，不知夫人是請的哪位名醫，可否請他再來一趟左相府？」

張大人的臉色陡然森冷三分，他陰鷙無比看著范靈枝：「妳是什麼東西，也敢在本官面前大放厥詞？」

張大人嚇得連連對著范靈枝使眼色，可范靈枝卻面不改色，似乎根本沒把穆成華放在眼裡。

范靈枝冷嗤一聲，緩緩道：「身為左相，不為民做主，反而仗著身處高位，肆意汙衊平民百姓，穆大人，你還真是朝之棟梁呢。」

穆成華殺氣暴漲，已是戾喝：「來人，將這個不知天高地厚的丫頭拉下去，按以下犯上之罪杖斃！」

張大人嚇得臉色都變了，慌忙道：「穆大人，是、是小姑娘不懂事，這、這個她有這個……」

可不等張大人說完，人群裡立馬又閃出了一道身影，高聲喊著：「不可不可，萬萬不可——」

穆成華再定睛一看，竟然是……太醫院的王御醫。

他微愣，方才只注意到了這范枝枝母女，壓根沒注意到角落裡竟然還站著王御醫。

穆成華的臉色稍霽，可突然又覺得越想越不對。

王御醫怎麼也出現在這？

穆成華微微凝眉：「王御醫，你倒是難得來。」

論起來，王御醫身為太醫院第一把手，雖說官職沒有左相高，可也已經是二品。且王御醫的回春聖手，已是名滿大齊，別說是穆成華，就連聖上對他都是過鐵的交情。

穆成華更是得給他三分面子。

王御醫走到范靈枝身邊站定，對穆成華倒是笑著道：「穆大人，范姑娘一個小姑娘家，何至於讓你生這麼大的氣？」

王御醫：「既然穆大人說，貴夫人的急症已讓名醫治好了，那就再請他來一趟，應該也不是什麼難事。」

穆成華的臉色有些扭曲，可還是得笑著道：「王御醫，本官只是覺得奇怪，這范姑娘如此咄咄逼人的態度，不知是為了何故？」

范靈枝似笑非笑道：「穆大人，並非是民女咄咄逼人，而是貴夫人咄咄逼人。」

范靈枝：「貴夫人說，吃了辣味齋的滷味得了急症，嘔吐不止，第一時間就派了京兆尹到辣味齋，將辣味齋封了不說，還將我母親抓到了府衙嚴懲。若不是我及時趕到，只怕酷刑更是避免不了……」

范靈枝一邊說，一邊落下淚來，看向王御醫：「王御醫您說，難道身為平民商戶，便可如此草率，連事情都沒有查證清楚，便隨意判處罪名嗎？」

范靈枝說得泫然欲泣，仙女落淚，雙眸爍爍，破碎氛圍逼人，莫名顯出說不清的嫵媚悽楚。

王御醫心裡吐槽著皇后娘娘真是重活一世還是這麼妖豔，一邊非常配合：「說的也對，穆大人，您還是配合一二，免得落人口舌，若是傳出左相府欺壓百姓的傳聞，才是大大的不妙。」

可王御醫這麼說，在穆成華眼中看來，就是這王御醫被美色糊了眼，被豬油蒙了心，這就中了范枝枝的美人計，開始說胡話了！

穆成華的臉色控制不住得有些扭曲：「王御醫，本官憑什麼要為了個商戶女，這般低聲下氣？此事若是傳出去，日後是不是什麼阿貓阿狗都可以來左相府踩上一腳，任人欺負？」

說到最後，已是壓制不住的怒火。

王御醫擺擺手：「穆大人放心，您看上去就不像是個好欺負的人，也就范姑娘膽子大些，敢跟您硬碰硬。別人哪裡有這個膽子啊？」

王御醫又看向范靈枝，開始拍她的馬屁：「范姑娘膽大，下官佩服。」

穆成華：「……」

可是突然又覺得有些不對。

王御醫一個官拜二品的大臣，對范枝枝這商戶女說「下官」？

第376章　把脈

穆成華陡然瀰漫出狐疑。

他眯眼道：「王御醫，何以要對區區商戶之女行禮？」

王御醫內心：造孽，這習慣一時沒改過來！

王御醫面上：「我王浩然向來謙讓女子，從不小肚雞腸，和女子置氣。」

穆成華：「……」

你他媽直接點名得了！

穆成華在心裡無比鄙視王御醫，可到底還是點了點頭，勉強把這口氣吞了下去。

范靈枝依舊堅持：「還請左相將那名醫請來，實在不行，讓王御醫給夫人把把脈也可！」

一旁的楚氏有些歇斯底里：「我不把脈！」

范靈枝步步緊逼：「夫人不把脈，難道是心虛？」

楚氏：「我有什麼心虛的？妳別血口噴人！」

范靈枝低笑：「好啊，既然夫人拒不把脈，」她看向京兆尹，「還請明日張大人直接去辣味齋門口，當著上京百姓的面，向辣味齋道歉，並說明真相。左相夫人迫害平民商戶，冤枉辣味齋，讓大家為辣味齋做主！」

范靈枝聲音清冷無比：「我辣味齋可不能因為一場無中生有的迫害，就敗光了口碑！」

張大人憋屈無比：「本官……答應妳就是……」

可話音未落，穆成華已怒聲：「放肆！這般無禮的請求，張大人你若敢答應，豈不是丟光了朝廷的臉面？」

王御醫插口：「罷了，還是按照范姑娘說的做。此事本就是左相你理虧。」

穆成華和楚氏：「理虧個屁！」

范靈枝：「既然不理虧，那就把個脈？」

穆成華和楚氏：「不把！」

范靈枝差點笑出豬叫：「左相大人和左相夫人，你們還真是……不是一家人，不進一家門啊！」

穆成華差點衝上去砍范靈枝。

穆成華和范靈枝差點打起來，張大人則在一旁拉架，王御醫在拚命勸架，現場一片混亂，誰都不服誰。

陡然之間，就聽門口傳來一道聲音略顯尖利又帶著娘娘腔的聲音：「哎喲，別打了，別打啦——」

是皇上身邊的太監總管劉公公。

眾人猛地朝著門口處看去，於是就看到了正門口處，溫惜昭正不知何時站在了門口，身邊還簇擁著太監和好些大內侍衛。

眾人皆是猛地一驚，慌忙朝著溫惜昭跪下，齊呼萬歲。

溫惜昭冷笑一聲，大步走進了宅內，一邊冷聲道：「一派混亂，成何體統！」

穆成華突然就老淚縱橫，高聲道：「還請聖上為老臣做主啊！」

穆成華一邊說，一邊將剛才的過程控訴了一番，表示自己身為一個前輩，受到了范枝枝這對母女的殘害和誹謗。

不得不說穆成華浸淫朝堂多年，是練就了這張老臉說變就變的能力，臉皮是相當的厚。

可等穆成華一說完，范靈枝便當場對著溫惜昭跪了下去，亦是聲淚俱下，破碎美人：「左相夫人霸凌商戶，欺壓百姓，還請聖上為民女做主。」

一邊說，一邊也將辣味齋發生的事說了一遍。

直聽得溫惜昭面色深深，渾身瀰漫著低氣壓。

溫惜昭瞥向王御醫：「給穆夫人把脈。」

楚氏一聽，頓時有些有些慌了，慌忙看向左相。

穆成華也有些慌了，下意識道：「聖上，賤內的病已是好了……」

王御醫笑道：「無妨無妨，下官醫術尚可，最近三個月內得過的病，老臣都能從脈象內查出來。」

穆成華：「……你可真是個神醫！」

王御醫：「謝謝。」

說話間，王御醫已經走到了楚氏面前，二話不說就替她把脈。

只是把著把著，突然就皺了皺眉。

在場眾人全都看著他。

王御醫：「穆夫人並無腹痛嘔吐之症。」

溫惜昭的目光幽幽地看向穆成華。

穆成華的臉色當場就有些變了，一時之間說不出話來。

王御醫又說：「可雖無腹痛嘔吐之症，可穆夫人脾脈、肝脈洪大，胃脈細數，大熱大渴，怕是得了消渴之症。」

穆成華懵了，楚氏自己也懵了，夫妻倆齊刷刷看著王御醫，許久都說不出話來。

王御醫安慰道：「消渴症不一定就治不好，主要還得注意飲食，保持身心愉快，萬萬不可大喜大悲，太影響身體。」

這話怎麼聽都像是在安慰絕症病人。

楚氏懵得沒邊了，傻傻地看著王御醫，許久都沒有說話。

倒是穆成華率先回過神來，有些慌亂：「會不會是您把錯脈了？」

王御醫當場有些不開心，對楚氏問道：「最近是不是時常很渴？」

楚氏怔怔點頭，顫聲道：「是，正是如此……大約月餘之前，便整日都覺得渴。」

楚氏：「我只當是天氣太熱，讓下人日日準備許多水果……」

王御醫嘖了聲：「既是消渴症，還是少吃甜的，以免加重脾胃負擔。」

王御醫：「消渴症病患，尿都是甜的，你想想，是不是得控糖？」

穆成華下意識道：「確實挺甜的。」

在場眾人全都看向他，紛紛露出一言難盡的神情。

等回過神來，穆成華老臉通紅：「我不是，我沒有——」

溫惜昭揮揮手：「既是如此，還請穆夫人好好注意身體，今日鬧劇到此為止。」

溫惜昭又看向張大人：「張大人查案不力，罰俸半年，以儆效尤。」

說完這些，溫惜昭走到范靈枝身邊，就要帶著她離開。

只是走了兩步，溫惜昭又回頭看向穆成華，說道：「令嬡已與枝枝義結金蘭，算起來，枝枝便是你們的義女。既是一家人，自是要相親相愛，免得讓外人看了笑話。」

穆成華和楚氏差點沒嚇死，見鬼似的瞪著范靈枝。

范靈枝非常配合，嬌嬌道：「義父、義母，日後我們定會相親相愛，讓聖上放心的，對不對？」

穆成華和楚氏就和吃了蒼蠅一樣噁心。

溫惜昭非常欣慰：「如此最好不過。日後枝枝可在左相府出嫁，朕絕不會虧待了妳。」

范靈枝嬌羞：「謝聖上。」

等終於送走了這群瘟神，楚氏差點氣哭了：「夫君！那范枝枝真是好手段！她、她什麼時候誆騙的秀秀和她義結金蘭的？聖上竟然說讓她在左相府出嫁！」

第377章　要事相談

穆成華卻神情有些悲愴：「都這個時候了，妳還管這些做什麼？妳要做的就是照顧好身子，不要大喜大悲才是要緊！」

這話簡直就像是一棍子將楚氏給震得徹底清醒了。

楚氏安靜下來，吶吶地看著穆成華，保養得當的眼底瀰漫出一絲迷茫：「夫君，我是不是快死了？」

穆成華拍了拍她的肩膀：「有我在，妳必不會死。非但不會死，還會長命百歲。」

夫妻兩相互安慰著，一時之間，氣氛瀰漫著悲傷的溫情。

等到了晚上，穆秀秀這才走出了院子，抹著眼淚將下午在賞秋會上自己被逼著和范靈枝義結金蘭的事全都說了一遍。

穆秀秀說完後，一頭埋到了楚氏懷裡，已是氣哭：「母親，妳一定要為我做主啊！」

楚氏正要發怒，可穆成華已經十分嚴肅地道：「秀秀，妳也已及笄了。我十五歲時，已是考中了鄉試第一，已能在家中獨當一面；妳母親身子不好，日後很多事，還是得靠妳自己努力，不可事事都想著倚仗娘親。」

穆秀秀被穆成華劈頭蓋臉教訓了一頓，愣是很久都沒有回過神來。

等她回過神來，不由流了更多的眼淚，彷彿自己被母親和父親拋棄了。

穆秀秀慌忙又胡亂摸著眼淚故作堅強：「父親，我還有一件重要的事要說。」

穆成華已是有些不耐煩了。

穆秀秀：「難道父親就不覺得奇怪，為何聖上會這般偏袒那范枝枝嗎？」

穆成華眉頭一皺，終於發現事情似乎並不那麼簡單。他冷冷道：「為何？」

穆秀秀咬牙：「便是因為，那范枝枝謊稱自己那是先皇后的轉世投胎！皇上這般寵愛先皇后，她這樣說，皇上豈不是瞬間就中了她的圈套？」

穆成華也嚇壞了，一下子站起身來：「此事當真？」

穆秀秀點頭：「自然是真的，這可是范枝枝親口對我說的！」

穆秀秀：「之前女兒同您說過的那個和皇上酷似的男子，其實根本就是聖上本人！可見范枝枝是早就和皇上糾纏在一處了……」

穆成華猛地坐在凳子上，徹底怔了，甚至額頭都流下了汗來！

一時之間，腦海中閃過各種想法。

當年先皇后在在世時，整個朝堂內的文武百官至今都還記得當初被范靈枝支配的恐懼。

只因有范靈枝在，皇上對她盛寵如斯，整個後宮竟只有她一人；

早些年將自己女兒送入宮去的，後來終究也全都被送了回來，甚至於送回來時都還是處身，彷彿

那兩年只是去皇宮作客的；

後來文武百官不是沒想過要將自己女兒送入宮去，可但凡誰敢提議，皆會被聖上或貶或罰，手段雷厲風行。

以至於到了最後，文武百官，再也沒人敢再提。

後來先皇后薨了，文武百官明面上跟著聖上悲傷，可背地裡，誰不是在偷著樂？

眼看時間熬過了整三年，也終於到了聖上走出悲傷，開始準備納妃了，結果你告訴他那范靈枝轉世又回來了?!

穆成華越想臉色越難看，一絲之間，竟是眼底滿溢殺氣。

他可不管那范枝枝到底是不是范靈枝的轉世，他只在乎皇上是不是又要開始新一輪的獨寵。

可照目前這情況來看，怕是情況非常不容樂觀。

一時間，穆成華猛地站起身來，對穆秀秀冷冷道：「照顧好妳母親，為父有要事要做。」

穆成華當場就離開了左相府。

等穆成華來到京兆尹張府的時候，張大人正摟著小妾大口吃飯壓驚。

今日傍晚一事差點沒給他嚇夠嗆。

在聽下人來報說穆大人上門的時候，張大人差點沒被嘴裡的一口飯噎死。

他慌忙讓小妾快撤，自己連滾帶爬地親自去了大門口迎接去了。

張大人躬著身陪著笑臉想將穆成華迎入府，可誰知穆成華只是站在門口，壓根就沒有走入府的意思。

穆成華眉眼沉沉，緊緊盯著張大人：「張大人莫緊張，本官不過是有話要問你。」

張大人心情七上八下，連連道：「大人您說。」

穆成華：「今日賤內讓你去封了辣味齋，你為何反和那范枝枝母女，到了左相府來？」

張大人苦著臉：「下官接到夫人的話，便第一時間去了辣味齋！可誰知等下官封了辣味齋，捉拿了那張海棠之後，還沒來得及動刑，范枝枝便趕來了！」

張大人：「那范枝枝當場就拿出了一塊聖上的貼身權杖，見牌如見聖上，下官這才反被那范枝枝脅迫……」

他一邊說，一邊連連嘆氣，基層不好當。

穆成華卻臉色猛地變了，一下子拉過了張大人的衣領：「當真？」

張大人連連點頭：「下官哪能騙您？」

穆成華一下子就鬆開了張大人的衣衫，雙眸陰沉得可怕，眉頭緊蹙。

緊接著不等張大人回過神來，他已轉身大步走遠。

張大人有些納悶地撓撓腦袋，不過也懶得管太多，這才驚魂未定地返回府內去了。

第二日下午下值後，穆成華破天荒地叫住了死對頭右相康益：「康大人，京中新開了個酒肆，可願一齊前往用膳？」

康益摸著下巴上的小鬍子，有些狐疑地看著他，嘴邊卻笑道：「怎麼，穆大人這是打算毒死老夫？」

穆成華：「談正事。」

康益瞇眼：「你兒子又犯事了？」

穆成華：「……」

穆成華咬牙：「要事！」

半時辰後，穆成華和康益已經坐在了城南新開的酒肆包廂裡。

包廂門緊閉，穆成華看著康益的臉色非常嚴肅。

康益臉色也冷靜下來：「何事，說。」

穆成華冷冷道：「前幾日賞秋宴，你女兒如何說？」

康益道：「她表現平平，沒什麼可說的。」

穆成華低笑一聲：「於聖上看來，只要有范枝枝在，旁人自是表現平平。」

康益皺眉：「什麼意思？」

穆成華將范枝枝自稱是先后轉世、以及昨日發生之事的大概都和康益說了說。

康益聽完也沉默了。

穆成華臉色冷冽：「右相又何想法？」

第378章　掩月宗

康益臉色不太好看：「聖上向來說一不二，光靠你我，怕是無法讓聖上改變心意。」

穆成華：「對，所以此事，怕是還得從源頭解決問題。」

穆成華一邊說，一邊舉起手，做了個手起刀落的動作。

等兩位相爺從酒肆分開後，兩日後的深夜，有一富商到了京都掩月宗，當場拍出萬兩白銀，要買一條命。

掩月宗，乃是大齊最大的暗地殺手組織。

三年前新冒出頭的，殺手一流，能完美完成雇主給出的任務，以至於短短一年口碑大漲，明道暗道，但凡有人要買命的，都會找上掩月宗。

並且掩月宗還有一套非常獨特的售後服務，正是好評系統。

也就是說，在殺手完成殺人、結單之後，會讓雇主打星星。

滿分五顆星，五星好評乃是最高榮譽，若是得了四星三星，殺手就會被扣錢。

據說掩月宗每隔三個月就會做一次統計，但凡這三個月內有殺手得到了最多的差評，這個殺手就會被開除組織。

也正因為這一套售後服務，但凡去掩月宗找殺手下單，就能得到尊貴的待遇，和賓至如歸的服務。

大齊原本有好幾個殺手組織，可自從掩月宗橫空出世之後，由於整體競爭力不行，剩下的殺手組織們在這幾年全都先後倒閉，被掩月宗給捲死了。

而別的殺手組織們倒閉之後，那些失業的殺手們無處可去，只有一個兩個收拾了包裹，去掩月宗上工。

於是慢慢的，掩月宗就成了整個大齊一家獨大的殺手閣。

說起來，很多行業之所以有競爭力，就是因為有競爭對手的存在。可如今掩月宗在殺手這一行造成了行業壟斷，以至於他的價格水漲船高，到了現在，若想下一份單，最便宜入門的人頭，也得五百兩起步。

當然了，付了五百兩，得到的服亦是極其高端的，這個價格其實不虧。

眼下，富商梁勉便踏入了掩月宗的大門。

掩月宗造在最城西的位置，緊挨著西城門。

表面上看，不過是家平平無奇的當鋪，修葺得不過爾爾。可等梁勉將一錠金子放在櫃檯上，對櫃檯後的夥計低低說了句：「十步一殺人，千里不留行。」

夥計面無表情收下那錠金子，隨即走出櫃檯，將梁勉領到了後院去。

等走入後院之後，一切別有洞天。

偌大的一棟雕欄玉砌，足足五層樓高的瓊樓玉宇，亭臺樓閣，燈火通明，甚是震撼。

侍從們統一身著著黑色窄袖窄褲，一見到梁勉走來，紛紛對他九十度躬身問好，臉上掛著明媚的笑意。

梁勉差點沒被嚇死，畢竟一個個的明明長得很是凶神惡煞，可偏偏還要笑著，怎麼看都像是隨時能掏出匕首把他砍死。

引路的侍從臉上有道大疤，把好好的一張臉分裂成了兩半。他一邊笑著一邊把梁勉親自帶到了三樓，甚至還體貼地幫他打開了門，一邊揚了揚手：「尊貴的客人，您請進。」

梁勉極度不自在地踏入房間，身後的門再次被重重關上。

整個房間布置得很是雅致，書架上堆滿了書，暖黃燈籠，筆墨紙硯，房間西側甚至還有一個繡著梅蘭竹菊的屏風。

處處透著文氣。

陡然間，就聽屏風後傳來一道微啞的聲音：「你要殺誰？」

梁勉定了定神：「一個女人。」

很快的，一道修長的身影從屏風後走了上來。

渾身透著濃烈的陰鬱之氣，此人穿著一身黑衣，衣擺用金線繡著大片蘭花，臉上帶著猙獰的惡鬼面具，只隱約透出一雙黑沉沉的眼睛。

梁勉一眼不眨看著他：「你就是宗主熄？」
宗主只是淡漠看著他：「掩月宗三不殺，高位者不殺，無錯者不殺，病殘孕幼不殺。」
宗主：「你要殺之人，是何身分，犯了何錯？為何要殺她？」
梁勉定了定神：「宗主放心，這女子並非高位者，更不是病殘孕幼。這女子姦淫無道、十分媚邪，竟勾引我家主子，將我家主子迷得團團轉。」
梁勉嘆口氣：「紅顏禍水，不得不殺。」
宗主：「名字、住處？」
梁勉：「她名范枝枝，家住樂平街十八號，范府。」
不知是否是梁勉幻覺，這一剎那，他似乎感到熄渾身瀰漫出了濃濃戾氣。
梁勉下意識叫了他一聲：「熄？」
宗主低低笑了起來：「報酬？」
梁勉也笑了，伸手就從懷裡掏出了一張銀票，放在書桌上。
他伸出一根手指：「事成之後，萬兩白銀。」
宗主：「三日後，通傳結果。」
梁勉終於放下心來：「掩月宗辦事，我放心。」
話落，梁勉已大步走出了掩月宗。
熄走到書桌邊，面無表情地將銀票折疊好，塞到了胸口裡。

當日深夜，子時。

溫惜昭正在御書房內辦公，突的就有一道黑色的身影悄無聲息地閃入了御書房，下跪在地。

溫惜昭頭也不抬：「深夜造訪，是有急事？」

下跪黑衣人低聲：「稟聖上，天和錢莊大東家梁勉，入掩月宗，花萬兩白銀買范姑娘的命。」

溫惜昭手中的狼毫筆猛地停下。

他抬頭看向黑衣人，眸光深深：「何時的事？」

黑衣人：「一個時辰前。」

溫惜昭突然就笑了。

只是這笑十分陰鷙森冷：「這麼快就等不及了？說起來，朕親近枝枝，不過是最近半月發生的事。」

溫惜昭瞥向黑衣人：「你打算如何處理？」

黑衣人：「殺了梁勉，聖上以為如何？」

溫惜昭繼續批閱奏章：「天和錢莊由十餘個莊家組成，梁勉乃是由莊家們統一選出的大當家。說起來，他當了這麼久的大莊家，倒是忘了這天和錢莊，到底姓什麼。」

溫惜昭的聲音淡淡的：「殺就殺了，正好能讓動歪心思的人看一看，殺一儆百。」

黑衣人應了是，隨即如來時一般隱去，彷彿一陣夜風，了無痕。

三日後，梁府。

亥時三刻，已是深夜。

今日的梁勉有些反常，都已是深夜了，竟還在書房處理公事。

第379章　弔唁

高氏有些心疼夫君，便去了書房敲門，想勸勸梁勉早日休息。

可誰知一直等高氏在書房門口敲了半天的門，房內也無人應聲。

高氏有些奇怪地瞥了眼書房內明亮的燈火，忍不住拉高聲音：「老爺，老爺？」

既然老爺沒有應答，高氏乾脆示意身後的嬤嬤將書房門撞開。

兩個老嬤嬤力氣壯實，輕而易舉就將書房門推了開來。

高氏一邊踏入屋內，一邊道：「老爺，就算公事再要緊，可也得保重身……老爺——」

陡然之間，一聲淒厲戾喝從高氏嘴中響起，劃破了梁府的寂靜。

梁勉死了，死狀怪異，整個人明明還端坐在書桌前，手中甚至還握著狼毫筆，可七竅皆已流出汙血。

雙眼暴瞪，吐出長舌，十分恐怖。

很快的，梁勉的死一夜之間就發酵了開來。

畢竟老爺死了，梁府接下去幾天簡直亂成了一鍋粥，有妾室帶著庶子鬧著要爭家產的；也有嫡子嫡女相互咒罵的，還有正夫人高氏和幾個小妾的罵戰，連帶著奴僕們也是相互對罵，簡直亂得沒邊了。

而梁府亂成了一團，天和錢莊也是亂得不行。

各個莊家連夜開會，開始討論這大當家該輪到誰來坐。畢竟梁勉做一把手已經做了大半輩子，手裡權利是捏得死死的，現在他陡然死掉了，簡直就是老天爺賞飯吃，明擺著是要給天和錢莊重新洗牌。

各個莊家們一開會就爭吵，一爭吵就各個都鬥得臉紅脖子粗，其中不乏有年事已高的莊家，這一激動一上頭，當場就發病的也不占少數，淪為眾人笑柄。

眼看梁府亂，天和錢莊也亂，一天天過去，梁勉的屍首都快發臭了，都還沒定下下葬的日子，一時之間，梁家就淪為了上京笑柄。

直到突然之間，天和錢莊突然就傳出了一個消息，說是被一個神祕人給接手了，更詭異的是錢莊內的大小莊家們竟然都毫無異議，似乎全都同意了，實在是讓人百思不得其解。

而眼看著梁府還在內亂的時候，那一邊天和錢莊不過瞬間就把梁勉的權利給蠶食了個乾淨，梁府眾人這段時間爭來鬥去，不過是爭了個寂寞。

於是梁府眾人也全都消停了，一個個大眼瞪小眼，無語之極。

梁勉的長子梁大起初也是不服氣，跑到了天和錢莊總店，想要討要個說法，可他在雅間等了許久，也沒等到一個莊家來見他。

倒是梁大看到了施予，施予乃是梁勉一手帶出來的，如今在天和錢莊內掌管著要職。

梁大瞬間就朝著施予衝了上去，想要討要個說法。

可施予卻似笑非笑看著他，如此譏嘲的神情，是梁大從未見過的模樣。

施予的口吻輕飄飄的，還透著鄙夷：「大少爺，老爺已逝世，施某以為，梁府還是安安分分，等著每月領天和錢莊的分紅就是。至於錢莊的大權，呵，還是莫要肖想了。」

梁大急紅了眼：「那大權本就是我父親所掌，哪怕我父親逝了，自然也該由梁家繼任！」

施予嘴角的笑意更濃了：「太貪心可是很危險的，大少爺。」

話音未落，他眼神瞥了眼角落的小廝。

小廝心領神會，一下子就衝了上來，將梁大給轟了出去。

後來梁大還嘗試過去京兆尹那報案，可連京兆尹的面都沒見到，就被趕出來了。

眼看父親的遺體不能再拖了，梁大無助之極，終是放棄掙扎，擇日發了訃告，總算定下了下葬的日子。

這些消息被阿刀當做談資，全都說給了范靈枝聽。

范靈枝摸著下巴，想了許久，終是笑了：「這天和錢莊，怕是變成國企了。」

阿刀有些好奇：「何叫國企？」

范靈枝對著阿刀眨了眨眼：「大概就是跟皇姓的意思。」

阿刀對著范靈枝豎起了大拇指。

等到了梁勉發訃告那日，范靈枝換上了純素的衫裙，脂粉未施，獨自帶著阿刀去了梁府弔唁。

這一日，梁府上下倒是顯出了難得的和諧，一齊接待著前來弔唁的客人。

天和錢莊到底沒有撕破窗戶紙，這一日，上下當家們和各個掌事，以及和梁勉有過交情的顧客，全都來送梁勉最後一程。

只是讓范靈枝意外的是，輪到自己弔唁結束的時候，卻發現梁夫人高氏，盯著自己的眼神有些陰冷。

而站在梁夫人身側的梁詩，卻是臉色有些微妙地，也盯著范靈枝所在的方向，傻傻地看著。

等范靈枝帶著阿刀離開了梁府，她有些奇怪地問阿刀：「阿刀，方才那梁夫人，為何這般盯著我？」

阿刀面不改色，安慰她：「梁夫人也許只是心情不好，主子多慮了。」

范靈枝想了想，覺得也有道理。

這梁夫人必然不只是這麼看著自己，死了夫君，成了寡婦，人生淒慘，她肯定心情不好，看誰都不爽。

范靈枝回了自己的宅子後，繼續做一個混吃等死的大家閨秀，她現在唯一的壓力，就是系統給出的美貌值進度條。

偌長的進度條，竟然只完成了四百點。

更詭異的是，系統遲遲不再發布新的任務，也不知道是在憋大招，還是死機了。

不過只要她繼續當一隻烏龜，不去理會，日子還是非常幸福的。

這邊范靈枝在歲月靜好，而有些人則在負重前行。

梁勉慘死的消息，早就傳到了左相和右相的耳中。

簡直讓他們大受震撼，甚至於一時之間，這兩人風聲鶴唳草木皆兵，萬萬不敢輕舉妄動，就連碰頭見面都不敢。

一直等到梁勉下葬之後，此事眼看在上京之內逐漸平息，這兩人才終於又在那個酒肆的包廂內碰了頭。

包廂之內，視線昏暗。

穆成華和康益相對而視，誰都沒有說話，氣氛安靜得相當詭異。

直到很久，穆成華才低聲道：「右相，梁勉之死，是否太蹊蹺了？」

康益雙目無比凝重：「梁勉乃兵部尚書聯繫的，委託他去掩月宗，買范枝枝的命。」

康益：「可他才去了掩月宗，後腳就慘死在家，只有一個可能性——」

第380章 引誘

穆成華的呼吸有些停滯，聲音微微發顫：「這表示，這掩月宗……」

康益眸光灼灼：「掩月宗的宗主，並非凡人。」

康益：「左相以為，他會是誰？」

穆成華的手心都滲出汗來：「你說，會不會是、是皇上？」

康益擰著眉頭：「要麼是皇上，要麼，就是為皇上賣命。」

康益哼了聲：「掩月宗這幾年買命無數，每一個雇主的請求都完成了，怎麼輪到范枝枝，就變成死的是則雇主了？」

穆成華的聲音有些發狠：「正是如此，必是聖上捨不得范枝枝，意思是誰敢動范枝枝，他就動誰。」

康益冥想許久，才說：「既是如此，可該如何是好？買命這一條，必是行不通了。」

穆成華卻低低笑了：「買不了命，那就換條路走。」

這一晚，穆成華和康益相談甚久，才一前一後走出了酒肆。

時間很快就過了大半個月，轉眼就到了中秋節。

中秋佳節，百姓共慶。

范靈枝提前幾天寫完了辣味齋的中秋節策劃書，然後交給了張海棠，同時還給她做了詳細講解，讓她按照她說的活動去做。

不過也就是猜詩謎，送花燈這些，另外再加一些獵奇料理，比如鹹蛋黃月餅，滷味月餅之類的。

等到了中秋節前三天的時候，辣味齋的中秋活動已經全都推了出去，讓辣味齋變得熱鬧非凡，生意簡直不要太興隆。

范靈枝依舊在刺繡，倒是突然之間，阿刀衝了上來，說是門口，梁府大小姐求見。

范靈枝有些詫異：「梁府大小姐，她來做什麼？」

阿刀溫聲道：「回主子，說是給您送中秋節禮物的。」

范靈枝點點頭：「行，讓她進來罷。」

此時門口，梁詩獨自一人正站在門口，等著小廝通稟。

很快的，范府大門又打開了，只是這次出來相迎的，竟換了個人。

梁詩看著陡然出現在門前的阿刀，臉色有些不爭氣地泛了紅。

前幾日在父親弔唁會前，她便注意到了此人。

只是當日他穿著一身漆黑，神情冷漠，雖俊俏，可卻像是化不開的冰川霧凇。

可今日他穿著月白色的衣衫，衣擺還繡著幾朵淡色的海棠花，身形修長，眸光雖透著冷色，卻是個唇紅齒白的少年，沒了初見時那般的肅殺，就像是日光透過了寒冰，折射出微暖的溫光。

阿刀聲音淡色：「梁小姐，請進。」

梁詩沒來由地有些緊張，低低應了聲好，便跟在了阿刀的身後，踏入了范府。

穿過前院，又穿過一大段抄手迴廊，阿刀身形挺拔，與她保持不遠不近。

她有些怔怔地看著他，想著當日弔唁會上的初見，這月餘以來，她便始終會想到他。

鬼使神差的，梁詩忍不住道：「你叫什麼名字？」

阿刀腳步微頓，倒是趁著這個機會，梁詩一下子就追上了他，雙眸亮晶晶地看著他。

梁詩自幼被梁府教導成大家閨秀，長得端莊溫婉，少女溫柔。

她看著他，對阿刀露出一個和善的笑意，又說：「我沒有惡意，只是……只是想結交一番。」

阿刀看著她，陡然間，他突然露出一個笑來。

這笑陰柔，讓梁詩忍不住又紅了臉頰。

阿刀淡淡道：「無名無姓，代號阿刀。」

梁詩莫名有些難受：「你的主子對你不好？為何不為你賜名？」

阿刀依舊淡聲：「主子待我極好，名字不過代號，很重要嗎？」

話音未落，阿刀又往前走去。

梁詩連忙三兩步跟上他，強裝鎮定道：「你若是願意，便跟了我，我定不會虧待你。」

梁詩又補充：「至少不會連名字，都吝嗇給你！」

可話剛說出口，她就有些懊惱了。

懊惱自己的莽撞，又懊惱自己說得太直接，怕嚇到他。

阿刀眸光似笑非笑看著梁詩，卻說道：「妳打算如何不虧待我？」

梁詩怔怔：「我、我……我會待你好的。」

抄手迴廊下，大樹茂盛，樹葉泛黃，花朵微微凋零，已是末了花期。

阿刀朝著梁詩走了一步，梁詩心口微微直跳，忍不住後退一步。

直到退無可退，整個人被阿刀逼到了靠在圓柱上。

她怔怔看著阿刀距離自己越來越近，他身上有一股很好聞的淡淡味道，不膩，好像是皂角的味道，卻又要比皂角的氣息要更香一兩分。

阿刀笑咪咪地看著她：「小姐打算如何待我好？」

他渾身上下透出邪氣，靠得她極近，甚至能聽到阿刀淡淡的呼吸聲。

梁詩的臉色早就漲得通紅，她微微別開眼，輕聲道：「你、你想如何？」

阿刀伸手捏起梁詩的一撮長髮，在手中把玩：「小姐不懂嗎？」

梁詩的臉色燙到爆炸，腦子就像是一團漿糊，讓她霧濛濛的，只剩下胸腔內的心跳，跳動得極快。

她聽到自己顫著聲音說：「大、大膽……」

阿刀臉上閃過嘲弄，後退一步離開了她。

阿刀：「我以為妳會不一樣。」

少年的眼中閃過失望，轉身就要大步朝前走。

梁詩心底猛地一顫，一下子拉住了阿刀的衣袖，輕聲道：「我所言字字肺腑，從未想過騙你。」

梁詩：「倘若你願意，便跟了我，我定會對你好。」

阿刀瞥了眼梁詩握著自己胳膊的手，白白淨淨。

他道：「當真？就怕主子她不會放人。」

梁詩卻輕鬆了些：「我自有辦法，你信我。」

阿刀：「有何辦法？」

梁詩沉默須臾，才說：「我便是有法子，你等著就是。」

阿刀卻嗤道：「除非她死，否則，我怕是沒有脫身可能。」

梁詩卻臉色不變，只繼續堅持：「你等著就是。」

梁詩顯得很高興，連臉色都輕鬆了很多，跟在阿刀身邊，歡歡喜喜地繼續朝著華溪院走去。

等阿刀把梁詩帶到范靈枝面前，自己便隱在范靈枝身側，沉默跟侍。

梁詩將手中提著的一小個木盒放在桌上，正是梁家的中秋節小禮。

范靈枝十分習慣地對阿刀吩咐：「阿刀，去將我新做的月餅呈上來。」

聲音嬌嬌軟軟，怎麼聽都像是透著撒嬌意味。

第381章　糕點

阿刀躬身應了聲是，轉身就退出了寢房，依言去小廚房拿月餅去了。

梁詩心底有些酸澀，語氣也變得酸溜溜的：「范姑娘倒是命好，有這般稱心的奴才。」

范靈枝低笑：「是啊，我向來福氣滿滿。」

梁詩不說話了，只是低垂下眸，一邊喝著手中綠茶，也不知道在想些什麼。

倒是片刻之後，梁詩突又抬起頭來，對范靈枝低笑道：「說起來，我今日送來的桂花糕，可是十足好吃。」

梁詩的聲音柔柔的：「這糕乃是我府上的江浙大廚所作，乃是他的拿手絕活。」

梁詩：「范小姐可打開看看。」

范靈枝自是應好，當場就打開了梁詩呈上的木盒。

這木盒乃是雙層托，第一層裝著四塊小而精緻的糕點，顏色淡雅，一個個雖小巧，可表皮雕著複雜圖案，正是錦繡河山。

可見這大廚確實手藝不錯，至少雕功了得。

木盒的第二層則是裝了一對小小的金柿子，純金打造，玲瓏好看。

梁詩用期待的目光看著范靈枝：「范小姐嘗嘗？」

范靈枝依舊笑咪咪的：「等阿刀回來罷，我要和阿刀一齊品嘗。」

梁詩的臉色有些微妙的變了：「范小姐連這等小小的零嘴，也要和阿刀一齊分享嗎？」

范靈枝點頭：「分享不分享的倒是其次，主要是要讓阿刀幫我試毒。」

范靈枝笑嘻嘻的：「若是有人對我心懷不軌，想要謀財害命，那才是大大的不妙。畢竟范府家大業大，我總得留個心眼。」

梁詩的臉色陡然變得非常難堪，聲音也冷了下來：「范小姐是覺得我會害妳？」

「並不是針對妳，只是范府就是有這個規矩。」

梁詩的臉已經扭曲到了極致，咬牙道：「范小姐，妳這般做派，一定是看不起我——」

范靈枝：「？」

梁詩明明長著大家閨秀的臉，可此時的眼神卻帶著濃濃的敵意，硬是破壞了三分氣質：「罷了，既然范小姐如此態度，我只有告辭。」

說話間，梁詩已經捧起了那個木盒，轉身就要朝外走去。

范靈枝依舊坐在椅子上，看著梁詩的背影，露出一個玩味的笑意來。她淡淡道：「梁姑娘還請留步。」

梁詩的步伐陡然停頓，她頭也不回，聲音冷涼：「范姑娘還有何事？」

范靈枝似笑非笑：「梁姑娘要走可以，怎麼把禮物也帶走了？梁府的做派，是不是太小氣了啊。」

梁詩捏著木盒的手陡然發緊，聲音透出掩飾不住的緊繃：「范姑娘無意與我為友，就不配得到梁府的禮物！」

范靈枝嬌嬌柔柔地笑了，說道：「是嗎？我還以為是梁姑娘在這糕點裡下了藥，卻又怕被阿刀試出毒來，所以才會如此呢。」

梁詩猛地轉頭看向范靈枝：「妳——」

恰在此時，門口傳來腳步聲，正是阿刀去而復返了，手中還提著一小盤的月餅。

阿刀才剛踏入房中，范靈枝便柔弱傷感道：「阿刀，你看看梁姑娘，竟這般小氣做派，明明說好要將糕點給我吃，卻又臨時變卦，連區區幾塊糕點都不肯讓我嘗嘗……」

范靈枝說得委屈之極，氣得梁詩猛地看向阿刀，有些激動又透出恨意：「阿刀，我、我沒有，明明是范姑娘，她、她竟然說要先讓你試毒，她竟這般待你……」

阿刀微微瞇眼，先是走到范靈枝面前，將手中月餅放了，這才又一步步走向梁詩，然後面無表情地從她手中接過了木盒。

梁詩怔怔看他：「阿刀……」

阿刀卻不理她，看都不看她一眼，就提著木盒端到了范靈枝面前。

又將木盒打開，拿出裡頭的精緻糕點，就往自己的嘴邊送去。

梁詩睜大眼，眼睜睜看著阿刀將那糕點送入他的嘴邊，這一刻的動作變得極慢，讓梁詩的呼吸都快要停滯。

陡然間，梁詩瘋了一般地朝著阿刀撲去，一下子就拍打掉了阿刀即將送到嘴邊的糕點。

范靈枝坐在椅子上，饒有興致地撐著下巴看著這一幕。

阿刀亦冷冷看著梁詩。

梁詩漲紅了臉，她看了眼阿刀，又看了眼在旁邊看好戲的范靈枝，轉身就跑了出去。

阿刀看向范靈枝，眸中閃過殺氣：「主子，可要追？」

范靈枝輕笑：「派個人跟蹤她，我要到看看，她到底為什麼要殺我。」

她和這個梁詩從未有過交集，更從未有過得罪，好端端的她發什麼癲，竟然要殺她？

想了想，范靈枝又說：「再派人去將王御醫叫來。」

阿刀應了是，轉身就退了出去。

約莫一個多時辰，王御醫總算姍姍來遲。

范靈枝將梁詩的糕點遞給他：「煩請王御醫驗一驗，這糕點內藏著的是何種毒藥？」

王御醫接過糕點，放在嘴邊聞了聞，說道：「氣味甜，回澀，無明顯藥味，若是下了毒，應是鶴頂紅或是相思子之類的。」

范靈枝若有所思。

王御醫將糕點打包拿走，一邊道：「下官還需進一步驗證。約莫明日可出結果。待出了結果，下官會派藥童前來通報。」

范靈枝笑道：「好，辛苦王御醫。」

王御醫陪著笑，轉身走了。

而等第二日的下午，王御醫果然派人傳來消息，說是這裡頭是被下了大量砒霜，見血封喉，試驗用的小白鼠才碰了一些，就渾身抽搐而已，死狀極度淒慘。

阿刀講給范靈枝聽後，眼中戾氣更重，冷冷道：「主子，此事奴才定會查個水落石出。」

范靈枝看著阿刀陡然渾身滿溢的陰氣，一時有些驚了，柔聲道：「阿刀，如今我並未中毒，別氣。」

阿刀垂下眼眸，淡淡應了聲，轉身退下了。

五日後，阿刀派出去監視梁詩的人，終於回報。

說起來梁詩當時回到家中之後，整個人都呆滯了好久，才終於緩緩回過神來。她落荒而逃的樣子一定很狼狽，讓她痛苦又難堪。

她更從未想過自己竟然會在阿刀面前丟臉成這般，她怕是這輩子都沒臉再見他！

第382章 出事

這幾日來，梁詩渾渾噩噩，整日只將自己蒙在房間裡，任誰來了都不願意相見，就連一日三餐也是丫鬟端到房內來伺候，宅得沒邊了。

阿刀派出來監視的小五徹底麻了，監視了個寂寞。

幸得小五耐性不錯，哪怕是守門也是守得兢兢業業，不離不棄。

一直等到第四日晚上，這日梁詩的丫鬟十分反常地頻繁出入梁詩房間，更怪異的是，等到了戌時二刻，梁詩竟穿著打扮妥當，一路出了門去。

大家閨秀怎會大晚上的踏月出門？小五一邊好奇一邊暗地跟了上去。

梁詩徑直去了後門，上了早已停在門口的一輛馬車。

馬車甚大，修葺得更是不菲，載著梁詩一路搖搖晃晃，朝著城東而去。

最終，在一家酒肆門前停下。

梁詩徑直上了三樓天字一號房，熟門熟路，可見並不是第一次來。

房間很暗，只點了兩根蠟。

等梁詩踏入房內，便見暗黃的燈光下，一道身影正端坐在圓桌前，陡然出聲：「來了？」

聲音並不算年輕。

梁詩對著他福了福身，聲音透出輕顫：「大人安好。」

大人又說：「事情完成得如何了？」

梁詩落下了眼淚，聲音透著顫抖，整個人顯得可憐極了：「是梁詩沒用，並未能完成大人的任務，還請大人責罰……」

這個大人很久都沒有再說話，房間內的氣氛陡然變得凜冽起來。

梁詩站在他面前，大氣不敢出，她努力保持平靜，不讓自己發抖。

直到很久，才聽見這大人冷笑一聲，說道：「既是失敗了，梁詩，妳該明白自己的下場。」

梁詩渾身猛地一顫，她一下子就跪了下來，匍匐著爬到這大人的腳邊，聲音透出濃濃的恐懼：「大人，大人——求大人給詩兒一條生路，詩兒不想死……」

說道此時，這位大人伸出手來，捏住了梁詩的下巴，將她的臉蛋抬起。

昏黃燭光下，梁詩肌膚雪白，小臉透著絕望。

他瞇著眼睛，低笑道：「梁詩，任務失敗了，妳又洞悉了本官的祕密，妳除了死，怕是沒有別的辦法。」

梁詩聲音更顫，眉眼含淚，破碎淋漓：「大人，不算您要詩兒做什麼，詩兒都願意，只求大人給詩兒一條生路……」

大人捏著她下巴的手緩緩摩挲，隨即，手指往下劃去，直嚇得梁詩一個哆嗦。

大人低低笑了：「不願意？」

梁詩慌忙看向他：「詩兒、詩兒願意……」

她一邊說，一邊閉上眼，雙手緊緊捏起，眉眼緊蹙，彷彿十分痛苦。

可她越是表現得痛苦，他就越興奮。

這大人拉著梁詩就往床榻走去，一時間，房內傳出了交織的曖昧聲音。

隱在黑暗裡的小五莫名就吃了一整套的春宮糧。

一直等到凌晨子時，梁詩方才腳步踉蹌地離開，緊接著，馬車內就傳來了一陣壓抑的女子哭聲，任誰聽了都要心碎。

等到天一亮，小五就回了斜對門的范府，將這些見識全都說給了阿刀聽。

阿刀揮揮手，表示知道了，就讓小五返回，繼續跟蹤梁詩。

等小五走後，阿刀譏嘲一笑，轉身就去了華溪院，將這些事都稟告給了范靈枝聽。

范靈枝聽罷，摸著下巴思索稍許，便笑了起來：「行，這件事交給我。」

接下去幾日，范府依舊寧靜，再也沒人再上門叨擾她，更沒有人來暗殺，以至於范靈枝又開始繼續做女工，以便自己打發時間。

而梁詩，也再沒有出現在范靈枝的面前。

時間荏苒又過半月，范靈枝這邊是一切平靜，可宋亭玉那邊卻出了事。

消息傳到華溪院的時候，范靈枝正在吃蜜瓜。

都是溫惜昭從內務府送來最新鮮又水靈靈的蜜瓜，吃得范靈枝滿足極了，以至於阿刀臉色詭異地對范靈枝說起這事時，硬是嚇得范靈枝差點被嘴巴裡的蜜瓜給噎死。

好不容易等她順過氣來，范靈枝猛地站起身來看著他，十分不敢置信：「你說什麼？」

阿刀點頭：「宋亭玉被抓了，說他姦淫良家婦女。」

范靈枝：「……」

范靈枝深呼吸，聲音陡然冷冽：「將事情經過詳細說來聽聽。」

此事還要從十日前說起。

十日之前，宋亭玉又出門去慶德軒借孤本。

孤本難得，賣價極貴，因此大部分讀書人，都會選擇租借孤本，再自己手抄一本，以此保存，宋亭玉亦不例外。

因宋亭玉容貌俊俏，大方得體，且為人真摯，因此一來二去，便和慶德軒內的老顧客們成了舊相識，頗有交情。平日裡但凡店裡新入了什麼難得孤本，老闆總會第一個通知宋亭玉，讓他去租借。

只是這一次等宋亭玉將手中剛抄完的孤本還給慶德軒時，便遇到了熟人李皓。

李皓的爹是個家底頗豐的員外，是個闊綽公子哥。這段時間李皓對宋亭玉頗有照顧，知道他喜歡收集孤本，就給他送了好些極其難得的本子，甚至還給他送了好幾副昂貴的名畫。

宋亭玉並不想收，可李皓卻非是要讓他收了，只說宋亭玉乃是他難得的益友，比外頭那群酒肉朋友好多了。

李皓待宋亭玉甚是誠懇，甚至還總是會做了文章，讓宋亭玉點評，並十分誠懇地接受了宋亭玉的建議，真可謂是虛心一片。

讀書人之間社交的最高禮儀，就是願意聽從對方的建議來修改文章。

畢竟讀書人都是一片傲氣，總覺得自己寫的文章是最厲害的，可李皓卻願意聽從宋亭玉的，可見他是真的一心想結交宋亭玉。

宋亭玉亦逐漸被李皓的誠懇所打動，將他視作自己來京後的第一個朋友。

再說那日，那日在慶德軒內，李皓一見到宋亭玉，便對宋亭玉哭訴道：「宋兄，我這心好苦啊！」

李皓落著眼淚，眉眼透著痛苦，十分心傷。

宋亭玉見狀，自是一驚，陡然道：「李兄這是怎麼了？」

李皓帶著宋亭玉去了附近的客棧，點了兩壺酒和配酒菜。這才一邊喝著酒，一邊落著男兒淚痛哭著道：「都怪我懷才不遇，無人賞識，兩年前就定下婚事的未婚妻，竟非要與我解除婚約！」

第383章 開誠布公

李皓說得痛哭流涕。

控訴著未婚妻的絕情，控訴著命運待自己不公，說得聲淚俱下，十分心傷。

末了，李皓又抓著宋亭玉的手，啞聲乞求：「宋兄，我好不甘心！你可願再陪我去見見晚兒？」

宋亭玉一向心軟，根本就拒絕不了好友的哀聲乞求。

他到底是點了點頭，答應了他。

於是等到第二日，宋亭玉便跟著李皓去了張府，去見了那晚兒。

可誰知宋亭玉才剛踏入府邸的後宅，身側的李皓就陡然失蹤。緊接著，在宋亭玉還未回過神來時，便見一個衣衫不整的貌美女子，出現了他面前。

那女子直直地撲入了他的懷中，甚至於一把抱住了他，姿態曖昧。

更重要的是那女子竟然力氣賊大，宋亭玉冷著臉想推開她，都推不開去。

而又在此時，先前還失蹤的李皓又出現了，當即大聲質問宋亭玉竟這般「禽獸不如」，做出這般髒汙之事。

……

范靈枝跟著阿刀當即就趕到了刑部大牢去。

可等他們趕到刑部的時候，卻被刑部大門門口一個小廝攔了下來。

這小廝身著黑色的僕奴衣衫，臉上笑咪咪的。在看到范靈枝後，便攔在了她面前，低笑道：「范姑娘，我家老爺等您許久了，不知范姑娘可願見一見我家老爺？」

可見這人已經等范靈枝等了許久，專門在這守株待兔呢！

范靈枝負手而立，看著這小廝，臉上瀰漫出高深的笑來：「可是和宋亭玉有關？」

小廝愈躬身，笑得很是虛偽：「范姑娘果然聰慧。」

范靈枝瞥了眼這小廝身後停著的黑色大馬車，馬車制式乃是二品以上大臣獨有。

整個上京內，能算得上和范靈枝有所交集的二品大臣，也只有前幾日才剛和她鬧過不快的左相穆成華。

范靈枝嘴角的笑意更譏嘲了，她瞇起眼來，淡淡道：「阿刀，上車。」

這小廝見范靈枝這般配合，笑得更歡暢了，當即拉開了馬車簾子，「恭請」范靈枝上車。

車內，范靈枝和阿刀同坐兩面，阿刀渾身肅殺，瞇著眼道：「主子，若是沒猜錯的話，這該是左相府的馬車。」

范靈枝低低笑道：「誰說不是呢。」

范靈枝眼中迸出幽深的光：「既然這次宋亭玉的事是他一手策劃的，那麼可見，之前梁詩突然想要毒殺我，必然也是左相做的。」

范靈枝壓低了聲音：「小五可在？」

阿刀點頭：「在。」

范靈枝冷笑道：「那便最好不過。今日正好讓小五聽一聽，那夜他在客棧內聽到的老男人的聲音，到底是不是左相的。」

當時小五跟蹤梁詩，聽到梁詩在客棧內和一個老男人苟合。小五既然聽到過那幕後黑手的聲音，那他便可以辨認一番。

話畢，范靈枝不再做聲，微微閉目，養精蓄銳。

約莫過了一刻鐘之後，馬車終於停下。

方才的小廝又親自將馬車簾子拉開，對范靈枝說道：「范姑娘，到了，煩請姑娘下車。」

范靈枝和阿刀下了車後，一看，前方大門正是左相府。

小廝領著二人一路入了府去，直奔左相的書房。

而書房內，左相正坐在書桌後頭好整以暇，一看便知是在專程等著范靈枝。

穆成華的書房極大，裡頭遍布藏書。穆成華一看到范靈枝，便緩緩站起身來，負手而立，似笑非笑地看著她。

范靈枝面不改色，亦大步走上前去，嬌嬌一笑：「穆大人，又見面了。」

穆成華眸底含冷，說話的語氣倒是虛偽地溫和：「范姑娘，老朽有些話要對妳說。」

范靈枝勾了勾唇：「說也巧了，本姑娘也有些話要說。」

穆成華眯著眼睛：「是嗎？那不如范姑娘先說？」

范靈枝也不客氣，直接就接過了話茬，開門見山：「前幾日梁詩拎著一盒糕點，想要毒殺我，此事可是你讓梁詩幹的？」

穆成華低低笑了，笑得鬼氣森森，十分刺耳。

他捏了把下巴上的山羊短鬍：「是啊，是老朽讓她幹的。」

范靈枝點點頭：「敢做敢當，穆大人倒還配得上左相高位。」

穆成華眼底的戾氣甚強：「妳這般蠱惑皇上，竟還敢說自己是先后轉世。最重要的是，皇上竟信了妳，呵，范枝枝，本相不管是於公於私，自都留妳不得。」

范靈枝面無表情：「虛仁假義。」

穆成華：「妳——」

他深呼吸，打算不和范靈枝一般計較。他冷笑道：「可惜梁詩那個蠢貨，成事不足敗事有餘，連這等小事都辦不好，真是和她爹一般，是個沒用的廢物。」

穆成華惡狠狠地盯著她，又說：「本相原本一直都想殺了妳，直到前些日子，聖上竟召集了朝堂重臣，說是心中以有了皇后人選，讓朝中重臣不得刁難范枝枝，否則，斬立決！」

范靈枝微微一愣。

穆成華看著范靈枝的愣怔，更是厭惡：「妳也沒想到罷？本相自是更沒想到！沒想到聖上竟都已打算將妳立后了……」

說到後面，他微微嘆息，聲音帶著濃濃的不甘：「聖上竟為了妳，走了明面，直接向朝堂重臣布公了妳的皇后之位！」

范靈枝心底彌漫過洶湧情愫，面上則恍然道：「怪不得。怪不得你不再尋我麻煩，反而去捉弄宋亭玉。」

畢竟皇上只說了不准再刁難范枝枝，可沒說不准刁難宋亭玉啊。

范靈枝收起心底的柔軟，重新看向穆成華：「所以，你叫我來此，是打算利用宋亭玉，換取什麼？」

穆成華低笑起來：「不愧是聰明人。」

他一眼不眨地盯著范靈枝：「聖上向來說一不二，說要立妳為后，那便定會立妳為后。」

穆成華：「本相之所以對宋亭玉出手，也是逼不得已。只有這般，才能給秀秀換取一線時機。」

穆成華：「本相的要求很簡單，便是在范姑娘妳被召入宮之後，還請范姑娘想個辦法，將小女穆秀秀，也召入後宮去。」

穆成華低聲：「范姑娘，這點妳可能答應？」

第384章　懼怕

范靈枝看著他：「我還有別的選擇嗎？」

穆成華道：「妳確實沒有別的選擇。倘若妳不肯答應，那宋亭玉姦淫婦女的名聲，明日便會傳到上京各個角落。」

穆成華：「既是一個有汙點的舉子，本官身為科舉主考官，自然也要公正些，將宋亭玉從科舉名冊上除名。」

他緩緩說著，眼底滿是勝券在握。

范靈枝點頭：「行，我答應你。」

范靈枝嘆息一聲：「只是穆大人，宋亭玉是個棟梁之材，腹有詩書，你這般利用他，未免有點丟了左相的身分。」

穆成華一甩衣袖，負手而立，冷聲道：「別和本官說那些冠冕堂皇的大道理。」

范靈枝輕飄飄的：「行，不說便不說。」

范靈枝：「現在立刻，放了他。」

穆成華點頭應了：「我相信范姑娘，一定不會食言。」

范靈枝懶得再理他，直接轉身，離開了左相府。

等回到范府後，范靈枝又讓阿刀叫出小五，詢問他這左相的聲音，是否就是那日和梁詩苟合的臭老頭。

小五非常肯定地點了點頭。

范靈枝哼了聲，讓阿刀派人盯緊宋亭玉，讓他不要再被人平白利用，一切等他平平安安參與了科舉再說。

很快的，阿刀就傳回了消息，當日晚上，穆成華就已將宋亭玉放出來了，連帶著把宋亭玉這樁祕辛醜聞的案底，也一併抽走。

此事就像是雁過無痕，彷彿從未發生過。

等到第二日，宋亭玉尚且來了范府，說是要見范靈枝一面，說是其中有許多誤會，需要親自和枝枝解釋清楚。

可范靈枝並沒有見他，而是讓阿刀回了他，讓他專心準備科舉，別的不要再胡思亂想。

那一日，宋亭玉在范府門前站了許久，才終於黯然離去。

范靈枝和左相談成了協議，總算是再沒有人前來打擾她的生活，讓她的生活又重新恢復了平靜。

溫惜昭三天兩頭就溜到范府來，一到晚上就和她迫不及待地羞羞親親，極度不害臊。

只是溫惜昭始終沒提他早已和朝中幾個重臣宣布了要立她為后的事。

溫惜昭不說，那她也就不多問，歡歡喜喜地過著自己的小日子。

時不時的和溫惜昭一齊秋遊垂釣賞湖，三天兩頭約會，低調戀愛。

唯一讓范靈枝覺得遺憾的，反而是阿刀。

不知怎的，她覺得阿刀最近戾氣很重，似乎除了自己，下人們都很懼怕他。

前兩日她無意中去了下人院子，竟撞到好幾個下人跪拜在他的腳邊，一副瑟瑟發抖、十分害怕的樣子。

而阿刀居高臨下站著，眸光陰冷，渾身滿溢殺氣。

范靈枝從未見過這般陰狠的阿刀，她一時有些愣了，站在門邊，不小心撞到了門板，發出了輕微的聲音。

「誰？」

一聲陰冷聲音從他嘴中溢出，下一秒，阿刀已經猛地閃現到了門邊。

范靈枝怔怔看著他。

他看到范靈枝時，亦是微愣，隨即整個人便柔和了下來，輕喚道：「主子。」

范靈枝擰著眉頭：「她們犯了何事？」

阿刀躬起身，說道：「下人不聽話，奴才這才教教她們規矩。」

范靈枝看著阿刀，修長的少年終究長成了這副冰冷的俊俏模樣，當年那個滿臉稚氣跪在她腳下，求她留下他的小小少年，終究是不見了。

她微微嘆氣，說道：「阿刀辦事向來沉穩，我將偌大的府宅交給你，最是放心。」

阿刀靜靜看著她，柔聲道：「阿刀定會讓主子滿意。」

范靈枝眸光深深回望著他，許久，終是轉身離開。

阿刀變了。

可她更清楚，阿刀是因為她才變成現在這樣。

阿刀衷心，全心為她，她不可能為了那幾個下人，當眾訓斥阿刀，駁了阿刀的顏面。

否則阿刀如何管理宅院，日後又如何輔佐她管理後宮。

她遺憾於當年那個單純的少年，竟被時光磨礪成了這般模樣。

讓她這般心疼。

范靈枝心情變得格外失落，便日日在房中做刺繡，大門不出二門不邁。

阿刀心思敏感，自是感受到了范靈枝的不對勁。

幾日之後的夜裡，他筆直跪在范靈枝的門前，也不說話，只是靜靜跪著。

芸竹正在裡屋侍奉范靈枝，她低聲道：「主子，今夜月光甚亮，可要出去瞧瞧？」

范靈枝有些詫異地瞥了芸竹一眼，但見芸竹垂著眼眸眼觀鼻，一副溫順樣子。

她若有所思地看向窗外，隨即站起身來：「那便去看看。」

范靈枝帶著芸竹踏出房去，卻一眼就看到了跪在廊下的阿刀。

夜色淒清，明亮月光灑了滿地，夜風已經透出幾分的寒涼。

阿刀身形筆直跪著，紋絲不動。

芸竹不知何時已經退下，范靈枝靜靜看著阿刀，隨即一步一步，緩緩走向她。

范靈枝站在他面前停下，聲音清冷：「為何要跪？」

阿刀亦抬頭看她，眉眼夾冷，眼底複雜，是范靈枝看不懂的模樣。

他道：「奴才惹了主子不開心，便要跪。」

范靈枝伸出手去，輕輕撫過他鬢間一抹被夜風吹亂的散髮。她輕聲道：「阿刀，你無需跪。你所做的一切，都是為了我，我比誰都清楚。」

阿刀道：「主子真的不怪奴才？」

范靈枝泛起笑來，眸光深深：「為何要怪？我只是……覺得有些心疼罷了。心疼你變得這般冷酷樣子，竟連人氣都快沒了。」

范靈枝看著眼前十七歲少年，眼底微熱：「阿刀，來日方長，勿忘本心，切記。」

阿刀對著范靈枝重重叩了三首：「奴才從不敢忘。」

范靈枝轉身回房，再不回頭看他一眼。

可她剛轉過身，就忍不住落下淚來。她從未覺得如此難過。

五年前，芸竹和阿刀一齊入她的華溪宮侍奉她。

後來她出事後，又一齊分配去守先皇后的皇后陵。

芸竹和阿刀之間，應是感情頗深才是。

可就在剛剛，芸竹竟不敢直接和她說阿刀跪在外頭，讓她出來看一看，而是選了個蹩腳的理由，引她出來。

可見就連芸竹，都在懼怕阿刀。

阿刀，已經沒有朋友了。

第385章 渣男

時間荏苒飛逝，日子一日日過，秋去冬來，天氣逐漸寒涼，不過須臾，已是天寒地凍，入了嚴冬。

范靈枝也逐漸蜷縮在府中，不願再出門。

她一向畏寒，府中便日夜燒著地龍，她便整日在府中做刺繡，就連更複雜的龍鳳，她都已能信手拈來。

日子過得無比順遂，范靈枝的個頭也拔高了不少，整張臉逐漸褪去了最後一絲嬰兒肥，整個人愈顯明豔。

溫惜昭日日都來華溪院，到了後來，乾脆連案牘都一併搬來了，還會帶些奏摺過來批閱。

范靈枝在一旁刺繡，溫惜昭則埋頭辦公，氣氛竟是出奇的和諧。

只是常在河邊走哪有不溼鞋，某日溫惜昭正和范靈枝在寢房打鬧，張海棠陡然去而復返，直直地入了屋內，在看到溫惜昭之後，震驚了半晌，最後差點沒被嚇死。

張海棠顫抖著手指著溫惜昭，一邊質問范靈枝：「這便是妳嘴中的，幫妳了許多的朋友？」

范靈枝默默點頭。

溫惜昭倒是平靜得多，他只是對著張海棠微微頷首，就算是打過了招呼。

這男人長得倒是貴不可言，渾身透著一股高貴氣質，最重要的是臉蛋還真是一等一的好，別說，站在她的枝枝身邊，還真是挺配的……

可是，就算這人皮囊長得好，也無法掩蓋這人是個人面獸心的事實！

說起來，張海棠和溫惜昭，其實年紀差不多。

張海棠三十歲，溫惜昭二十八歲。

張海棠看著溫惜昭，真是越想越彆扭。

到了最後，張海棠到底是拉過了范靈枝的手，低聲道：「枝枝，妳可覺得，這個姓溫的，年紀是否偏大了些？」

畢竟、畢竟妳親爹他，都比這個姓溫的，大不了兩三歲啊……

范靈枝差點爆笑如雷，她捂著眼睛道：「母親，女兒就喜歡他，已和他私定終身了……」

張海棠徹底麻了。

她終究是又走到溫惜昭面前，紅著眼睛道：「枝枝不懂事，可你都這般年紀了，怎能跟著枝枝胡鬧?!」

張海棠有些生氣：「你都已和枝枝私定終身，卻都不曾上門提親，你心中可曾是真心喜歡枝枝的？」

溫惜昭一聽，當即眯了眯眼，意味深長道：「好，明日就提親。」

張海棠卻越看溫惜昭，越覺得這人是個騙子。

她當場就拉過了范靈枝，讓她不再和溫惜昭同住一寢，讓范靈枝跟著她睡在她的院子裡。

當日夜裡，張海棠看著范靈枝唉聲嘆氣，翻來覆去，焦慮得睡不著覺。

范靈枝非常好奇：「母親，您在想些什麼？」

張海棠猛地起身，咬牙切齒地看著范靈枝：「你們、你們……是不是經常、經常……」

范靈枝：「經常什麼？」

張海棠深呼吸，想了想，打算換個說法：「枝枝，妳的葵水，最近來得可順利嗎？」

范靈枝點點頭：「月月都是十八日來，母親您不是最清楚的？」

張海棠這才終於鬆了口氣。

可想了想，又覺得有些不對。

倘若那登徒子當真三不五時就留宿在枝枝房內，可枝枝卻始終沒有懷孕，那是不是也表示，那登徒子……不行？

造大孽了！這麼一想，張海棠就更不放心了。

她惡狠狠地看著范靈枝：「那登徒子到底是哪家的公子哥？明日母親就上門，去給妳要個說法！」

范靈枝笑道：「母親您沒聽他說，明日就提親嗎？等明日，母親您便知道了……」

可在張海棠看來，枝枝這可真是妥妥的被渣男給騙了！

那渣男說明日就提親，難道就真的明日來提親嗎？

提親這種大事，難道是可以說提就提的嗎？他不需要找家裡人商量？不需要準備嗎？就算真的來提親了，那也只是匆匆忙忙趕鴨子上架，說明他壓根就不重視枝枝！哼！這個該死的臭男人！

果然是靠著一張好看皮囊為所欲為、欺騙純情少女的衣冠禽獸！

張海棠卻不敢在枝枝面前表現出一絲一毫的憤怒，她只是摟著范靈枝，像往日那樣哄著范靈枝睡著後，黑暗裡，自己卻抹著眼淚，默默心傷。

等到第二日，張海棠的眼睛就腫得和核桃一般了。

范靈枝一看到張海棠的臉，差點嚇了一大跳。

可很快的，她就又釋然了。

母親是擔心她，才會這般。罷了，等她和溫惜昭相處久了，了解了他後，多少也能消除一些對他的偏見。

這日上午，張海棠是連辣味齋都不去了，專程陪著范靈枝，哪也不去，就坐在客廳內候著。

她倒要看看，那個姓溫的到底會不會如他所說，今日來提親！

而這一等，就從上午，一直等到了下午。

眼看時間轉眼到了未時，可那姓溫的依舊沒有上門來，張海棠臉上的怒氣，到底是要隱忍不住了。

她看向坐在自己身邊乖巧等著的范靈枝，瞬間就紅了眼眸。

回想她前半生，所有的不幸，都是從當年不懂事，擅自和范榮私奔開始的。

從那一刻起，她的人生軌跡，就徹底變了。

她一直都想著，要好好把關枝枝的婚事，可沒想到命運弄人，最終到頭來，竟是變成這樣……

張海棠雙眸通紅，又落下淚來。

她有些慌亂地擦掉眼角淚痕，不想讓女兒看到自己的狼狽，更怕自己這般，會讓枝枝也跟著傷心。

范靈枝哪會沒看到張海棠的悲切，她連忙走到母親身邊，捏著她的手柔聲道：「母親別急，再等等……」

張海棠卻輕聲打斷了范靈枝的話，啞聲道：「枝枝，都是母親不好，這段時日只顧著忙著辣味齋，竟都不曾發現，妳被人騙了。」

張海棠又笑了起來，努力裝出一副輕鬆樣子：「不過那等臭男人，早日看清他的真面目，斷了也就斷了，枝枝，咱們可不能傷心……」

張海棠絮絮叨叨說了許多安慰人的話，也不知是在安慰范靈枝，還是在安慰自己。

范靈枝便耐心聽著，也不多說什麼。說起來，她也不太確定，溫惜昭到底會不會今日來提親。

而就在母女兩相互打氣的時候，陡然間，就聽前頭有個小廝十分狼狽地慌忙跑來，一邊高聲道：「夫人、小姐，門口、門口來了好多、好多的人啊……」

第386章　立后

張海棠嘴中的碎碎念戛然而止。

她有些不敢置信，當下就拉著范靈枝的手，直接朝著大門而去。

可門外的人，卻早已直接衝進來了。

那小廝說得沒錯，果然是來了好多的人，足足好幾列，偌大的前院，竟都快要站不下。

最前頭的是唇紅齒白的侍從，看上去頗為怪異，各個都不像是正常男子，反而像是……太監。

緊接著便是好幾列的黑衣奴才，兩兩抬著偌大的聘禮，禮隊甚長，竟是一眼看不到頭。

等到奴才們將聘禮全都擺在門口，都足足花了近半個時辰。

最後登場的，才是昨日張海棠見到過的溫惜昭。

只是他今日頭戴華冠，穿著絳紫色的錦服，衣擺上竟還紋著五爪金龍。

饒是張海棠再如何沒有見識，也知道這意味著什麼。

她整個人都傻了，懵懵得站在原地，壓根就回不過神來。

還是溫惜昭身側的大太監彎著眼睛，從懷中掏出同樣絳紫色的聖旨，笑著和善道：「夫人，請接旨。」

聖旨書：奉天承運，皇帝親詔，范氏女嫻熟溫柔，品貌出眾，朕甚悅。則吉日與范女大婚，娶之為后，交由禮部操辦。

一直等張海棠接過了沉甸甸的聖旨，她依舊覺得整個人都飄飄然的，彷彿如置雲端，極端不現實。等到眾位宮人散去，張海棠依舊傻傻看著溫惜昭，又傻傻看著范靈枝，始終弄不清楚，自己的女兒，到底是怎麼搭上當今聖上的？

一直到一個時辰後，張海棠瘋了似的跑到了後廚，親自指揮廚房做一頓盛宴，打算好好接待聖上。而一直被軟禁在後院的范家人也聽到了消息，一個個都激動壞了，非是鬧著要出院子，去見聖上一面！倒是關鍵時刻，阿刀手捏著匕首陰森地在他們面前逛了一圈，這才免了他們出來鬧事。

當日晚宴上，張海棠連給溫惜昭敬了三杯酒，一邊不斷賠罪，讓皇上大人不記小人過，不要和她之前的莽撞一般見識。

溫惜昭則揮了揮手，甚至還親自給張海棠倒酒，表示謝過她辛苦養育枝枝。

飯桌上，溫惜昭給范靈枝又是夾菜又是倒果酒，且夾的都是范靈枝喜歡吃的口味，張海棠看在眼裡，免不了有些欣慰。

堂堂聖上，竟然記得她女兒喜歡吃什麼，可見他對枝枝，多少是有些真心的。

一席飯吃得所有人都盡興，溫惜昭這才離開了。

等到溫惜昭飯畢，張海棠看著范靈枝，咬牙道：「范枝枝！妳最好跟我說說清楚，到底是怎麼和當今聖上好上的！」

范靈枝這才笑著和她大概說了說。

她道：「我帶著阿刀去城郊青雲寺上香時，阿刀無意中救了他的命，這一來二去的，便與他認識了，然後情愫暗生……」

她語氣含羞帶怯，後面的話，自是一切盡在不言中。

睜眼說瞎話是范靈枝的強項，只要能圓得過去也就是了。果然，便聽得張海棠連連感慨：「我的女兒，果然是個好福氣的，竟能這般走了大運，平白撿了個皇后？這說出去有誰信！」

想了想，張海棠還是有些忐忑：「可是皇上不該是三宮六院的嗎？妳這一上來就是皇后，會不會太張揚了？」

范靈枝道：「皇上說了，他就喜歡我一人，他如今後宮空置，除了我，便沒有別的女子了。」

張海棠越聽越心驚肉跳：「那，文武百官們，也答應嗎？」

范靈枝：「他們自有皇上自己去解決，咱們管好自己就是了。」

張海棠想起了阿刀，又想起了范靈枝身邊那許多的暗衛……她終於後知後覺意識到，枝枝怕是早就做好了要當皇后的準備。

否則她一個小丫頭，哪裡需要這麼多人保護她？

誰會吃飽了沒事幹，去和一個小丫頭過不去！

可如果枝枝是未來的皇后的話，那就說得通了……沒準就會跳出個殺手，來暗殺她……

想及此，張海棠捏緊了拳頭，咬牙道：「明日母親就去再買他個百八十個侍衛，定將范府照看得水洩不通，保管一隻蒼蠅都飛不進來！」

范靈枝被張海棠逗笑了，低笑道：「行行行，母親開心就好。」

范府上下一片和睦溫情，卻不知這道悄無聲息的封后聖旨，以范府為中心，一路向外引出了多大的波瀾。

不過一夕之間，整個朝堂直至整個北直隸，都被這道聖旨震出了劇烈海嘯！

朝堂之上，除了先前溫惜昭早已祕密透露過的幾個重臣之外，別的文武百官，對於此事是毫不知情。

特別是官拜二品到五品之間的大臣們，這批人最想上位，想要更進一步。

而更近一步的最好辦法，便是將家中的適齡女兒，想法子送到皇上的後宮去。

如今溫惜昭封后的詔書一出，是徹底將他們的焦慮感給逼出來了。等到第二日的早朝上，這群大臣一個接一個的不斷給溫惜昭上書，表示封后一事茲事體大，還請聖上慎重、鄭重！

可溫惜昭卻只是淡漠聽著，毫無反應。

又有臣子走出一步，跪在朝下，說道：「那范枝枝那是罪臣張厲的外孫女，那張厲早在半年前就因貪墨，被聖上您親自處死，如今聖上如何能讓一個罪臣之後，來當母儀天下的皇后？」

此言一出，很快就又有好幾個臣子跟著跪在了地上，紛紛叩首：「還請聖上三思！」

溫惜昭依舊斜倚在龍椅上，嘴角譏嘲。

他淡淡道：「朕意已決，誰若不服，儘管再說。」

立馬便有一個臣子高聲痛喝：「聖上，慎重啊！」

溫惜昭嘴角的笑意十分冷漠：「既然梁大人不服，那便革了官職，回鄉致仕去罷。」

方才還在痛喝的梁大人，陡然就噤了聲。

他不敢置信地看著溫惜昭，連說話都不清楚了：「聖、聖上——」

可溫惜昭已經再也不看他，很快就有侍衛衝了進來，將這個梁大人一路拖了下去。

溫惜昭的聲音輕飄飄的：「還有誰不服？」

一時之間，文武百官，再無人做響。

溫惜昭站起身來：「下朝。」

第387章 大婚

大齊五年十月，帝下旨封范氏女為后，一夜之間，震驚朝野，群臣反對者甚多，帝一意孤行，護儷心切，再有異議者，流放出京，終身不可回。

大齊五年臘月初一，四年一次的科舉，終於緩緩拉開帷幕。

臨近科舉之前，全天下的舉子全都湧入了上京。

科舉前夕，整個上京客棧全都爆滿，被湧入的舉子們擠占得滿滿當當。

會試共三個整日，第一日早寅時，漫天飄雪，寒風刺骨，舉子們魚貫入貢院，開始為期三天的考試。

昨夜晚上，范靈枝亦讓阿刀代傳了話，讓宋亭玉好生考試，不辜負自己一片期待。

等三日會試考完後，七日之後便是放榜日。

放榜這日，眾人早已候在國子監前，人頭攢動，十分擁擠。

等紅榜告示貼出，眾人便如流水般湧了上去，爭相觀看。

觀者如堵，除了各個舉子們，看熱鬧的百姓更是不知凡幾。

范靈枝特意一大早就將宋亭玉傳到了范府去，也讓她的范府沾點喜氣。

她篤定了宋亭玉定會上榜，因此早就讓下人準備盛宴，等會好慶祝一番。

榜上前六十名的進士，會由國子監派出報喜侍，以金色顏料寫大紅喜帖，送往進士們的下榻府邸報喜。

若是狀元，還會有狀元馬遊街，也是有趣的很。

這次科舉是溫惜昭大統後的第一次科舉，因此格外重視，規格制度都按最高的來。這也是為何今日京中百姓為何這般歡喜圍觀的原因。

整個范府都已大開了門，范靈枝早已穿戴整齊，就是為了方便報喜侍進門來。

相比范靈枝的興奮，宋亭玉卻顯得格外平靜。

他有些不忍心潑范靈枝的冷水，只道：「不管中沒中，我皆會繼續努力。」

范靈枝嘻嘻笑著應是，一邊繼續把眼神往大門方向飄。

一直等過了辰時，卻依舊沒有人來報喜。

遠處隱約已經開始傳來喜悅的歡呼，可見這報喜早就開始了。

宋亭玉心底也有些發慌，獨自去了後院，想要透透氣。

可誰知他才剛踏出大堂的門，就聽前頭傳來了喜氣洋洋的報喜聲。

不等宋亭玉回過神來，范靈枝已經十分迅速地提著裙子跑出去迎接去了，直看得宋亭玉忍不住笑了出來。

宋亭玉等了進士第三，倘若殿試無礙，那便是榜眼。

范靈枝非常滿意，捧著報喜的喜帖，笑得歡暢極了，又讓阿刀去將庫房內早已準備的禮物拿出來，送給宋亭玉。

正是前朝思想家羲石公的一整套《治國》孤本，天下僅此一套，價值連城。

宋亭玉也不和范靈枝客氣，收了禮物。

臨走前，想了想，還是對著她半跪了下來，鄭重說道：「枝枝，妳與聖上大婚在即，我早已將妳視為大齊之后。日後從仕，定堅守本心，做個對江山社稷有用的好官。」

范靈枝彎著眼睛，輕笑道：「是啊，做個好官。江山代有才人出，方才能維持社稷繁榮平安。」

宋亭玉應了是，這才起身，退下了。

科舉之後，整個上京便又馬不停蹄地開始繁忙起來，正是忙著準備帝后婚禮。

同年臘月月底除夕，帝后大婚，婚禮繁盛，十里紅妝，大婚筵席，百官盡數，帝龍心大悅，大赦天下。

同樣是這座華溪宮，如今卻早已布置成喜慶的模樣，處處貼著大紅雙喜字，紅燭滿照，宛若白晝。

范靈枝坐在大床上，聞著空氣中熟悉的桂梅香，只覺得心底無比沉靜。

溫惜昭那個不知羞的，非是要將她的大婚日子，定在她及笄的這一日，說是連一天都不想再等了。

她真是要被他笑死。

頭頂的鳳冠有千金重，上面鑲嵌著碩大的寶石和夜明珠，簡直華麗到了誇張的地步，差點沒把她的脖子壓斷。

眼下終於大婚禮成，她便讓芸竹摘了頭頂鳳冠，又卸了臉上的點唇妝，這才歡歡喜喜地坐在圓桌前用膳。

早在大婚前幾日，阿刀就已回了華溪宮開始布置，將一切都布置成了范靈枝最熟悉的樣子。

以至於此時此刻范靈枝看著眼前景象，忍不住讓她產生了一絲恍惚，彷彿自己從未離開過，彷彿這幾年，都是她的幻覺。

范靈枝心底瀰漫出了幾絲感慨，只覺得命運真是奇怪極了。

等用了膳，芸竹又伺候著范靈枝沐浴更衣，她這才舒舒服服地躺在了大床上打滾，一邊滿足地支著下巴，看著頭頂熟悉的夜明珠。

她活了這麼多年，還從未經歷過大婚。沒想到此時此刻，竟讓她真的經歷了一回。

溫惜昭還在前殿和文武百官吃席，她今日天未亮便起身了，此時陡然全身心都放鬆了下來，困意終究朝她襲來，讓她睡了過去。

只是睡得朦朦朧朧間，她像是看到了宕機了小半年的系統，似乎隱約亮了亮。

正待她想要看個清楚時，卻突得只覺身體一沉，像是有什麼東西壓了上來。

她惶惶睜開眼，便見昏暗視線下，溫惜昭穿著褻衣，帶著一身的水氣，將她整個摟在了懷裡。

他的眼底閃著狠色，就像暗夜獨行的餓狼。

而范靈枝就是他覬覦已久的獵物。

范靈枝有些緊張：「溫惜昭……」

她的聲音軟軟，可還未落下，就被溫惜昭堵住了嘴。

直到許久，他在她耳邊，聲音嘶啞地低聲說著：「朕一刻都不想多等……范靈枝。」

可范靈枝已經聽不清他說的話了，她與他緊緊相擁，她只有他，就如他只有她。

也不知過了多久，范靈枝只覺得身體都不是自己的了，終是疲疲睡去。

等到第二日，溫惜昭站在床邊，目光晦澀地看著床榻上的落紅，又看著范靈枝沉沉的睡顏。

直到許久，方才嘴角挑起一道複雜笑意，轉身出了華溪宮。

而等范靈枝也睡醒睜開眼時，窗外早已日上三竿。

她起身時，亦看到了床上的紅痕，便是一愣。

她又想起大半年前，她在客棧被祁言卿下了藥，明明應該已經和溫惜昭……她忍不住有些怔怔，

可終究，她只是低笑一聲，紅了眼眶。

第388章　宮宴

大婚第一日，范靈枝正式成了皇后。

但因為整個後宮空蕩蕩的，只有范靈枝一人，因此她其實也沒什麼事要做。

唯一要做的便是去內務府走一趟，識識人、認認路。

等到了內務府後，內務府的管事王公公，對范靈枝的態度十分恭敬，就差沒跪下來喊她爸爸，可見范靈枝帶著身邊的阿刀，還是非常管用的。

等王公公和范靈枝清點完了中饋，她帶著阿刀走在御花園的小路上。

天氣依舊冷然，可大年初一的日子，倒也難得開出了大太陽，照在人身上，暖洋洋的。

范靈枝對身側的阿刀道：「阿刀，日後宮內的瑣事，便都要仰仗你啦。」

阿刀看著范靈枝時的眼神泛著柔光：「這是奴才該做的。」

等到了傍晚，便是慶賀新年的宮宴，也順帶讓百官們帶著各自的女眷，入宮來給范靈枝認個臉熟。

宮宴設在了太和殿，范靈枝就坐在溫惜昭的身邊，底下的文武百官們攜帶者家眷，紛紛入場，等全都到齊之後，眾人跪下朝帝后齊呼萬歲，宴會這便算是開始了。

百官們帶了女眷，家中有適齡女子的，便各個都是盛裝打扮。

特別是左相之女穆秀秀，她的模樣越顯嬌豔，穿著桃嫩色的襖衣，衣擺上繡著迎春花，衣領和袖口點綴著一圈雪白的狐狸毛，十分嬌俏。

說起來，華溪宮的側殿內就養著一隻白狐，正是當初在溫溪月舉辦的宴會上，溫惜昭狩獵到的那一隻。

而坐在穆秀秀身側的穆成華，則眸光意味深長地掃了眼高座上的范靈枝，彷彿在提醒她，不要忘了和他的約定。

范靈枝嘴角挑起一個溫溫笑意，便再不理會穆成華，而是繼續在人堆裡搜索目標去了。

比如說坐在溫子幀身邊的花池。

溫子幀不斷給花池夾著她喜歡吃的菜，花池則大口吃著，把嘴巴塞得滿滿當當的，也不知當時花池鬧了溫溪月宴會那一次，溫子幀有沒有捨得罵一罵她；

再比如說祁顏葵。

祁顏葵和她的小將軍夫君，相互依偎，眉眼含情，光是看著都很是幸福；

還有坐在祁顏葵不遠處的、緊挨著坐著的張清歌和衛詩寧。

這兩人當年在後宮當宮妃時，就喜歡一邊姐妹情深，一邊又相互攀比，如今各自成婚多年了，竟然還是改不掉這臭毛病。

張清歌頭上頂著紅寶石頭面，衛詩寧的手腕上就帶著一對碧翠碧翠的玉鐲，兩人坐在餐桌上也相互較勁，一邊卻又相互給對方夾菜，還真是一對奇異的閨蜜。

范靈枝津津有味地看著以往的故人，直到手下溫惜昭伸出手來，暗中握住了她的手。
她側頭看去，就看到溫惜昭眸光溫溫地看著她：「別顧著看，多吃些，都是妳愛吃的。」
范靈枝乖巧點頭，也開始吃起吃食。
等到酒過三巡，百官內不知是誰提了一嘴，說是要給溫惜昭獻舞。
可溫惜昭自顧給范靈枝夾菜，頭也不抬：「不必了，朕不愛賞舞。」
穆成華適時道：「臣記得皇上最是喜歡聽曲，不如就讓犬女……」
溫惜昭面無表情打斷他：「朕不想聽曲，只想耳根清淨清淨。」
穆成華：「……」
神他媽耳根清淨。
穆成華的臉色憋得通紅，萬分狼狽地重回了位置上。
於是一整個宴會下來，溫惜昭只顧著當寵妻狂魔，底下那些盛裝打扮的貴女們，算是打扮了個寂寞。
等到宴會散場，范靈枝想親自送送百官，可卻被溫惜昭吩咐，讓阿刀架著她回宮去了，免得過了夜晚寒氣。
可憐穆成華父女，別說是想敲打范靈枝一番，竟是連和范靈枝獨處的機會都沒有。
這邊穆成華父女無比焦灼，另一邊溫惜昭和范靈枝卻在華溪宮內你儂我儂，將整個寢殿都造作成了恩愛的暖床。

白日宣淫，不知節制，一朝解禁，十分凶猛。

床上，客榻，院內的鞦韆架，甚至還有那條通往御書房的密道。

玩得又野又花。

帝后恩愛，蜜裡調油，整個華溪宮上下都美滋滋的，就連阿刀也是逐漸溫和下來，就連空氣中都瀰漫著甜蜜的氣息。

唯一讓范靈枝覺得不太對勁的，就是自己面前的系統，每天晚上等范靈枝入睡之後，時不時的就會閃爍一下，簡直就是大型詐屍現場。

那個差了一大截的聖母系統進度條，時時刻刻提醒著范靈枝，這系統壓根就沒有完成它的任務使命。

可既然使命都沒有完成，怎麼它就提前下線了呢？

難道是系統死機了？

不會吧……

范靈枝倒是一直在想，這系統到底是誰為她綁定的。

之前的妖妃系統，可是她自己親自綁定的，便是為了防止自己將下凡的任務主線走歪。

可現在這個聖母系統呢？

唯一可以肯定的，就是這系統絕不是自己綁定的。她最討厭的就是聖母，怎麼可能把聖母製作成系統，白白折磨自己啊！

要麼就是墨染上仙。

墨染上仙掌管著人間事，昭宴上神在人間的一舉一動，他全都看在眼裡……

范靈枝在床上煩躁得想來想去，可卻怎麼也想不通，反而弄得自己晚上都開始失眠了。

溫惜昭非常敏感地感受到了范靈枝的不開心，這日起床後，他揉了揉范靈枝的腦袋說：「定是宮中太過孤獨，朕不在的時候無人陪妳。朕會讓妳母親也入宮，妳若喜歡，讓她也長住宮中也行。」

說完這些，溫惜昭才上早朝去了。

可范靈枝才不會讓母親也住後宮來，外頭的花花世界美不勝收，她怎能因一己之私，就讓母親也跟著住鳥籠。

而等中午的時候，張海棠果然進宮來了。

張海棠十分心傷，一邊撫著范靈枝的臉蛋，一邊抹著眼淚說：「我的好枝枝，竟瘦……胖了這麼多！」

短短半月，范靈枝是真的胖了。

誰讓御膳房的食物，這麼符合她的胃口呢！

以至於張海棠想睜眼說瞎話，都有些說不出口……

第389章 處置

范靈枝拉著張海棠，母女二人說了好久的體己話。張海棠細細問了她的衣食住行，范靈枝也問了她辣味齋的情況，溫溫馨馨地相互給彼此鼓勵。

一直等到溫惜昭也下了朝，回到了華溪宮，三人便一齊用午膳。

等吃了一頓飯後，張海棠看著范靈枝埋頭苦吃的樣子，總算有些明白為什麼她能胖這麼多的原因了……

全都是因為她的胃口好啊！

等到飯後，范靈枝依依不捨地和張海棠作別，命人將她送出了宮去。

范靈枝依舊依依不捨地看著張海棠不斷走遠的身影，許久都不曾收回眼來。

溫惜昭揉了揉她的腦袋，低聲道：「既然捨不得，那就讓妳母親進宮長住陪妳。」

范靈枝鼓著嘴巴：「還是罷了。」

范靈枝又抬頭看向他，眼底閃爍著一絲隱約的興味：「不如聖上還是換個人進宮來陪我。」

溫惜昭瞇了瞇眼：「誰？」

范靈枝道：「穆秀秀。」

溫惜昭嘴角也瀰漫出一絲微妙的笑來：「可以。」

於是當日下午，溫惜昭就讓李公公去左相府傳召聖旨去了。

李公公的聖旨到了左相府後，左相上下都十分激動地出來領旨。

只是在聽著李公公念完聖旨後，左相全家人的臉色都有些扭曲。

現場的氣氛更是鬼一般的寂靜，左相穆成華更是久久都不曾回過神來接旨。

還是李公公笑咪咪地提醒他：「穆大人，接旨罷？」

一語驚醒夢中人，穆成華方才緩緩起身，接過了聖旨。

等李公公走後，穆秀秀當場就落下了淚來，憤聲道：「父親！那范枝枝竟是要女兒入宮做她身邊的女官，那女兒豈不是……豈不是要日日伺候她？」

穆成華也是氣得夠嗆，他咬牙道：「好一個工於心計的范枝枝！」

當時他利用宋亭玉來威脅范枝枝，逼著她答應讓穆秀秀也入宮去，可沒想到，入宮是入宮了，可竟然不是入宮去當娘娘的，而是他娘的入宮當女官的！

穆成華當場就按壓不住心底的怒火了，他當即第一時間就衝到了翰林院去，打算給那宋亭玉一個下馬威。

也讓范枝枝看看，就算她成了皇后又如何？整個翰林院還是他穆成華在管，宋亭玉如今不過區區一個翰林院編纂，他想拿捏他，也不過是手到擒來。

可誰知，等穆成華還未去了翰林院，卻又被聖上一道聖旨，召入了宮。

不知怎的，這一次入宮，莫名的讓穆成華有些心驚肉跳，總有種不好的預感。

等他入了御書房後，溫惜昭坐在高座龍椅上，絳紫色的龍袍，顯得無比威嚴。

他的臉色隱在落珠冕旒後，臉色隱約現出幾分陰森來。

更重要的是，此時此刻的御書房內，還站著一個身形修長的、穿著官袍的男子。

穆成華有些驚疑不定，腳步略顯遲疑地走了上去，對著溫惜昭跪拜行禮。

溫惜昭的聲音十分冷漠，甚至透著隱隱的殺氣：「宋卿，將往事再說一遍，給穆成華聽。」

穆成華心底一顫，下意識抬頭看去，就看到身側站著的男子，正是宋亭玉。

身著官袍的宋亭玉，氣質也變得貴氣起來，俊俏的臉蛋上，布滿了冷色。

宋亭玉也看向穆成華，說道：「說起來，當初這件事，還是左相大人一手策劃的，微臣以為，左相大人應該不會這麼快就忘了罷？」

穆成華的臉上擠出一抹僵硬的笑來：「宋大人在說什麼，本官怎麼聽不懂？」

宋亭玉低笑：「聽不懂嗎？那下官只有再說一遍了。」

然後，宋亭玉就將當時穆成華是怎麼利用他，讓李皓來騙取他的信任，再汙衊他姦淫婦女的過程，又細細說了一遍。

末了，又說了穆成華還利用此事，威逼皇后娘娘，讓皇后娘娘答應，要讓穆秀秀也入後宮的整個過程。

說到最後，穆成華已是滿臉戾氣，眸光陰冷地看著宋亭玉，威脅道：「宋大人簡直就是睜眼說瞎話！」

宋亭玉卻笑得更深了：「是不是睜眼說瞎話，請皇后娘娘出來對質一番，不就清楚了？」

高座上的溫惜昭，也低低笑了起來。

只是這笑，十分陰森恐怖。

穆成華心底一緊，忍不住道：「聖上，這都是宋大人和皇后娘娘串通好的，老臣冤枉——」

可不等他的話音落下，溫惜昭已經不疾不徐道：「穆大人上了年紀，老眼昏花，擇日致仕。」

穆成華不敢置信地痛呼出聲：「皇上——」

溫惜昭嘴角的笑十分森冷，聲音輕飄飄的：「不願意嗎？若是實在不願意的話，那就只有舉家都去死了。」

穆成華渾身上下陡然冒出一層冷汗，被震懾得再也說不出一個字來。

李公公很快就走到了他身邊去，依舊笑咪咪的：「大人，走吧。」

等穆成華顫顫巍巍地走出宣武門，遠處有熱烈的夕陽直射而來，刺得他睜不開眼。

不過短短小半個時辰，他竟就從一人之下萬人之上的左相，變成了一介布衣。

而這一切，都是拜那後宮的妖后所賜！

想及此，穆成華心底陡然瀰漫出一道戾氣，竟是流著眼淚慟呼道：「妖后誤國！妖后誤國啊——」

可他的話音未落，突的就有一道暗器匕首，直直得射入了他的胸腔。

瞬間，血流成柱。

穆成華暴瞪著大眼，緩緩倒到了地上，死不瞑目。

而角落裡，阿刀拿出一塊帕子，緩緩擦著自己白皙的手掌心。

他微瞇著狹長的眼睛，渾身鬼氣森森，說道：「收拾一下，別髒了地板。」

身側的小太監躬著身體，回覆的聲音有些發顫：「是，督主。」

而另一邊，穆秀秀已被送到了華溪宮。

范靈枝正在學著飼養偏殿的白狐，聽下人說穆秀秀來了，這才讓下人收了白狐，去見她。

可沒想到才一見到穆秀秀，穆秀秀竟就整個人朝著她恍然跪下，渾身顫抖得就像篩子一般。

范靈枝下意識摸了摸自己的臉，看向身側的芸竹：「芸竹，難道我很可怕嗎？」

第390章　有喜

「芸竹，難道我很可怕嗎？」

芸竹柔聲道：「娘娘是最貌美的女子。」

范靈枝讓穆秀秀站起身，可她卻始終堅持跪著。

甚至范靈枝問她一句，她結結巴巴地，好久都說不出一句完整的話來。

范靈枝不知她怎麼突然就變成了這樣，明明之前都是天之嬌女、十分嬌蠻的。

可這樣只知道發抖、甚至臉色都變成慘白色的穆秀秀，別說是陪她解悶了，就連一句完整的對話都做不到。

她問她發生了什麼，她也不說，只是惶恐地搖著腦袋，看上去可憐極了。

范靈枝沉默了會兒，便將芸竹將她送出宮去，不打算再留她了。

想來想去，還是命人將阿刀叫來。

阿刀很快就到，在她身邊躬身道：「娘娘，阿刀在。」

范靈枝看著他，眸光深深：「穆秀秀像是突然受了刺激，連話都說不出一句了。不知她到底是發生了什麼？」

阿刀面不改色，柔聲道：「娘娘，就在半個時辰前，聖上下旨，讓穆大人致仕去了。」

阿刀有些感慨：「許是因為這個緣故，才會讓穆姑娘這般心神不寧罷。」

范靈枝恍然。

她遺憾道：「原來如此，看來本宮確實也不該再留穆秀秀入宮。」

阿刀道：「娘娘若是覺得無趣，可讓花池姑娘，還有從前的祁妃那幾位，入宮來陪您。」

范靈枝覺得這個主意好。

可又覺得她們都各自成婚多年，都要忙著帶孩子呢，又哪裡有空來陪她。

於是她到底是微微嘆氣，揮揮手讓阿刀退下了。

范靈枝只有又繼續過一個人的後宮生活。

幸好現在多了一隻白狐陪她，她現在日日鑽研如何才能養好小狐狸，因此也沒太多心思，想那些亂七八糟的了。

現在唯一讓她覺得困惑的，便只有這個每到夜晚，就會隱隱散發微光的系統。

甚至於她還摸索出了一個規則。

她發現，只要她和溫惜昭親密之後，系統就會開始閃爍。

這又是個什麼道理？

可既然捉摸不透，她也就不去想了。

溫惜昭除了辦公時間，其餘時間全都窩在華溪宮，而且脾氣也越來越溫柔，和范靈枝在一起久了，都會放聲笑了，晚上也是睡得香，簡直讓李公公熱淚盈眶。

時間荏苒，婚後生活過得極快，轉眼便過了兩月。
嚴寒的冬日總算過去，春暖花開，萬物復甦，就連御花園內的花卉，都已抽出了新芽。
大概是春睏，這幾日來，范靈枝總覺得自己睏得厲害，日日都睡不醒，就連胃口都差了許多。
又一日溫惜昭下朝回華溪宮，看到范靈枝又在沉睡，他不由就皺了皺眉。
拉過了芸竹，沉著眉頭問：「皇后睡了多久？」
芸竹有些膽顫：「回皇上，娘娘吃了個早膳，逗弄了一會兒白團後，便……便又睡了。」
溫惜昭眸光更沉：「去將王御醫叫來。」
芸竹立馬領了命，去叫王御醫去了。
王御醫很快就提著藥箱趕到，當即就跟著溫惜昭入了內寢，給范靈枝把脈。
動靜有些大，范靈枝總算也幽幽轉醒。
王御醫擰著眉頭把了許久的脈，然後就見他眸光越來越亮，越來越亮，最後竟是大笑起來，喜不自勝道：「恭喜皇上、恭喜娘娘！娘娘這是喜脈啊！」
溫惜昭和范靈枝都愣了，隨即，便是巨大的喜悅襲擊上了他們！
范靈枝緩緩撫上自己的腹部，一種奇特又微妙的溫柔襲擊上了她，讓她整個人都柔軟了下來。
溫惜昭更是高興得不行，一雙眼睛亮晶晶地看著范靈枝，甚至眼底隱約有亮色閃過，淚光點點。
龍心大悅，溫惜昭一揮手，給了王御醫許多的賞賜，王御醫這才笑咪咪地退下了。

溫惜昭一下就將范靈枝緊緊摟在懷中，他的聲音透著一絲溼潤感慨：「當年妳沒能有孕，就離開了我，如今重新回到我身邊，反而一切都變得圓滿了。」

溫惜昭的手有些顫抖地也覆上了范靈枝的腹部，在她耳邊低聲說：「這是妳我的第一個孩子，我定會給他世間最好的寵愛！」

范靈枝抬頭看向他，眼睛亮晶晶的：「你喜歡男孩還是女孩？」

溫惜昭低笑：「男孩像我，女孩像妳，都是我最好的孩子。」

范靈枝反手摟住溫惜昭，亦是感嘆：「就算生孩子很痛，可我一定會努力的！」

溫惜昭揉了揉她的腦袋，又對著她的額頭親了一口，這便讓范靈枝好好休息，自己則去催王御醫寫安胎藥貼去了。

只是等范靈枝入睡之後，時不時總會發光的系統，突然就亮起了為了灼人的紅光來。

就在范靈枝覺得莫名其妙的時候，這紅光卻又暗了下去。

真是不知所謂！

范靈枝可實在是太睏了，若是打擾到她睡覺，她就要生氣了！

幸好這系統沒有再繼續作妖，又暗了下去，讓范靈枝舒舒服服地睡了一覺。

范靈枝有孕，阿刀更是高興得不行，一向冷漠陰冷的督主公公，竟也難得地露出了笑臉。

將整個後宮都嚴陣以待，一絲不苟，事事物物都鉅細靡遺親自排查，生怕有人敢對皇后和腹中未出生的骨血造成一絲威脅。

而等范靈枝好不容易熬過了嗜睡，孕吐隨之而來。

哪怕是聞到一絲異味都會讓范靈枝劇烈嘔吐，簡直快把她折磨地半死。

孕期的口味和嗅覺都會變得奇奇怪怪的，她不再喜歡聞各種香，只唯獨喜歡聞瓜果的甜味。溫惜昭便日日都讓阿刀運來新鮮水果，讓整個華溪宮都瀰漫著最新鮮的果香。

而等到范靈枝好不容易終於將孕吐這關也熬過去了，已是懷胎三月時。

也便是在此時，她的肚子肉眼可見得一天比一天大了起來。

王御醫日日來給她診脈，也是笑咪咪的，對范靈枝道：「恭喜皇后，胎相日漸穩固，繼續好生將養，定能產下健健康康的小皇兒！」

范靈枝和溫惜昭都徹底放心了，與此同時，范靈枝的胃口也一日比一日好，一頓飯竟能吃好幾碗白米飯，著實讓人咋舌。

只是就在這日晚上，范靈枝如往常般又要睡下，可才剛陷入夢鄉，她就看到眼前的系統，陡然大亮了起來。

第391章　龍鳳胎

范靈枝下意識瞇了瞇眼。

等她好不容易適應了光亮，可她看著此時此刻偌大系統介面上浮現出的字，就愣了愣。

只見系統介面上，浮現著一個問題。

「最後一個任務，接受嗎？」

范靈枝怔怔，隨即就皺起了眉。

范靈枝在心底呼喊：「系統，你出來！」

可系統卻裝死。

范靈枝冷笑一聲：「你不出來，那我就不接受。」

詐屍了將近半年的系統，陡然就發出了聲音：「主人。」

范靈枝擰著眉頭：「你在玩什麼把戲？」

系統的機械音，竟然也帶上一絲類似嘆息的語氣：「主人，任務必須接受。」

范靈枝心底陡然瀰漫過一絲不妙的預感，她聲音低低的：「我接受。」

系統又不說話了。

而系統介面上的字又變了。

十月懷胎、分娩難產，保全孩子，還是保全自己？

范靈枝靜靜看著系統上的問題，許久都沒有再說話。

系統的聲音又響起：「主人，妳腹中乃是一對龍鳳胎。」

范靈枝依舊怔怔，手卻是緩緩撫上了自己的腹部。

她輕聲重複著系統的話：「龍鳳胎？」

系統：「若是選擇保全自己，聖母系統下線，餘生妳將會和溫惜昭幸福快樂地生活在一起，但終身無子嗣。」

范靈枝低低地笑了，只是笑著笑著，眼睛陡然溼潤。

她的聲音更輕了：「若是保全孩子呢？」

系統：「若是保全孩子，則表示任務完成，美貌值直接滿格，妳將在七個月後難產而死，並獲得大量美貌值和隱藏獎勵。」

范靈枝：「我都死了，要美貌值和獎勵有什麼用？」

系統：「美貌值和隱藏獎勵，會回饋到仙界的范靈枝身上。」

范靈枝的眼神閃了閃。

系統：「好好考慮，慎重。」

范靈枝譏嘲道：「還用考慮什麼？我當然選擇保全孩子。」

「只有保全孩子，留下溫惜昭的子嗣，溫惜昭這一生的歷劫才算是圓滿，」范靈枝的聲音透著憤然，「而我也完成了這次下界的使命，給溫惜昭留下了孩子。」

范靈枝眼神有些發狠：「所以這個系統到底是誰設的？還真是，連多一天的時間都不給我，讓我給溫惜昭留下孩子後，就要讓我回去。」

系統又是一陣沉默。

而等范靈枝難產死了之後，就算溫惜昭再憤怒，再悲傷，他也不得不繼續好好活下去。

因為他還有一對稚子需要他養大。

孩子需要他，他就不能擺爛，不能消極，他就必須要對孩子，對江山社稷負責。

只有她成了優秀的生育俠，光榮完成使命後，就可以去死了！

范靈枝突然又說：「是天帝吧，這麼簡單粗暴的系統，一定是天帝製作的，對不對？」

那隻討人厭的烏龜，他是上神昭宴狂粉，不管哪個女人靠近昭宴，都會被他羞辱一頓。

可系統依舊沉默不答，大概是完成了自己的使命，待機去了。

而就在范靈枝選擇了保全孩子之後，系統又重歸平靜，就連光芒，都暗了下去。

只有右上角那美貌值空了大一截的進度條，時刻提醒著范靈枝，剛才的一切都是真的，不是她的夢魘。

夢醒之後，范靈枝一整天都提不起精神，陷入了發呆。

阿刀有些緊張，只當范靈枝是胃口不太好，讓御膳房變著花樣給她準備膳食。

等溫惜昭忙完公事回來，就看到范靈枝有些心不在焉，臉色也不算好。

溫惜昭將她摟在懷中，語氣透哄：「在想什麼？」

范靈枝看著他漂亮的眼睛，她突然又笑了起來。

她緩緩撫上溫惜昭的眼睛，說道：「溫惜昭，兒子一定很像你。」

溫惜昭低低一笑：「萬一是女兒呢？」

范靈枝道：「一個兒子，一個女兒，龍鳳胎，你說好不好？」

溫惜昭握住了她的手：「好。」

范靈枝靠在他的胸前，聽著他的心跳，心底已是無比平靜。

她根本不會蠢到把祕密和溫惜昭說。

若是和他說了，按照溫惜昭的性格，怕是會直接給她一碗墮胎藥，讓她喝下去。

他寧可不要孩子，也要讓她活下去。

可是不行，她想要的，才不是這短暫的人生浮華。

她要做的，是回仙華山，等著昭宴歷劫回來。

如今溫惜昭有了子嗣，他的帝王路終於完整，就算是歷劫成功了。

范靈枝壓下心底想法，繼續在華溪宮養胎，吃香的喝辣的，唯一的目標就是把肚子裡的一對孩子養得白白胖胖的。

等到了范靈枝七個月的時候，肚子已是出奇的大。

溫惜昭看著她的肚子，都有些害怕，乾脆讓王御醫就住在距離華溪宮最近的殿宇裡，方便他隨時照看。

王御醫捏著下巴，研究許久，最後和溫惜昭說：「聖上，皇后娘娘懷的，怕是雙胎。」

溫惜昭一聽，便有些急，擰著眉頭道：「分娩之時，可會有危險？」

王御醫的聲音有些發抖：「這……下官定全力以赴。」

溫惜昭一把就拉過了王御醫的衣袖，殺氣四溢：「若是皇后有什麼閃失，整個太醫院都得死。」

范靈枝在一旁及時制止了他：「皇上，生死有命，何必為難太醫們呢。」

一邊說，一邊用眼神示意王御醫趕緊離開。

王御醫提著藥箱狼狽離開，溫惜昭則看著范靈枝，眉眼已是染上了一層霾色。

這一整天，溫惜昭都緊緊捏著范靈枝的手，不願放開，哪怕范靈枝如何安慰他，他都顯得有些心不在焉。

等到了晚上的時候，黑夜裡，溫惜昭摟著范靈枝躺在床上，他突然說：「枝枝，不如不要生了，朕其實一點都不喜歡孩子。」

范靈枝努力支起身體，可她肚子太重，起身都已是不便。

溫惜昭連忙幫扶著她，一邊說：「起身做什麼？」

范靈枝卻堅持要起身，然後，十分肅色地看著他。

她拉過溫惜昭的手，緩緩撫上自己的腹部。

七個月的孩子，胎動已經分外明顯，時不時的就會踢母親肚子兩腳。

溫惜昭的手放在范靈枝的肚子上，大概是有感應，腹中孩子，果然趁機踢了踢。

范靈枝的聲音透著濃濃的溫柔：「這就是我們的孩子，多可愛呀。」

第392章 答應我

范靈枝繼續說：「倘若我真的在分娩時出了意外，溫惜昭，你要好好帶著孩子們活下去。」

溫惜昭猛地就捏緊了范靈枝的手，語氣透出隱隱的暴戾：「妳不會出事，一定會母子平安。」

范靈枝笑道：「我只是說萬一，溫惜昭。」

范靈枝看著他：「等到了那時，一定一定，也要繼續活下去呀。」

她說話時始終笑著，眼睛亮晶晶的，可卻又透出濃濃的眷戀和懇求。

溫惜昭心底猛地掠過一陣痛意，他把范靈枝摟在懷中，繼續重複自己的話：「朕說了，妳不會出事，一定會母子平安。」

「別想太多。」

范靈枝卻不肯，掙扎著從他懷中起身，又說：「你答應我，溫惜昭。」

溫惜昭眸光深深，沉默不言。

范靈枝緊緊捏住他的手，聲音已經帶上了一絲哭腔：「答應我，溫惜昭。」

溫惜昭卻一點一點睜開她的手，聲音透出殺氣：「倘若妳真的要死，朕情願沒有這兩個孩子。」

他一邊說，一邊倉皇起身，腳步狼狽地離開了寢房。

溫惜昭在華溪宮外度了一夜。

秋夜的風，已經透出幾分冷涼。
他獨自站在廊下，望著遠處光線飄渺的宮燈，聽著從遠處傳來沙沙的風聲，熟悉的孤寂感又襲上了他。
一如五年前，范靈枝剛死的時候。
他懼怕孤獨，懼怕黑暗，懼怕死亡，更懼怕分別。
那種滋味，他此生都不想再嘗一次。
直到許久，直到東方隱約泛起魚肚白，已是又一日的黎明。
溫惜昭低低喊了聲：「阿刀。」
阿刀瞬間如游魚般浮現，跪拜在了帝王的身後。
溫惜昭沉默許久，才低聲說：「給皇后吃下墮胎藥，不要讓她警覺。」
身後跪下的阿刀，眼眸陡然閃過一抹厲色，久久不答話。
溫惜昭的聲音冷了下來：「要抗旨嗎？」
阿刀緩緩道：「為什麼？」
溫惜昭轉過身來看著他，雙眸竟是一片猩紅。
他看著阿刀，聲音無比蒼涼：「朕不想失去皇后，阿刀。」
阿刀心底一痛，眼中亦被逼出溼意。
他垂下眼，終究輕聲回道：「是。」

這一整日，溫惜昭都沒有再來見范靈枝。

范靈枝便獨自坐在院子裡晒太陽，臉色淡淡的，看不出喜怒。

當日晌午，阿刀給范靈枝端上了一碗黑乎乎的赤豆湯。

他將赤豆湯輕輕放在范靈枝左側的架子上，柔聲道：「主子，王御醫說，您需多滋補些羹湯。」

范靈枝低低應了聲，隨即拿起赤豆湯碗，用湯勺舀起一些，就往嘴裡送。

只是才剛送到嘴邊，她捏著湯勺的手，就陡然停了下來。

范靈枝將湯勺重新放回碗裡，然後，抬眼看向阿刀。

阿刀始終垂著腦袋，不看她。

范靈枝輕聲道：「阿刀，你看著我。」

直到許久，阿刀才緩緩抬起頭，看著她。

范靈枝的眼中，已是蓄滿熱淚。

是他已經很久，沒有看到過的傷心模樣。

范靈枝動作笨拙地站起身來，赤紅著眼睛看著他。

她一步一步走近他，聲音沙啞：「是溫惜昭的意思，對不對？」

阿刀抿著嘴巴，雙眸發紅，聲音發苦：「主子。」

范靈枝聲音淒厲：「阿刀，你知不知道你在做什麼？」

阿刀對著范靈枝重重叩首，已是哽咽：「奴才罪該萬死，請主子賜死！」

范靈枝無聲痛哭，身形瘦削，腹部卻高高隆起，模樣無比淒憐。

她啞聲說：「我不怪你，是溫惜昭讓你這麼做的，我知道。」

范靈枝低聲說：「溫惜昭想不通透，已經沒有理智可言。阿刀，你護我出宮，護我安全生下孩子，待我分娩之後，溫惜昭看在稚子份上，總能恢復清醒。」

阿刀抬起頭來，吶吶道：「主子要出宮？」

范靈枝點頭：「溫惜昭要我墮胎，他瘋了！」

阿刀：「聖上，聖上是怕……」

范靈枝打斷他的話：「我知道你想說什麼。可是阿刀，我已經懷胎七月，還是雙生子，就算現在墮胎，更容易一屍三命。」

阿刀臉色慘白，更難看了三分。

范靈枝深呼吸，鄭重道：「阿刀，待我生下孩子，你定要好好輔佐庇佑他們，他們是真真正正的，未來大齊的希望。」

阿刀臉色閃過鄭重，他對著范靈枝重重叩首：「奴才定不負主子期望。」

范靈枝這才臉色柔軟了下來，她讓阿刀起身退下，自己則望著院子裡的海棠樹發呆。

直到許久，她終是收回眼來，轉身回了寢殿。

等到了晚上，范靈枝親自去御書房見溫惜昭。

李公公領著路，提心吊膽。

他已經很久沒有看到過皇上又這般冷酷樣子，彷彿又回到了先皇后仙逝後的那三年，變得暴戾無常、狠戾之極。

范靈枝站在御書房下，撫著腹部，仰頭望著溫惜昭。

溫惜昭亦看著她，眉眼森冷，渾身冰冷。

陡然之間，范靈枝竟從懷中掏出一把匕首來，她架在了自己的脖子上。

溫惜昭猛地站起身來，厲聲道：「妳瘋了？」

范靈枝落下淚來，嘴邊卻笑著：「你才瘋了，溫惜昭！你竟想殺死自己的骨肉，虎毒尚且不食子，你這般作為，還不如讓我現在就死了，一屍三命，也比日後倘若我撒手人寰，獨留兩個稚子，陪著你這般狠心的爹好！」

范靈枝哭得淒淒慘慘：「對我而言，他們比我的命要重要得多，溫惜昭，我想給你留下血脈，留下你我二人的血脈，你懂嗎？」

溫惜昭雙手緊緊捏起，嘴上卻柔聲哄著：「枝枝，把刀放下。」

范靈枝卻將匕首朝著自己的脖頸更近一步，鋒利的刀鋒堪堪劃破了她的皮膚，瞬間就落下了鮮豔欲滴的血來。

溫惜昭一聲戾喝：「范靈枝！」

范靈枝依舊輕聲：「答應我，善待我們的孩子，哪怕我死了。」

她一邊說，一邊更緊得捏住匕首。

溫惜昭聲音倉皇，許久，才啞聲說：「我答應妳。」

范靈枝又對他笑了起來：「天子一諾，一言九鼎，溫惜昭，你若食言，我在天之靈，亦絕不安息！」

第393章　人間結局

溫惜昭和范靈枝終於又重歸於好。

只是每到夜裡，溫惜昭便時時刻刻握著范靈枝的手，彷彿只要他一放手，范靈枝就會消失不見。

等到范靈枝八個月的時候，肚子裡的孩子已經踢得她骨頭疼，就連多走幾步路，都已經氣喘吁吁。

可范靈枝從不和溫惜昭說這些，只日日說著孩子如何調皮，日後出生後，定是對健康有活力的孩子。

溫惜昭只是滿臉寵溺地看著她，並不接話。

等到時間總算到了待產日，王御醫早已將整個上京最好的產婆們長住華溪宮，整個太醫院更是嚴陣以待，隨時待命。

大齊六年十月十八，皇后胎痛發作，臨近分娩，御醫產婆盡數接生，華溪宮燈火徹夜通明，一天一夜，不曾熄去。

六年十月十九，皇后誕下一子一女，清脆馨音，朝霞紅日，天降祥瑞，然皇后產後血崩，集御醫眾能之術，終究回天乏術。

范靈枝躺在床上，臉色慘白，緊緊捏著身側芸竹的手，用盡力氣道：「看看孩子，快……」

芸竹早已淚流滿面，親自抱過小皇子和小公主，擺放在范靈枝面前。

她啞聲說：「孩子們……孩子們都很漂亮，很健康，娘娘，您快快好起來，等您好起來了，奴婢日日給皇子和公主，唱小曲兒聽。」

范靈枝眸光柔柔看著這對嬰兒，越看心底越柔軟。

白白淨淨的，小小的兩團，真可愛呀。

只是可惜，她沒法陪他們長大，真是太遺憾了。

真是遺憾啊。

她只覺得身體內的熱氣越來少，就連孩子們的啼哭聲都有些聽不真切。

芸竹似乎在一旁大哭，在大聲喊著她的名字，范靈枝大口大口喘著氣，一邊道：「溫惜昭呢……」

她用盡了力氣在說話，可在芸竹聽來，她說出的聲音，實在太輕太輕。

陡然之間，就有一道修長的絳紫色身影闖了進來。

他雙眸猩紅，姿態狼狽，蹲身在床邊，緊緊握住了范靈枝的手。

溫惜昭從未如此慌亂，他用盡力氣去抓握她，可饒是他如何用力，范靈枝的手卻終究越來越涼。

范靈枝緩緩撫上他的臉，一字一句說得十分艱難：「溫惜昭，善待孩子們，好好把他們……養大！」

她一邊說，一邊笑著：「答應我……」

有熱淚從他嘴邊滑落，聲音卻發狠：「我不答應，我要妳快好起來，聽到了嗎？」

范靈枝嘴角的笑意卻越來越大，手亦慢慢垂落，她輕聲說：「你會答應的，我知道……」

「溫惜昭，再見。」

話音未落，她已帶著笑意，逐漸閉上了眼。

華溪宮響起一片哀痛，就連范靈枝身側的兩個孩子，亦是嗚咽痛哭，撕心裂肺。

六年十月二十，皇后魂斷薨逝，帝大慟，太醫院眾人被革職；

六年十一月初一，皇后下葬皇后陵，華溪宮宮人陪葬，帝罷朝一整月，日夜哀痛，思念薨后。

先皇后留下的一對龍鳳胎兒，公主賜名溫清寧，皇子賜名溫景行，一對稚童，由皇帝溫惜昭親自日夜照料，十分寵愛。

三年後，溫惜昭下旨，冊封溫景行為太子。

溫惜昭後宮始終空置，一心一意治理朝政，在接下去的十年內，大齊開創了前所未有的盛世之治。同時開創東廠，監督百官，平衡朝中世族勢力，穩定皇家統治。

東廠督公顧熄刀，手段狠厲，凶惡殘酷，朝堂內外，皆自我約束，不敢違觸律法。

太子溫景行自幼聰慧，三歲作詩，八歲已能提出獨特政見，等他到了十歲那年，溫惜昭已將他帶在身邊，共同處理政事。

時光荏苒又過兩年，等到溫清寧和溫景行十二歲那年，溫惜昭陡然宣布退位，將皇位傳於太子，一時之間，朝野內外一片譁然。

大齊十八年，十二歲的溫景行稱帝，由督公顧熄刀輔佐政事。

而先皇溫惜昭，雲遊四海，蹤跡難尋，無人得知他，究竟去了何方。

朝堂詭譎依舊繼續，太陽依舊升起，只有溫惜昭，再尋不得。

多年之後，衡山頂，紫霄峰。

兩道身影正在茅草屋前耕地。

此時此刻，兩個老頭正在比試。

比試誰種的水稻，又快又好。

先皇帝和多年前的大將軍，兜兜轉轉竟然又聚在了一起，說出去有誰信？

祁言卿笑著時的樣子，依稀可見年輕時是多麼風華。

自然，溫惜昭也不遑多讓，魚尾紋的數量並不比祁言卿少。

種完水稻後，兩人躺在山頂晒太陽。

遠處夕陽落下，點點金光撒遍雲海，波瀾壯闊。

溫惜昭側頭，低聲問道：「當年在客棧，你根本就沒有傷害范靈枝。」

「你只是設了個局，讓自己退出，是不是？」

他的聲音低低沉沉，十分平和，早已沒了年輕時的戾氣。

祁言卿笑了起來：「太久了，早就記不清了。」

【人間完】

番外　仙界結局（上）

范靈枝回到仙華山後，用玄靈境看完了溫惜昭的餘生。

他和祁言卿在衡山頂修行，最終先後薨逝，也算是一生圓滿。

畢竟由於她摻和了的緣故，導致莫名產生的因果太多，所以上神昭宴只要是完成了歷劫主線，就已經是很幸福的事了。

溫惜昭在人間薨後的當天，上神昭宴就回來了。

天帝非常高興，帶著仙界幾個重要的核心人物，一齊去七十二鏡天相迎。

所有下凡歷劫歸來的，都會回到七十二鏡天。

迎接那日，范靈枝也偷偷尾隨其後，暗中注視。

天界依舊一片清明，祥雲層層疊疊，到處充斥著靈氣。

范靈枝回來已經兩個月了，這兩個月來，日日吃仙丹炒飯，總算是養出了修為，此時此刻站在這，總不至於被仙界濃烈的靈氣灼傷。

遠遠的，就見一道修長的身影，在鏡天入口逐漸清明。

墨髮似瀑，眉眼依舊，氣息高冷，淡雅如霧。

明明和人間的溫惜昭是同一張臉，卻是完全不一樣的氣質。

溫惜昭透著人氣，有人世的欲望，可昭宴不同，他神情淡漠，眼中是歷遍滄桑的悲憫。

天帝等人早已等候在那，在看到昭宴後，非常高興，大步走上前去，笑咪咪地和昭宴打招呼：「上神，此去多日，你總算回來了。」

昭宴隨意「嗯」了聲，就大步朝前走去。

天帝平日裡總是高冷著一張臉，每次都拿鼻孔看人。也只有在面對昭宴時，他會笑得就像一朵迎春花。

他將昭宴的心臟從第三十二鏡天天池的最中心取出來，昭宴見狀，將心臟重新逼回了自己的身體裡。

須臾之間，昭宴渾身的靈氣更純厚了十幾分。

范靈枝身上捏了個隱身訣，身上又帶著靈清花。靈清花能降低自己身上的氣息，不至於被人發現。她躲在暗處的祥雲堆裡，只探出了個頭，默默打量昭宴的一切，心底卻早就亂成了一團毛線。

說起來，當年她對上神昭宴一見鍾情，非常厚臉皮地對他死纏爛打，默默付出，還跑到上神殿做昭宴的寵物。

後來三界出了一隻魔王，昭宴打魔王去了，和魔王疏衡決戰時兩敗俱傷，范靈枝為了讓昭宴安心，趁機想刺殺疏衡，可不曾想卻被疏衡反制，利用她來威脅昭宴。

疏衡讓昭宴自費元神，昭宴竟真的自費元神；疏衡讓昭宴剜出心臟，昭宴竟真的剜出心臟。

後來天帝把昭宴的心臟供養在第三十二鏡天精心養著，昭宴破碎的元神則進入了人間歷劫，由人間龍脈之氣供養，才能將元神修補回來。

范靈枝想著往事，越想臉色就越熱。

她真的無顏再見他，她似乎，只會幫倒忙。

范靈枝漂浮在雲層裡，怔怔看著昭宴的容顏，眼底終究瀰漫出水氣來。

天帝依舊陪著笑臉，聒噪地問昭宴：「上神此去一行，可覺得有勞累之處？身體可覺得好多了？待本帝給你灌入萬年修為，上神的身體定能恢復如前。」

昭宴只是靜靜聽著，一邊朝前走去，並不說話。

天帝又說：「當年那該死的魔頭，竟利用那隻破刺蝟威脅你，本帝每每想起，總覺痛心。」

天帝年輕的臉上帶上了一抹探究，他看著昭宴，又說：「當時魔頭抓了刺蝟，他讓你自費元神你就自費元神，他讓你剜出心臟，你就真的剜出心臟了，上神，你當時一定神志不清楚，才會做出這種蠢事，對不對？」

一直平淡無波的昭宴，在此時陡然停下了腳步。

他看向天帝，面無表情道：「我很清醒。」

天帝有些不忿，他咬牙道：「那隻刺蝟有什麼好的？也值得你為她這麼付出？別告訴本帝，你真的喜歡上了一隻醜陋的刺蝟！」

昭宴眸底閃過一抹微光：「她醜嗎？」

天帝怔怔：「本帝覺得醜。」

可很快就回過神來，他氣道：「這是重點嗎？上神，你為了一隻刺蝟，這般自殘，實在讓本帝痛心！」

昭宴點點頭：「那就對不住了。」

天帝被他噎得半死，許久都沒有回過神來。

還是天帝身邊的幾個大佬，紛紛勸說天帝不要再糾結前塵往事，一切還得向前看。

天帝這才臉色好看了些。

不管怎麼說，昭宴能回來，就是件大好事。

天帝還是很高興的，帶著昭宴就往玄極大殿而去。

可昭宴卻陡然又停了下來。

天帝好奇：「上神？」

昭宴竟低笑起來：「落下了一樣東西，你們先走。」

天帝：「？？」

昭宴不再多說，不過揮了揮手，腳下祥雲瞬間就載著天帝等人飛了出去。

陡然間，這一片清明天境，只留下昭宴一人。

他負手而立，白衣長衫，語氣淡淡：「出來。」

范靈枝嘆口氣，認命地從雲層裡站起身來，委委屈屈喊了聲：「上神。」

番外　仙界結局（下）

昭宴閃身到她面前，只是注視著她良久，嘴角笑意卻漸漸淡了下去。

昭宴微微凝眉：「妳的仙根呢？」

范靈枝小聲說：「被天帝拔了。」

昭宴嘴角變涼：「妳的內丹呢？」

范靈枝更小聲了：「天帝說我是害人精，連內丹一起收走了。」

昭宴點點頭，不再說話，只是拉住了范靈枝的手，就朝前漂浮而去。

他的手心溫熱，一如當年。

范靈枝看著他淡漠的側臉，鬼使神差的，她顫聲問他：「上神，你當初為了救我，被魔王害成那樣，這是不表示，你其實，有幾分喜歡我？」

昭宴卻不看她，只專心向前，也不知他在想些什麼。

范靈枝眼底的亮光一點點暗了下去，再不說話。

她在想什麼？自己不過是他的寵物罷了，竟也敢和上神談喜歡，配嗎？

可她想起在人間和溫惜昭的一切，點點滴滴，如此真實。

她又想起自己在上神殿，和昭宴相處的那一千多年，日日夜夜，歷歷在目。

她真的，好不甘心。

就在她發愣之時，昭宴已徑直帶著范靈枝入了玄極大殿。

玄極大殿是天界的招待大廳，大雄寶殿，十分氣派。

昭宴徑直帶著范靈枝朝大殿而去，范靈枝則愣愣的，任由他拉著。

此時此刻大殿內，天帝和剩下幾個天界扛霸子，早已設了宴，給他接風洗塵。

等昭宴帶著范靈枝入殿後，天帝的臉色陡然就難看起來。

他死死地盯著范靈枝，冷笑道：「妳還真是陰魂不散，上神才剛回來，妳就追來了。」

天帝怒火不小：「我看是本帝沒把妳的仙根拔乾淨，妳竟然還敢……」

「天帝。」

天帝陡然看向昭宴，臉色又恢復成了迎春花：「上神，怎麼了？」

天帝看著昭宴和范靈枝緊緊拉著的手，又說：「上神，何必牽這刺蝟的爪子？一隻刺蝟而已，有什麼好的。你若喜歡，本帝可再給你十隻八隻上古靈獸，每一隻都比這隻刺蝟好！」

昭宴看著天帝：「請把仙根和元神還回。」

天帝抿著嘴：「為何？這刺蝟害你至此，本帝才不會輕易原諒她！」

昭宴點點頭：「天帝打算如何懲罰？」

天帝瞪著范靈枝：「罰她去太虛淵看守凶獸，最好這輩子都別回來。」

范靈枝差點哭了。

昭宴始終拉著范靈枝，竟跪了下去：「昭宴領旨。」

語畢，昭宴拉著范靈枝轉身就走。

天帝有些發懵：「上神要去哪？」

昭宴：「去太虛淵。」

天帝：「本帝是讓刺蝟去，又沒讓你去。」

昭宴看著天帝的眼神就像在看蠢貨：「我已打算娶范靈枝為妻，妻子去太虛淵，我焉有不去的道理。」

天帝：？

眾仙君：？

范靈枝：？？

一時之間，殿內所有人都看向他。

現場一片死寂、落針可聞。

昭宴看向范靈枝：「有異議？」

范靈枝吶吶的，完全沒回過神來：「沒、沒有……」

昭宴又對著天帝擺手告辭，拉著范靈枝轉身就走。

眼看兩人快要踏出殿門，天帝方才猛然回過神來：「慢、慢著。」

天帝的聲音非常顫抖：「你真打算娶一隻刺蝟為妻？」

昭宴皺眉：「她叫范靈枝，本體是一根人蔘，化作刺蝟不過是為了接近我，那不是她的本體。」
天帝：「人蔘也沒好到哪去。」
昭宴嘴角泛涼：「烏龜也不是很厲害。」
本體是一隻烏龜的天帝：「……」
……
後來，天帝到底是歸還了范靈枝的仙根和元神。
甚至在范靈枝和昭宴成親之後，天帝還得尊稱她一聲「神嫂」。
要多憋屈有多憋屈。
後來天帝到底是想不通透，問昭宴：「上神，你為何會喜歡一隻刺蝟？」
昭宴瞥他一眼：「是人蔘。」
天帝：「……所以你為何會喜歡一隻人蔘？」
為何會喜歡？
一千多年前，他在青玄山閉關，看到一隻人蔘精在和同伴吹牛。
那隻人蔘精長得格外美豔，竟是三界少有。
昭宴看著她笑咪咪吹牛的樣子，覺得有趣極了。
於是昭宴故意和人蔘精小枝枝，來了場華麗的偶遇，並隨手給她渡了五千年的修為。
小枝枝大受感動，果然一心被昭宴所吸引。

後來昭宴出關，馬上要離開青玄山。

小枝枝問他：「上神，能帶上我嗎？」

於是他對小枝枝說：「我可不會帶上一隻人蔘。」

他又說：「不過我缺個寵物。」

小枝枝果然就變成了一隻刺蝟，故意和昭宴偶遇。

昭宴「假裝」撿到她，然後把她帶了回去，在上神殿養了她一千多年。

在范靈枝的視角裡，是她苦追上神不得。

可在昭宴這裡，卻是一個完完全全的，不同的故事。

此時此刻，昭宴看著天帝疑惑的詢問，嘴角瀰漫出了一個意味深長的笑。

【全文完】

Instagram　Plurk

國家圖書館出版品預行編目資料

赴良宵（六）（完）/ 萌教教主 著 . -- 第一版 . --
臺北市 : 未境原創事業有限公司 , 2025.05
面；　公分
ISBN 978-626-99520-5-2(第 6 冊 : 平裝)
857.7　　114001801

赴良宵（六）（完）

作　　者：萌教教主
發 行 人：林緻筠
出 版 者：未境原創事業有限公司
發 行 者：未境原創事業有限公司
E-mail：unknownrealm2024@gmail.com
地　　址：台北市中正區重慶南路一段 61 號 8 樓
8F., No.61, Sec. 1, Chongqing S. Rd., Zhongzheng Dist., Taipei City 100, Taiwan
電　　話：(02) 2370-3310　　**傳　　真**：(02) 2388-1990
印　　刷：京峯數位服務有限公司
律師顧問：廣華律師事務所 張珮琦律師
總 經 銷：聯合發行股份有限公司
地　　址：新北市新店區寶橋路 235 巷 6 弄 6 號 2 樓
電　　話：(02)2917-8022

定　　價：350 元
發行日期：2025 年 05 月第一版